Anke Cibach
Der Tote vom Leuchtturm

Anke Cibach

Der Tote vom Leuchtturm

Ein Fall für Tilde Janssen

«Je höher der Turm, desto stärker der Wind.»

1.

Die Möwen schrien anders als sonst. Ruhelose Seelen, auf ewig dazu verdammt, klagend ihre Kreise über dem Wasser zu ziehen, wenn man den alten Geschichten Glauben schenken konnte. Oder lag es am plötzlichen Kälteeinbruch im April?

Tilde Janssen spürte nicht nur ihre Knochen, sondern auch, dass etwas in der Luft lag. Etwas Undefinierbares. Eine seltsame Unruhe. Es hielt sie nicht länger im Bett. Schnell zog sie sich eine Strickjacke über den Pyjama, griff nach dem Fernglas und trat auf die Plattform ihres Turms. Windstärke sechs bis sieben, schätzte sie, und die Wolkenfetzen verhießen nichts Gutes für den Tag.

Also kein Kaiserwetter an ihrem sechzigsten Geburtstag. Systematisch suchte Tilde mit dem Fernglas die kleine Elbinsel Ziegensand ab. Meine Insel, mein Turm, dachte sie trotzig.

Ziegensand lag nicht weit vom Schifffahrtsweg entfernt, die großen Pötte zogen hier vorbei, elbaufwärts nach Hamburg, elbabwärts in Richtung Nordsee und des Restes der Welt. Ziegensand hatte, soweit Tilde wusste, noch niemals Ziegen beherbergt, aber vom Umriss her diesem Tier einmal geähnelt, bis Wind und Wellen die Konturen verwischt hatten.

Der Turm mit dem angebauten Wohnhaus war früher ein Leitfeuer gewesen, hatte aber dann im Zuge von Modernisierungsmaßnahmen an Bedeutung für die Schifffahrt verloren.

Abwracken wollten sie ihn damals, ihren runden rot-weißen Turm auf dem schwarzen Sockel. Tilde hatte ihn vor fünf Jahren zum Schrott- und Spottpreis ersteigert. Der Bebauungsplan ließ zwar offiziell keine Wohnnutzung zu, aber wenn man erst mal das Hausrecht hatte …

Als Alleinherrin der Insel konnte sie sich trotzdem nicht bezeichnen. Es gab noch eine Vogelschutzstation im Osten der Insel und in der Mitte den Kiosk des Campingplatzes, der nur im Sommer genutzt wurde. Dort wohnte sporadisch der alte Hermann. Nein, er wohnte nicht, er hauste. Ein Menschenfeind, sagten die Leute hinter dem Deich. Nicht alle Tassen im Schrank, gaga, durch den Wind. Tilde wusste es besser: Hermann wollte einfach seine Ruhe haben. Ihm genügte es, zu fischen und ihr ab und zu einen Weidenkorb mit Zander oder Aal vor den Turm zu legen. Im Austausch packte sie ein paar Konserven oder auch etwas Geld in den geleerten Korb. Dafür war kein großes Palaver mit Höflichkeitsfloskeln nötig.

Hermann kümmerte sich auch um die *Fixe Flunder,* wenn mal wieder der Motor streikte. Obwohl das Ufer nicht weit entfernt war, konnte sie ohne ihr geliebtes Tuckerboot nicht dorthin gelangen, selbst geübte Schwimmer fürchteten die tückische Strömung.

Ein weiteres Boot, das regelmäßig zur Insel fuhr, lag Ziegensand gegenüber unterhalb des Deichs und gehörte dem Tourismusverein. Wenn die sommersprossige Gesche mal wieder ein Trüppchen zum Picknick übersetzte, wurde der *Dicke,* wie Tilde ihr Wolkennest liebevoll nannte, zum Elfenbeinturm.

Es sei denn, sie war draußen so in ihre Arbeit vertieft, dass sie alles um sich herum vergaß.

Bei dem Gedanken an ihr neues Werk wurde es Tilde ganz warm ums Herz. Seit Wochen hatte sie auf ein passendes Stück Treibholz gewartet, um die *Henkersmahlzeit* vollenden zu können. Eine mannshohe Skulptur, ganz aus Strandfunden gearbeitet. Ein aufmerksamer Beobachter konnte darin eine Gruppe Menschen – oder eher Wesen – erkennen, augenlos, mit weit geöffneten Mündern. Sie scharten sich um ein Netz mit Fischen, das von einer gewaltigen Hand wieder ins Meer zurückgezogen wurde.

Warum *Henkersmahlzeit*? Das wusste Tilde selbst nicht. Es war nur so eine Intuition. Mochte der Betrachter das Werk interpretieren, wie er wollte.

Schwemmholz sah in Tildes Augen häufig nach Meeresbewohnern aus. Und die waren es schließlich auch, die Tilde den Lebensunterhalt sicherten.

Ob Quastenflosser, Heringsschwarm, Tiefseekraken oder ein norddeutscher Plattfisch wie der Butt, Tilde zeichnete sie alle. Mal mit den filigranen Strichen einer Feder, dann wieder in Acryl- oder Aquarelltechnik, je nach Auftrag.

Die Fachbuchverlage zahlten mäßig, aber immerhin regelmäßig. Tilde galt nach all den Jahren als Spezialistin für die Illustration von Angelliteratur. Und das, obwohl sie noch nie selbst eine Angel in der Hand gehalten hatte. Aber das musste ja keiner wissen.

Sie wappnete sich für ihren Ehrentag mit schwarzem Kaffee, in den sie ausnahmsweise einen Schuss Rum gab, das beste Mittel gegen Gliederreißen, aufziehende

Erkältungen, Stimmungsschwankungen und dominante Töchter. Und der Anruf von Annika ließ tatsächlich nicht lange auf sich warten.

«Happy Birthday, Mom. Alles Gute zum 59.»

Konnte sie nicht ordentliches Deutsch sprechen? Mom? Tilde war keine Mom, und Anglizismen wie *happy birthday* passten ihr auch nicht. Aber sie wollte keinen Streit, nicht jetzt schon.

«Ich bin sechzig geworden», merkte sie stattdessen an.

«Das weiß ich doch», erwiderte Annika. «Aber die Zahl hört sich irgendwie nicht so nett an.»

«Ich mag sie.» Tilde schaltete auf stur.

«Mom, sei nicht so … du weißt schon, wie.»

Und ob ich das weiß, dachte Tilde und versuchte einzulenken. «Wie sieht's aus bei dir? Was macht Paul?»

Immerhin, sie hatte sich an den Lebensgefährten ihrer Tochter erinnert.

«Er heißt Paolo.» Kurzes Schweigen. Beleidigt? Offenbar nicht. «Er bedauert es sehr, nicht mit dir feiern zu können. Aber wir holen das nach.»

«Ganz bestimmt», meinte Tilde friedfertig.

«Also wirst du heute mit mir vorliebnehmen müssen.»

«Du musst doch nicht extra aus Köln herkommen!»

«Ich weiß, Mom. Aber ich bin schon fast da. Kannst du mich bitte in einer Stunde mit der *Fixen Flunder* vom Deich abholen?»

Tilde atmete tief durch. Eine Tochter blieb eine

Tochter, auch mit dreißig, zumal es die einzige war. «Natürlich. Ich freu mich schon. Allerdings bin ich nicht auf Besuch eingestellt. Bleibst du länger?»

«Höchstens ein oder zwei Nächte. Ich bringe alles mit, sogar eine Geburtstagstorte. Hat Paps sich gemeldet?» Sehnsucht in der Stimme, sie war schon immer eine Vatertochter gewesen.

«Ich glaube, er ist auf Reisen», sagte Tilde diplomatisch. Von Spielbank zu Spielbank, solange das Geld reichte, erst dann kam er, um seine Exfrau anzupumpen. Aber das sagte sie nicht.

«Erwartest du noch andere Gäste?»

Raffiniert gefragt. In Wirklichkeit wollte Annika doch nur wissen, ob der Liebhaber ihrer Mutter aufkreuzen würde. Der, den sie, Annika, einmal als Proll bezeichnet hatte, bloß weil er von der oberen Plattform nach unten gepinkelt hatte. Ein einmaliger Verstoß gegen die guten Sitten, zurückzuführen auf den Genuss von Starkbier, aber musste man sich vor seiner Tochter rechtfertigen?

«Ralf ist bei seiner Frau.» Tilde registrierte Annikas erleichterten Stoßseufzer.

«Aber vielleicht kommen ein paar Leute von hier.»

«Du meinst den süßen, bärtigen Vogelmenschen und Hermann, den Einsiedler? Gesche nennt ihn ja den Glöckner von Ziegensand.»

«Hör nicht auf das dumme Gequatsche von Gesche», Tilde war ernsthaft verärgert.

«Tut mir leid, Mom. Ich bin doch nur in Sorge, dir könnte was passieren. Also nichts gegen deine Insulaner-Szene.»

«Es sind meine Freunde», betonte Tilde. «Vielleicht kommt auch noch ein neuer Bekannter vorbei, der sich für meine Kunst interessiert. Hast du schon mal was von Professor Dykland gehört?»

Warum schwieg Annika so lange?

«Ich habe morgen einen Termin bei ihm, Mom. Lass uns später darüber sprechen.»

Tilde machte in ihrem Turm Klarschiff, wie sie es nannte. Von oben nach unten. Runde Ecken beim Putzen, das war hier legitim, denn andere Ecken gab es nicht. Die Regale im Oberstübchen, das gleichzeitig Wohn-, Schlaf-, Arbeits- und Panoramazimmer war, hatte sie selbst gezimmert. Windschief, aber das wirkte fast schon wieder künstlerisch.

Der halbrunde Arbeitstisch aus Mooreiche war eine Sonderanfertigung, den ihr ein Tischler im Tausch gegen eine ihrer Skulpturen *(Neptuns Rache)* in Einzelteilen hochgeschleppt und dann erst zusammengebaut hatte.

Eines der wenigen Male, dass ihr eine Skulptur etwas eingebracht hatte.

Tilde ging die Wendeltreppe hinunter ins Ankleide-, Lese- und Gästezimmer. Nebst Teeküche, ihre praktische Kombietage. Statt eines Kleiderschranks gab es mit Vorhängen versehene breite Ständer und eine beachtliche Anzahl von Deckelkörben aus Sisal, die die ständig herrschende Feuchtigkeit aufsogen und einen großen Teil ihrer Habe enthielten. Wer in einem Turm lebte, musste sich auf das Nötigste beschränken, das war nun mal so.

Der rote Plüschsessel mit passendem Fußteil und die Stehlampe aus schwarz angelaufenem Messing mit schwenkbarem Arm waren Flohmarkt-Schnäppchen, das im Dschungel-Look gehaltene moderne Sofa ein Geschenk von Annika.

Zwei Nischen im Mauerwerk dienten mit Matratzenauflagen als Gästebetten. Steinhart, aber das beugt Rückenbeschwerden vor, pflegte Tilde ihrem Logierbesuch mit ernster Stimme zu erklären.

Unten, also im Erdgeschoss, wenn man es so nennen wollte, gab es das, was Architekten gerne als Nasszelle bezeichneten. Aber eine Dusche war eine Dusche, und im Sommer stieg Tilde unbekümmert in die Elbe. Das war inzwischen wieder möglich, die Wasserqualität hatte sich dank diverser Umweltauflagen stark verbessert.

Das an den Turm angebaute Gebäude war vom Zahn der Zeit und vom Hochwasser so beschädigt, dass Tilde es nur als Rumpelkammer nutzte. Eine Renovierung konnte sie sich nicht leisten. Also lagerte sie dort Werkzeug, Konserven und allerlei, das, in Planen verpackt, bei einer Sturmflut schleunigst in den Turm geschafft werden musste.

Zeit für ihren Morgenspaziergang. Tilde reckte und streckte sich, prüfte noch einmal die Windrichtung und schaute dann in den Weidenkorb. Nein, heute gab es keinen frischen Fisch, schade. Vielleicht musste sie doch noch einkaufen.

Sie ging zur Nordwestseite, an der als Schutzmaßnahme Steine aufgeschüttet waren. Auf dem schmalen

Sandstreifen direkt am Wasser lag ihre Tagesbeute. Der Wind hatte ihr neues Treibholz beschert, dazu Reste eines Fischernetzes, in dem sich ein roter Ball verfangen hatte.

Tilde kniff die Augen zusammen. Nein, ein Ball war es nicht, auch kein versehentlich über Bord gegangener Fender. Vorsichtig kletterte sie über die Steine und nahm ihren Fund näher in Augenschein: einen knallroten Stöckelschuh, einen linken, anscheinend noch nicht lange dem Wasser ausgesetzt, denn das Leder war kaum aufgequollen.

Wie dumm von der Besitzerin, sich mit solchen Absätzen ans oder gar aufs Wasser zu wagen. Tilde nahm den Schuh samt Netz mit, um ihn später in eins ihrer Kunstwerke zu integrieren. Aber vielleicht gab es ja noch ein Gegenstück? Sie betrachtete aufmerksam den Spülsaum.

«Hat dir die Natur etwas zum Geburtstag beschert?»

Wie üblich hatte sie Malte nicht kommen gehört, freute sich aber, als er sie zum Gratulieren in den Arm nahm.

Ein Vogelwart, jung an Jahren, alt an Erfahrung, wie er selbst versicherte. Zunächst nur im Rahmen eines freiwilligen sozialen Jahres auf Ziegensand eingesetzt, aber dann kam er doch immer wieder hierher zurück. Zum Auftanken, um anschließend wieder der Zivilisation gewachsen zu sein, behauptete er.

Vielleicht auch, um Ruhe vor der einen oder anderen Flamme zu haben, vermutete Tilde, denn Malte war definitiv ein Frauentyp, mit seinem schwarzen lockigen Haar und den blauen Augen, die so intensiv in andere Augen eintauchen konnten.

Wenn er zehn Jahre älter und sie zwanzig Jahre jünger wäre ...

«Woran denkst du, Tilde?»

«An die Vergänglichkeit des Lebens», sagte sie spöttisch. «Ich fühle mich noch immer nicht alt. Woran mag das liegen?»

«Diese Fregatte wird noch lange nicht abgewrackt», zitierte er Tildes eigenen Lieblingsspruch, und dann mussten sie beide lachen und hörten erst auf, als ein Platzregen einsetzte, der sie in verschiedene Richtungen flüchten ließ.

«Kommst du heute Abend?», rief sie ihm nach. Doch seine Antwort wurde von den kreischenden Möwen übertönt.

Und sie schrieen doch anders als sonst, war sich Tilde sicher und schauderte.

2.

«Wer hat das getan?» Tilde stand breitbeinig auf ihrem schwankenden Tuckerboot und reichte Annika zum Einsteigen die Hand. Das Gesicht ihrer Tochter war blau verfärbt und wies Schwellungen auf, die auch ein tief in die Stirn gezogenes Kopftuch nicht verbergen konnte.

«Wenn das Paul war, wird er mich kennenlernen.»

«Mom, sei nicht so theatralisch. Paolo hat nichts damit zu tun. Ich erklär es dir später.» Vorsichtig setzte Annika einen Fuß auf die *Fixe Flunder,* ein ehemaliges Rettungsboot, das Tilde mit viel Liebe und noch mehr hart erarbeitetem Geld restauriert hatte.

«Ich glaube, dein Kutter hat ein Leck», sagte Annika und versuchte, den Karton mit der Torte und sich selbst in Balance zu halten.

«Alle alten Holzboote ziehen Wasser.» Tilde strich liebevoll über die geklinkerten Eichenplanken. Das Motorengeräusch, na ja, Hermann hatte kürzlich etwas von einer neuen Propellerwelle in seinen grauen Bart gemurmelt und dann mit den Schultern gezuckt. Das hieß so viel wie: «Wenn man das Geld dafür hat.»

Bitte, Professor Dykland, mach mich reich, schickte Tilde ein Stoßgebet zum Himmel.

Sie vertäute das Boot mit einem doppelten Palstek, denn der Wind hatte sich noch nicht gelegt.

«Gesche hat mir deine Post mitgegeben», Annika kramte in ihrem Gepäck. «Es ist auch was von Paps dabei.»

Tilde legte den Stapel ungelesen beiseite und goss Tee auf.

Morgens Kaffee, tagsüber Tee mit klirrendem Kandis. Als Mahlzeit reichte ihr Bratfisch oder ein Fertiggericht. Gerne auch Käse auf die Faust. Kochen lag ihr nicht so, ihre Gäste wussten das.

«Hermann hat mir heute keinen Fisch gebracht», wandte sie sich an Annika, die immer noch ihr Kopftuch trug. «Magst du ein Stück Käse? Oder lieber einen Pfannkuchen? Ich müsste im Schuppen noch ein paar Eier haben.»

«Schon gut, Mom, lass uns die Torte anschneiden. Sie ist vom besten Konditor in Köln.»

Tilde starrte auf das Ungetüm mit Marzipandecke und einer aus rosa Buttercreme aufgespritzten 60. An den Rändern pappten Tintenfische, Quallen und Würmer. Wattwürmer?

«Man kann sie mitessen. Sie sind aus Zucker. Paolo hat sie für dich entworfen.»

Aber unvermittelt zählte die Torte nicht mehr, nur noch das geschundene Gesicht ihrer Tochter, die endlich das Tuch abgenommen hatte und mit einer Mischung aus Trotz und Scham zu ihr hochschaute.

«Wenn Paolo es nicht war, wer war es dann?» Tilde schaffte es trotz des Schocks, mit ruhigen Händen den Tee einzuschenken.

Annika bediente sich mit Kandis und Rum aus der Karaffe und nahm dann schlürfend den ersten Schluck. Als wenn nichts wäre, saß sie im Schneidersitz auf dem Dschungelsofa und packte sich ein Kissen ins Kreuz.

«Ich hatte eine Gesichtsoperation», begann sie sachlich. «Also keine Prügelei, wie du vermutet hast. Ich habe mir die Stirn- und Augenpartie straffen lassen, dazu noch kleine Korrekturen am Kinn und an der Nasenspitze.»

«Was stimmte denn nicht mit deiner Nase? Ich fand sie immer hübsch.» Es hörte sich blöd an, aber etwas Besseres fiel Tilde nicht ein. Ihre Tochter hatte sich mit dreißig liften lassen, sah aus wie ein Zombie, war vielleicht sogar entstellt für den Rest ihres Lebens. Wer hat das verbrochen, wollte sie fragen, aber Annika kam ihr zuvor.

«Du verstehst nichts davon, Mom. In ein paar Wochen sehe ich ganz anders aus. Aber für alle Fälle will ich morgen die Meinung von Professor Dykland einholen, er soll auf dem Gebiet der Beste sein.»

«Du meinst, er ist ein Schönheitschirurg?» Das hatte Tilde nicht gewusst. Sie kannte den Professor von einer Vernissage unter freiem Himmel als Sammler zeitgenössischer Kunst. Später hatte er sie einmal überraschend auf Ziegensand besucht und war hellauf begeistert von ihren Skulpturen gewesen. Eine kaufte er sofort, andere sollten folgen, nur die Auswahl falle ihm noch schwer, hatte er gesagt. Tilde hoffte täglich auf seinen Besuch.

«Der Mann hat sich bei mir als Künstler und Mäzen ausgegeben», sagte sie.

«Aber das ist er doch auch», betonte Annika. «Er vollbringt wahre Wunder. Auch du könntest zwanzig Jahre jünger aussehen, Mom. Ich bin mir sicher, er macht dir einen fairen Preis, und bezahlen kannst du ihn sogar in Raten, er hat eine soziale Ader, heißt es.»

«Noch bin ich kein Sozialfall», erwiderte Tilde und zog dann mit Daumen und Zeigefinger ihre Gesichtshaut straff in Richtung Ohren. «Würde ich dir so besser gefallen? Oder so?» Sie zog eine Grimasse und riss dabei die Augen auf. «Schämst du dich etwa deiner greisen, ungelifteten Mutter?»

«Ach was, Mom, aber fast alle helfen heute der Natur ein bisschen nach. Am besten rechtzeitig. Glaub mir, auch für dich ist es noch nicht zu spät. Du bist schlank, hast einen kleinen Busen, vielleicht muss man nur die Augen und Halspartie machen. Soll ich dir nochmal diese tolle Kollagen-Creme schicken? Zeig mal, ich finde, man sieht schon die Wirkung.»

Mit Schrecken erinnerte sich Tilde an die Hartnäckigkeit, mit der Annika ihr eine Halscreme für 90 Euro aufgeschwatzt hatte, die sie inzwischen nur noch zur Fußpflege benutzte.

«Danke, ich stehe zu meinen Jahresringen», beendete sie das Thema und säbelte ein großes Stück von der Torte ab.

«Du bekommst Besuch», Annika bezog sich auf das hallende Geräusch von Schritten. Keiner konnte unbemerkt einen Turm von dieser Bauart betreten.

Malte stieß die schwere Tür auf. «Ich glaube, ich war zum Essen eingeladen.» Sein Blick streifte erst die Torte und dann Annika. «He, ich hoffe, du hast wenigstens gewonnen?»

Hastig band sie sich erneut das Tuch um.

«Was hast du da im Korb?», lenkte sie ab.

Tilde nahm Malte den Korb ab. Es war ihr eigener, den sie gewöhnlich für ihren Tauschhandel nutzte. «Oh, Hermann hat Stinte gefangen», sagte sie nach einem Blick auf den Inhalt erfreut. «Und was ist das?»

Sie zog einen Gegenstand aus dem Korb, der in bunte Seiten einer Illustrierten verpackt und mit einem aus Binsen geflochtenen Band verschnürt war. «Von dir, Malte?»

«Nein, von mir ist diese Kleinigkeit.» Er ging noch einmal vor die Tür und überreichte Tilde dann eine auf Holz gezogene Sammlung Vogelfedern. «Vertreter aller Vögel, die hier vorkommen oder rasten», sagte er stolz. «Ich sammle sie seit einem Jahr für dich.»

«Ein zauberhaftes Geschenk», bedankte sich Tilde und zeigte es stolz Annika.

«Würde mir auch gefallen», sie strich vorsichtig über die Federn. «Und wer brät jetzt den Fisch?»

«Du kannst dir schon mal die Pfanne schnappen», schlug Tilde vor. Im mütterlichen Befehlston von früher, der auch jetzt nicht seine Wirkung verfehlte. «Malte hilft beim Salat.»

«Du bist das Geburtstagskind», kapitulierte Annika.

Neugierig nahm Tilde das mysteriöse Päckchen aus dem Korb und schälte das Geschenk aus der aufwendigen Verpackung.

«Es ist ein roter Stöckelschuh! Diesmal der rechte.» Sie sah Malte verdutzt an.

«Zufälle gibt es. Gleich ein komplettes Paar, und das auf Ziegensand. Wo mag die Besitzerin stecken? Ob Hermann etwas darüber weiß?»

«Warum, ist hier etwas passiert?» Annika war misstrauisch, seit sie einmal bei einem Spaziergang Hermann in langen grauen Unterhosen im Schilf begegnet war und er ihr in Panik einen halb vollen Eimer mit Fischeingeweiden entgegengeschleudert hatte.

«Nichts», sagte Tilde beruhigend.

«Mom, es wird schon dunkel. Hast du unten abgeschlossen?», fragte ihre hasenherzige Tochter mit weit aufgerissenen Augen.

«Warum soll ich abschließen, wenn ich doch zu

Hause bin? Das mache ich nur, wenn Picknick-Gäste auf die Insel kommen und meinen Turm für einen öffentlichen Aussichtspunkt halten.»

Weitere Diskussionen zum Thema Sicherheit wurden zum Glück durchs Läuten des Telefons verhindert. Tilde sprang die Wendeltreppe zur oberen Etage hoch.

«Na, altes Mädel, hast du meine Geburtstagspost bekommen?»

Jasper Janssen, der Mann, den sie am Tag ihrer Silberhochzeit verlassen hatte. Ein frühpensionierter Kriminalbeamter, dessen Leidenschaft schon lange nur noch einarmigen Banditen galt.

Tilde hasste es, altes Mädel genannt zu werden, aber Jasper darauf hinzuweisen wäre Zeitverschwendung. Er hatte seinen vertrauten Nörgelton drauf. «Ich habe dir per Post meinen Besuch angekündigt. Ein bisschen Luftveränderung wird mir guttun. Hinter mir liegen harte Zeiten.»

Nein, ich frage ihn nicht, warum, beschloss Tilde.

«Du kannst kommen. Annika ist auch hier, sie wird sich freuen, dich zu sehen. Aber erwarte nicht, dass ich Umstände mache. Um deine Mahlzeiten musst du dich selbst kümmern.»

«Das ist ja nichts Neues. Leider bin ich momentan etwas knapp bei Kasse.» Tilde hatte nichts anderes erwartet.

«Du wirst schon nicht verhungern. Ich leih dir eine Angel.»

Es folgte ein Anruf von Gesche. Sie sagte mit Bedauern ab: eine Sitzung des Tourismusverbandes, das ging leider vor. Sie empfahl noch dringend, den Wetterbericht zu hören.

«Morgen ist mit einer schweren Sturmflut zu rechnen.»

«Ich hab's schon in den Knochen gespürt. Sag mal, Gesche, hat sich bei euch zufällig eine Frau gemeldet, die ihre roten Stöckelschuhe vermisst?»

«Soll das ein Witz sein? Wenn überhaupt, verlieren die Leute ihre Regenschirme, aber keine Stöckelschuhe. Warum fragst du?»

«Strandgut.»

«Wart ein paar Tage ab, dann kannst du sie behalten und damit Furore machen.»

Tilde musste lachen. Sie auf solchen Schuhen! «Hast du schon mal daran gedacht, dich liften zu lassen?», fragte sie spontan. Gesche war nur ein paar Jahre jünger als sie.

«Du meinst, damit ich vielleicht noch einen Kerl abbekomme? Ich bin doch nicht verrückt. Die im passenden Alter haben selbst keinen knackigen Arsch mehr.»

Malte und Annika saßen friedlich vereint am Küchentisch und hatten die gusseiserne Pfanne mit den Stinten zwischen sich gestellt. «Es ist besser, man isst sie heiß», sagte Malte mit vollem Mund, und Annika wischte ihren Teller genüsslich mit einer dicken Scheibe Brot aus.

«Ab nächster Woche lebe ich dann wieder Diät», teilte sie mit. «Eine Fettabsaugung kann ich mir finanziell nicht erlauben.»

Tilde starrte ihre gertenschlanke Tochter an. Wer setzte ihr bloß solche Flöhe ins Ohr?

Es musste Paul sein, der in Köln eine Model-Agentur leitete und aus den normalsten, hübschesten Mädchen dürre Kleiderständer zu machen wusste, bevor er sie auf den Laufsteg schickte.

Gott sei Dank war Annika nur seine persönliche Assistentin und modelte nicht selbst. Doch wie weit reichte sein Einfluss?

«Ich glaube, da kommt noch jemand», flüsterte Annika. Ihre Gabel hielt sie wie eine Waffe umklammert.

In der Tat. Leichte Vibrationen, dann das Geräusch von Schritten. Dazwischen Pausen. Ein Gast, der nicht recht wusste … sollte er, oder sollte er nicht?

Tilde ging ihm entgegen. «Komm rein, Hermann.»

3.

Er sah ein bisschen anders aus als die Menschen, die Annika gewohnt war, das musste Tilde zugeben. Die schiefe Körperhaltung war keine Verwachsung, sondern nur eine linkische Muskelverkrampfung. Allzeit auf der Flucht, rühr mich nicht an, schien sie auszudrücken.

Die grauen Haare ließ er wachsen, aber heute waren sie mit einem Band ordentlich zusammengenommen. Seine Ölkleidung roch etwas streng, aber ihre eigene roch garantiert nicht besser. Die Hände hielt er hinter seinem Rücken.

«Ich danke dir für die Stinte», sagte Tilde betont herzlich, da Annika noch immer krampfhaft ihr Besteck gezückt hielt. «Und vor allem auch für den Schuh. Jetzt habe ich ein vollständiges Paar.»

Sie holte den linken Schuh, den sie zum Trocknen in die Nähe des Radiators gestellt hatte, hervor und stellte ihn neben den rechten.

Hermann schüttelte ratlos den Kopf.

«Na los, gib ihn Tilde», forderte Malte, der schon erspäht hatte, was der Besucher hinter dem Rücken verbarg.

Diesmal war das Geschenk nicht eingepackt. Es handelte sich um – einen weiteren roten Stöckelschuh. Einen linken.

Tilde stellte ihn zu dem anderen Paar. «Jetzt habe ich drei Stück. Zwei linke und einen rechten.»

Hermann starrte auf die rote Reihe und zählte. «Einer fehlt noch.»

«Könnten sie aus einem beschädigten Container stammen?», vermutete Annika.

«Unwahrscheinlich, dann wären es viel mehr», sagte Tilde. Sie beobachtete Hermann. Er musste einen weiteren Grund haben, sie aufzusuchen.

«Noch andere Strandfunde heute, Hermann?»

Er antwortete zunächst nicht, sondern fixierte Annika. «Meine Fresse», murmelte er.

Annika sprang auf und stürmte die Treppe hoch in die obere Etage.

Tilde sah ihr kopfschüttelnd nach. «Wolltest du mit uns feiern, Hermann?»

«Das Boot muss gesichert werden. Könnte abtreiben.» War er deshalb gekommen? Inzwischen peitschte der Regen gegen den Turm, Tilde griff nach ihrem Wetterzeug, aber Malte hielt sie zurück.

«Ich mach das mit Hermann. Muss sowieso wieder zurück. Bleib du besser bei ihr.» Er wies mit dem Daumen nach oben.

«Danke», Tilde nickte den beiden Männern zu. Verdammt, sie hatte sechzig Jahre auf dem Buckel, da war falscher Ehrgeiz unangebracht, die *Fixe Flunder* würde es ihr verzeihen.

«Mom, ab wann hast du angefangen, dich alt zu fühlen? Ich meine, so richtig alt?» Annika hatte sich in Tildes Bett gekuschelt und machte keine Anstalten, diesen Platz wieder aufzugeben.

«In deinem Alter war ich uralt. Dann fing ich an, mich stetig zu verjüngen. So mit fünfzig beschloss ich, alles nachzuholen, was ich bisher versäumt hatte. Nach der Trennung von deinem Vater hatte ich so viel Energie wie noch nie, und jetzt werde ich einfach nicht richtig alt. Annika?»

Sie war eingeschlafen. Mit den Lebensergüssen ihrer ungelifteten Mutter als Schlaflied.

Ein dumpfer Schlag lockte Tilde am Morgen vor die Tür. Eine Sturmmöwe war gegen den Turm geprallt und lag blutend mit gebrochenen Augen und Schwingen direkt vor dem Eingang, das Federkleid blähte sich im Wind.

Warum ihr Orientierungssinn sie verlassen hatte, blieb ein Geheimnis der Natur. Schnell räumte Tilde

den Kadaver weg, um Annika den Anblick zu ersparen.

Wenig später kam ihre Tochter gut gelaunt die Treppe
herunter.

«Arme Mom, hast du auf diesem harten Sarkophag
schlafen müssen? Und noch nicht mal dein Geburtstagsgeschenk von mir bekommen! Ich bin eine schlechte Tochter.»

Während sie ihren Kaffee tranken, erinnerte sich
Tilde mit Schrecken an die Geburtstagsgeschenke der
letzten Jahre: einen Gutschein für eine Nagelmodella-
ge, inzwischen längst verfallen, ein Epiliergerät gegen
unerwünschte Härchen und als Krönung einen Bild-
band über Marmorengel auf dem Ohlsdorfer Friedhof.
Damit man sich schon zu Lebzeiten Gedanken über
die eigene Grabgestaltung machen konnte, eine Einstellung, die Annikas väterliches Erbteil sein musste.

«Ich weiß, dass du dir einen Leuchtturmkalender
gewünscht hast.» Annika kramte in ihrem Beutel, und
Tilde schöpfte Hoffnung. Sie wünschte sich bereits seit
Jahren immer wieder aufs Neue einen Leuchtturmkalender, offenbar ein zu banaler Wunsch.

«Aber dann dachte ich mir, einen Kalender kannst
du dir selber kaufen.» Annika hielt plötzlich einen
großformatigen goldenen Briefumschlag in der Hand.

Ein Gutschein, wieder einmal?

Hoffentlich etwas, das man gegen Bootslack oder
ein vernünftiges Fernglas eintauschen konnte. Im In-
ternet sollte es doch so eine Tauschbörse geben …

«Der Gutschein ist auf dich persönlich ausgestellt»,

betonte Annika, und Tilde meinte, einen belustigten Unterton zu vernehmen.

«Du kannst ihn nicht weiter verschenken.»

Wer hatte denn an Verschenken gedacht? Lieber verkaufen!

«Frischzellenkur, Ginsengbäder, Lomilomi-Massage, Fußsohlenstraffung, Rundumerneuerung an einem Wochenende.»

«Ich bin doch kein alter Autoreifen», rutschte es Tilde heraus. Aber dann fügte sie schnell hinzu: «Neue Fußsohlen, das klingt gut, wirklich!»

«Es ist Freitag, wir können gleich heute einen Termin für dich machen. *Planet Venus* hat den allerbesten Ruf.»

«Planet Venus», wiederholte Tilde wie ein Papagei.

«Das ist die Best-Ager-Abteilung bei Professor Dykland. Wir hatten doch gestern das kleine Gespräch über Verschönerungsmaßnahmen, du erinnerst dich, Mom?»

«Na klar. Es ging um meinen Hals.» Oder um Kopf und Kragen, ich mache diesen Best-Ager-Quatsch nicht mit, beschloss Tilde für sich.

Sie brachen früher auf als geplant. Während Tilde sich insgeheim Sorgen um das Wetter machte, hatte Annika nur ihren Termin im *Ästheticum*, wie die Klinik korrekt hieß, im Kopf.

Gleich hinter dem Deich wartete das bestellte Taxi. Tilde wäre lieber gelaufen, aber Annika meinte, die Spesen des Tages gehörten mit zum Geburtstagsgeschenk.

«Ich bin ein wenig aufgeregt», gab Annika zu, als sie an der in Pastellfarben gehaltenen Rezeption standen. Im Flüsterton, denn die Empfangsdame – ebenfalls in Pastell – schien ein wichtiges Telefonat zu führen.

«Ich nicht», tönte Tilde und lehnte sich gegen den Tresen, als ob sie in der Kneipe *Zum scharfen Seehund* stünde.

«Wo geht's denn hier zur Venus?», unterbrach sie mit Erfolg das Gespräch, was ihr einen giftigen Blick der Pastellfarbenen einbrachte.

«Sie werden gleich persönlich abgeholt», das war für Annika bestimmt, mit professionellem Lächeln versehen.

«Und Sie», der Blick streifte Tilde vom Scheitel bis zur Sohle, «gehen Sie bitte außen rum und melden sich bei unserer Nicole.»

«Wir sehen uns später in der Cafeteria, Mom.»

Nicole entpuppte sich als fröhliche Mittvierzigerin. Oder als geliftete Siebzigjährige, das konnte man auf dem *Planeten Venus* nicht so genau wissen.

Schon saß man in der *Apollo-Lounge* über einem Grapefruit-Karotten-Saft. Nicole studierte zunächst den Geschenkgutschein und dann Tilde.

«Sie haben einen guten Teint. Aber jede Rose wird einmal zur Hagebutte.» Freundliches Lachen.

Dem konnte Tilde nichts entgegenhalten außer ihrem berühmten «Diese Fregatte wird noch lange nicht abgewrackt».

Nicole freute sich. «Das ist echt gut. Das muss ich mir merken.» Sie wischte sich eine Lachträne aus dem

Auge. «Spaß beiseite, haben Sie einen Bademantel mit-gebracht?»

Jetzt musste Tilde taktisch vorgehen. «Wissen Sie, Nicole, ich würde diesen Gutschein lieber später ein-lösen. Unter uns Golden Oldies, ich möchte ihn mir in bar auszahlen lassen.»

Verstoß gegen die guten Sitten. Unmoralisches An-gebot. Nicole stieß zischend die Luft aus.

«Die Gepflogenheiten des Hauses erlauben mir das leider nicht.» Es folgte ein Fachvortrag über Fett-absaugung, Laserbehandlung und Profilkorrektur.

«Wie ist denn so der Chef?», unterbrach Tilde.

«Ein Gott. Ein Zauberer mit magischen Händen. Unsere Patientinnen liegen ihm zu Füßen.»

Vielleicht konnte sie den Gott noch irgendwo abfan-gen, um ihn auf profane, irdische Geschäfte wie den Ankauf von Skulpturen aus Schwemmholz anzuspre-chen. Aber auf dem Außengelände traf Tilde nur einen alten Mann in blauem Einteiler mit Harke.

«Wissen Sie zufällig, wo ich Professor Dykland fin-de?»

Statt einer Antwort spuckte der Mann aus und legte dann die Hand hinter das Ohr. Ein Schwerhöriger?

«Ich suche den Chef», sagte Tilde überlaut. Der Mann spuckte ein zweites Mal aus. Sie ging weiter.

Annika eilte ihr entgegen. «Von wegen Chefarztbe-handlung. Der Professor hat nur seinen Oberarzt ge-schickt. Angeblich ein dringender Termin außer Haus. Die ganze Reise war umsonst.»

«Was heißt hier umsonst? Du bist mein Geburtstagsgeschenk», warf Tilde ein.

«Tut mir leid, Mom, das war nicht so gemeint. Lass uns was trinken gehen.»

Sie musste wirklich schlecht drauf sein, wenn sie sich mit ihrer Mutter in den *Scharfen Seehund* wagte. Eine Kneipe, die weder «trendy» noch «hip» war.

Im *Scharfen Seehund* stand die Zeit still. Ein verräucherter Tresen, an dem schweigende Männer auf Hockern saßen. Unter einem zerkratzten Plastiksturz türmten sich braungraue Frikadellen und versteinert wirkende Soleier.

Birger, der Wirt, war Teil des Inventars. Schweigend zapfte er das Bier, brachte es dann an den mit verstaubten Seidenblumen geschmückten Tisch. Vor Tilde stellte er unaufgefordert einen Teller mit zwei Frikadellen und einer eingetrockneten Tube Senf. «Auf Kosten des Hauses.»

«Danke, Birger. Sind es heute Fischfrikadellen?»

Er schaute skeptisch auf den Teller. «Ich bin mir nicht sicher.»

«Ich nehm's, wie's kommt.» Tilde biss herzhaft in einen der Bremsklötze.

«Du wirst dich vergiften», behauptete Annika. Sie sah heute weniger verbeult aus, vielleicht übergetüncht, ein Trick des *Ästheticum*-Teams?

«Und wenn! Zu vererben gibt es nichts. Bis auf die *Fixe Flunder*.»

Alte Boote musste man erhalten.

Der *Dicke,* ihr Turm, würde mit ihr gemeinsam verrotten. Bei dem Gedanken lachte sie auf. Keine Runderneuerung für Tilde oder ihren Turm, basta.

Ein zweites Bier, eine frische Tube Senf. Die Musikbox spielte «Du kannst nicht immer siebzehn sein».

Um diese Zeit war im *Scharfen Seehund* nicht viel los. Erst gegen Abend tagten und zechten Vereine und Stammtische. Nicht zu vergessen die Parteien, inklusive der, die man unter der Hand als braunes Gesocks bezeichnete. Oder eben auch nicht.

Tilde drängte es plötzlich zurück auf ihre Insel.

«Annika, lass uns aufbrechen. Das Wetter.»

Ihre Tochter hörte nicht zu. Sie erhob sich abrupt von ihrem Stuhl und warf sich einem Mann in die Arme, der gerade den plüschigen Vorhang an der Eingangstür zur Seite schob.

«Paps. Du bist hier. Das finde ich großartig.»

4.

Jasper Janssen. Mit einem Strauß Billigtulpen in der einen Hand, in der anderen den Reisekoffer, der erfahrungsgemäß Schmutzwäsche, ein zerknautschtes Sakko, zahlreiche Krawatten und Papierkram enthielt. Also fast seine gesamte Habe.

«Du hast dich sehr schnell auf den Weg gemacht», stellte Tilde fest.

«Die Sehnsucht nach meinen beiden Mädels hat mich getrieben.»

Nur Annika fiel auf solchen verlogenen Kitsch rein.

«Weißt du was, Mom, ich bleibe noch eine Nacht. Wir setzen uns gemütlich zusammen und reden über alte Zeiten.»

Tilde und Jasper warfen sich einen einvernehmlichen Blick zu. *Wir reden besser nicht über alte Zeiten. Vergeben, vergessen, vorbei.*

Die *Fixe Flunder* nahm Kurs auf Ziegensand. Tilde konzentrierte sich aufs Manövrieren, während Annika und Jasper bei ihrer Unterhaltung gegen den Wind anschrien. Als ein Schwall Wasser von Backbord aus ins Boot schwappte, kramten die beiden nach den Rettungswesten.

Tilde lachte nur, sie fühlte sich ganz in ihrem Element. Die Spitze ihres Turms war von nebelgrauen Wolkenfetzen umhüllt, der Rest der Insel in ein schmutziges, schwefelgelbes Licht getaucht.

«Wir werden ein Gewitter bekommen. Beeilung, wenn ihr trocken bleiben wollt.»

«Zu spät!» Jasper ächzte, als er Tilde half, das Boot so hoch wie möglich auf den Sand zu ziehen. Regen peitschte von der Seite auf sie ein. Noch ehe sie den Turm erreichten, zuckten Blitze, sie schienen wie Irrlichter auf dem Wasser zu tanzen. Obwohl erst fünf Uhr, wurde es plötzlich finster.

«Das ist doch kein normales Gewitter», meinte Annika mit besorgter Stimme. Sie stand da wie ein Häufchen Elend, Wasser tropfte aus ihrer Kleidung auf die Wendeltreppe.

«Seht zu, dass ihr aus den nassen Klamotten kommt», befahl Tilde. «Ich muss noch ein paar Sachen in den Turm holen.»

«Ich helfe dir», bot Jasper heroisch an.

Wenn er dachte, sie würde sein Angebot ablehnen, war er schief gewickelt.

«Nimm dir ein Paar Gummistiefel. Das Wasser steigt schneller als erwartet.»

Sie arbeitete zügig und nach ihrem eigenen System, reichte Jasper Kartons und Kisten aus dem Anbau.

«Wie kann man so viel Plunder haben», schimpfte Jasper. Tilde verzichtete darauf, ihn über die Bedeutung all dieser Sachen aufzuklären. Was verstand ein Mann, der aus dem Koffer lebte, vom Leben auf einem Turm? Dem letzten Bollwerk vor dem auflaufenden Wasser?

Sie schickte ihn zu Annika zurück und schloss, als alles Nötige erledigt war, von innen die stählerne Schutztür.

«Mom, der Strom ist weg», klagte ihre Tochter.

«Wir haben einen Campingkocher und Kerzen. Dazu Handys.» Tilde spürte, wie ihre Ungeduld wuchs. Jetzt hatte sie die beiden an der Backe, war für Betreuung und Versorgung zuständig, ganz wie früher. Krisenmanagement, eine Spezialität von ihr.

«Verhungern werden wir nicht. Hier steht eine halbe Torte.»

Aber was war mit dem Wasser, wie hoch würde es

diesmal steigen? Schon einmal war sie achtundvierzig Stunden in ihrem Turm gefangen gewesen, während ein Hubschrauber über ihr kreiste. Die Vorgängerin der *Fixen Flunder* war damals auf der Elbe tänzelnd an ihr vorbeigezogen und erst Tage später auf Krautsand als Stückwerk angelandet.

«Was ist mit Malte und du weißt schon wem?», sorgte sich Annika zur Überraschung ihrer Mutter.

«Hermann. Sein Kiosk liegt hoch genug, ihm kann nichts passieren. Malte wollte an Land, der kommt zurecht.»

«Also fahnenflüchtig», behauptete Annika und schob ihrem Vater die wärmste Wolldecke zu.

«Wie wär's mit einem Spielchen?» Jasper zauberte ein abgegriffenes Päckchen Karten hervor. «Mau Mau, Schafkopf, was ihr wollt. Etwas für Anfänger.»

«Piraten-Poker, falls du das kennst», schlug Tilde vor.

«Eine Variante des normalen Pokerspiels?»

«Keine Ahnung. Ich weiß nur, dass man sich dabei auszieht.»

«Strip-Poker. Mom, du bist unmöglich. In deinem Alter!» Annika lachte. «Toll, das ist ein Partyspiel aus meiner Jugend.»

«In meiner Jugendzeit haben wir es ganz ohne Karten gespielt», erwiderte Tilde. «Und zur Schönheitspflege haben wir uns nur Gurkenscheiben aufs Gesicht gepappt.»

Jasper, harmoniesüchtig wie eh und je, versuchte abzulenken. «Ich habe auf der Zugfahrt von Hamburg einen alten Kollegen wiedergetroffen. Klaus Tetjens.

Sein Sohn arbeitet hier als frischgebackener Haupt-kommissar. Scheint nicht viel los zu sein.»

«Sag das nicht. Erst letzte Woche wurde eine kup-ferne Regenrinne abmontiert. Dann der Einbruch in die Milchbar, das Durchschnittsalter der Täter betrug vierzehn Jahre. Sie sollen auch eine alte Frau hin-geschubst haben.»

«Wie alt?», fragte Annika.

«Uralt. Mindestens sechzig.»

In diesem Moment ergriff der Turm das Wort. Er hallte, stöhnte, vibrierte. Brüllte, klagte, begehrte trot-zig auf.

«Um Himmels willen, was sind das für Geräusche?» Jasper sprang auf, während Annika versuchte, ins Sofa hineinzukriechen.

«Die Sturmflut. Das Wasser hat den Turm erreicht. Wir sind eingeschlossen. Aber keine Sorge, das Wasser fließt auch wieder ab.»

Tilde probierte es mit einem munteren Tonfall. Auch, um sich selbst zu beruhigen.

Hatte sie die *Fixe Flunder* hoch genug gezogen? Die Skulpturen in der Mitte der Insel ausreichend gesichert?

Sollte sie sich um eine Evakuierung kümmern? Aber dann würde man sie nicht wieder auf den Turm zu-rücklassen.

«Wir gehen ins Oberstübchen und warten ab», sagte sie mit falscher Fröhlichkeit. «Wie wäre es mit kaltem Stint auf Brot?»

«Das Brot ist verschimmelt. Ich schau mal deine anderen Lebensmittel durch.» Kommissar Jasper im Einsatz.

«Käsecracker oder Torte mit Rumpunsch?», fragte er nach kurzer Suche.

Sie brachten das Essen eine Etage höher und machten es sich bei Kerzenlicht gemütlich.

«Man sagt, bei solchem Wetter steigt nachts ein Meerdrache aus den Fluten der Elbe, um sich eine schöne Jungfrau als Braut zu holen.

‹Aller Mädchen Zier
Stillt des Drachen Gier.
Nur nach solcher Beute
Schont er Land und Leute›»,

deklamierte Tilde aus der alten Sage von der Unterelbe. Die Kerzen flackerten.

«Fein, Mom. Ich liebe Märchen. Aber ob das der richtige Zeitpunkt ist?»

«Jede Sage hat einen wahren Kern», fuhr Tilde unbeirrt fort. «Wollt ihr wissen, was aus dem Drachen geworden ist?»

«Lass mich raten. Er holt sich bei jeder Sturmflut eine frische Jungfrau.»

«O nein», Tilde kostete die Aufmerksamkeit aus. «Er hat damals seine Braut nicht bekommen und wurde stattdessen von einem tapferen Jüngling besiegt.»

«Dann ist es ja gut», meinte Jasper und gähnte.

Tilde goss sich Punsch nach. «Nun sollt ihr noch hören, was aus dem toten Drachen geworden ist.»

«Er war in Wahrheit unsterblich und frisst heute mangels Jungfrauen alles, was ihm vors Maul kommt, sogar Schiffe und ganze Leuchttürme», riet Annika.

«Nicht schlecht, aber du liegst falsch.» Tilde freute sich darauf, den Schluss zu erzählen.

«Im Laufe der Zeit überzog das Wasser den toten Körper und die ausgefallenen Zähne des Drachen mit einer Schlickschicht. Noch heute sind die Überreste des Drachen als kleine Inseln in der Elbe zu sehen. So wie Krautsand, Pagensand, Lühesand ...»

«... und Ziegensand», ergänzten Jasper und Annika gleichzeitig.

Als Gewitter und Sturm nachließen, trat Tilde auf die Plattform ihres Turms. Sterne und Mond fanden wieder den Weg durch die Wolkenschicht, spiegelten sich im nur mäßig bewegten Strom der Elbe. Morgen, im Laufe des Tages, würde der ganze Spuk vorbei sein. Wasser kam, Wasser ging. Türme trutzten, Deiche hielten. Meistens.

5.

Wieder waren es die Schreie der Möwen, die Tilde weckten. Es wurde gerade erst hell. Von Annika und Jasper, die ihre Matratzen ins Oberstübchen gebracht hatten, um einer Nacht auf den Sarkophagen zu entgehen, war nichts zu hören.

Tilde schaute zunächst aus dem dick verglasten Fenster der Kombietage nach unten. Schlick, reichlich.

Der Anbau noch mit nassen Füßen. Aber der Eingang zum Turm lag frei, sie konnte die Schutztür öffnen.

Einmal um den *Dicken* herumgehen, das war Standard.

Vielleicht sogar einen Rundgang in hohen Gummistiefeln über die Insel machen, soweit sie schon begehbar war. Mögliche Schäden begutachten, neues Strandgut sichten.

Sie musste nicht lange suchen. Ein dunkles Bündel hatte sich in Turmnähe verhakt und dümpelte vor sich hin. Oder trieb es noch, vom Wasser träge angestoßen? Wenn es sich um einen Fisch handelte, musste er riesig sein. Aber in der Elbe war im letzten Sommer sogar ein verirrter Schweinswal gesichtet worden.

Tilde ging näher, achtete darauf, nicht im Schlick auszurutschen. Nein, ein Fischkadaver sah anders aus. Diese ... Masse ... ähnelte eher einem menschlichen Körper. Nein, das konnte nicht wahr sein, oder doch? Hatte der Sturm ein Schiff in Seenot gebracht und einen Seemann über Bord gespült, der dann verzweifelt versucht hatte, gegen die Strömung anzugehen, um dann doch vom Fluss besiegt zu werden?

Der leblose Körper wirkte wie eine Marionette, deren Fäden durchschnitten waren. Die Gliedmaßen wurden wie in einem grotesken Tanz vom Wasser bewegt. Abgerissene Weidenzweige und Schilf hatten seine Reise vorübergehend gestoppt, das Gesicht lag, nach unten gerichtet, auf einer Planke.

Es war nur eine Frage der Zeit, bis die Möwen zuschlagen würden, um ihre Beute mit spitzen Schnäbeln näher zu untersuchen. Ein Graureiher beobachtete das Geschehen, bezog Wartestellung auf einem Grasbüschel.

Tilde dachte nicht lange nach, holte den Bootshaken aus dem Turm und zog die Planke samt Toten zu sich heran.

Die Möwen protestierten heftig, eine Ente flatterte erschreckt auf.

Nein, so sah ein Seemann nicht aus. Der Tote trug einen Frack. Jedenfalls etwas mit Schwalbenschwänzen, wie man das früher genannt hatte. Tilde zwang sich, seinen Kopf anzuheben und in ihre Richtung zu drehen. Der Mann war für sie kein Unbekannter.

Professor Dykland war also doch noch einmal gekommen.

«Arzt, Feuerwehr, Polizei. Wasserschutzpolizei oder DLRG zur Bergung. Nichts verändern, Spurensicherung abwarten.»

Jasper hatte sein Handwerk noch nicht verlernt, Tilde überließ ihm das Feld.

«Er muss von einem Boot gefallen sein», flüsterte Annika, als ob sie die Totenruhe nicht stören wollte.

«Bei dem Wetter gestern ist keiner freiwillig rausgefahren», entgegnete Tilde und zog ihre Tochter zurück in den Turm. «Bald wird es hier von Menschen wimmeln. Lass uns Kaffee für alle kochen und schauen, was wir noch zu essen finden.»

«Mom, wie kannst du nur so – so profan sein. Professor Dykland liegt ertrunken am Fuße deines Leuchtturms, er wird nie wieder seine Kunst ausüben können.» Sie sagte es so, als ob dieser Mann aus Menschen Skulpturen geschaffen hätte, ähnlich wie Tilde aus Schwemmholz.

«Eine interessante Auffassung von Kunst. Kann ich dich allein lassen, um zu sehen, wie es den anderen ergangen ist?»

Malte kam ihr entgegen. «Hermann ist nicht in seiner Hütte. Wollte er an Land bleiben?»

«Keine Ahnung», Tilde war überrascht. Sie wusste noch nicht einmal, wo Hermann hauste, wenn er Ziegensand verließ. Er hatte diverse Boote, an denen er ständig rumbastelte, vielleicht war er mit einem von ihnen noch vor dem Unwetter aufs Festland gefahren?

Sie berichtete Malte, was passiert war. Er reagierte nicht besonders geschockt. «Das liegt an unseren Strömungsverhältnissen. Was hier anlandet …»

«Verstehst du nicht? Der Mann ist tot», unterbrach Tilde ihn.

«Vor zwei Jahren, dieser Badeunfall, die Leute unterschätzen den Fluss immer wieder.»

«Malte, der Professor war nicht schwimmen. Er trug einen Frack.»

«In den meisten Fällen ist Alkohol mit im Spiel. Gestern soll es in der Stadthalle so eine Art Stiftungsfest gegeben haben, vielleicht wollte der Professor im Anschluss noch eine Prise Sauerstoff nehmen und ist dann angesäuselt ins Wasser gestürzt.»

Tilde hielt nichts von dieser Theorie, wurde aber von den Aktivitäten am Ufer abgelenkt.

«Es geht los» sagte Malte.

Klaas Tetjens, der Einsatzleiter der Polizei, Sohn von Jaspers Bekanntem, war höchstens so alt wie Annika.

«Sie haben nichts angefasst oder verändert?», wandte er sich an Tilde.

«Ich habe den Toten mit dem Bootshaken herangezogen, seinen Kopf gedreht und sein Gesicht berührt.» Sie mochte den jungen Schnösel nicht. Die Kommissare aus dem Fernsehen strahlten wenigstens Kompetenz aus, zumindest die Älteren. Selbst Jasper hatte das getan, zu seinen guten Zeiten.

«Das hätten Sie nicht tun sollen.»

«Und wenn er noch gelebt hätte?» Tilde wurde lauter. «Ich habe sogar die Seevögel von seiner Leiche verscheucht. War das auch verkehrt?»

«Darf ich Sie kurz interviewen?» Dem Reporter des *Elbejournals* war es gelungen, von einem der Boote mitgenommen zu werden. «Leben Sie ständig hier? Stammen die verrückten Skulpturen von Ihnen? In welcher Beziehung standen Sie zu Professor Dykland?»

Ganz simpel. Er mochte meine Kunst und sollte mich reich machen. Nicht schön, nur reich. Ein bisschen reich. Sinnlos, diese Gedanken auszusprechen.

Sie zog sich ins Oberstübchen des Turms zurück und wählte Ralfs Nummer. Ralf, ihr bester Freund und Liebhaber. Den sie nur selten sah, weil er seine kostbare Freizeit damit verbrachte, am Bett seiner Frau zu sitzen, die nun schon seit über zehn Jahren im Wachkoma lag.

Ein Autounfall – Ralf hatte am Steuer gesessen. Ein

kurzer, unaufmerksamer Moment, ein entgegenkommender Laster mit überhöhter Geschwindigkeit, schon war es passiert und veränderte ihrer aller Leben.

Wachkoma, das bedeutete, weder leben noch sterben zu können. Ob er immer noch Schuldgefühle hatte, wusste Tilde nicht, das gehörte zu den Tabuthemen, die sie während ihrer seltenen, aber intensiven Begegnungen nicht anschnitten.

Die Besuche bei ihr im Turm bezeichnete Ralf gerne als *kleine Fluchten* oder *Jungbrunnen,* während sie für Tilde einfach nur eine Bereicherung ihres Alltags darstellten.

Dass sie sich nur sporadisch sahen, störte Tilde nicht, denn mittlerweile zählte Unabhängigkeit für sie mehr als vertrautes Miteinander oder Erotik. Wozu eine Zukunft planen, wenn die Gegenwart sie beide ausfüllte.

Sie hielten beide nichts vom Schönreden, es war zwischen ihnen, wie es war.

«Sie wuseln um meinen Turm. Männer in weißen Schutzanzügen. Ein Bestatter in schwarzem Anzug und knallgelben Gummistiefeln. Der Kommissar ist gerade mal aus der Pubertät raus, und Annika hat sich liften lassen. Hermann ist verschwunden, vielleicht spürt er wieder Stöckelschuhe auf, einer fehlt noch.»

Kurze Atempause.

«Geht es dir gut, Tilde? Soll ich kommen?»

«Nein. Du bleibst meine eiserne Reserve.»

Er ließ jenes tiefe Lachen hören, das bei ihr immer noch ein Kribbeln auslösen konnte. Da, wo es besonders guttat.

«Bist du sicher?»

«Jasper ist da.» Es war bezeichnend für Ralf, dass er darauf nicht mit Fragen oder Eifersucht reagierte.

«Meld dich, wenn dir danach ist», schlug er vor.

«Gut. Aber es kann dauern.»

«Spielt Zeit für uns eine Rolle?»

Vielleicht doch. «Ralf, würde ich dir besser gefallen, ich meine, fändest du mich körperlich attraktiver, wenn mein Hals und die Fußsohlen straffer wären?»

Er brauchte keine Bedenkzeit. «Nichts gegen makellose Körper, aber du weißt doch, der alte Ingwer ist der schärfste.»

«Mom, grinst du etwa?»

«Sind sie weg?»

«Gerade eben. Du warst über eine Stunde oben. Ich habe versucht, dich bei Kommissar Tetjens zu vertreten.»

Trotzdem musste Annika in der Zwischenzeit Gelegenheit gehabt haben, eine dicke Schicht Schminke auf ihr geschundenes Gesicht zu pappen.

«Wie geht es jetzt weiter?», wollte Tilde von Jasper wissen.

«Er, dieser Professor Dykland, kommt in die Rechtsmedizin. Man wird untersuchen, ob sein Tod eine natürliche oder eine unnatürliche Ursache hat.»

«Mord? Du meinst, falls ihn jemand ins Wasser geschubst hat?»

«Möglich. Aber man könnte ihm auch in der Badewanne die Beine weggezogen haben, sodass sein Kopf unter Wasser geriet. Auf die Art hätte er Wasser eingeatmet.»

«Um ihn dann in seinen Frack zu kleiden und an die Elbe zu schaffen? Das glaube ich nicht.»

«Selbstmord», Annika liebte von jeher Tragödien. «Er verliebte sich in eine seiner Patientinnen, eine blutjunge natürlich, modellierte ihr einen perfekten Körper und wurde dann von ihr wegen eines anderen Mannes verlassen.»

«Der noch zehn Jahre älter war als er selbst», übertraf Tilde ihre Tochter. «Außerdem war er pleite.»

Wer sollte ihr jetzt die gelieferte Skulptur bezahlen? Sie hatte keinen offiziellen Kaufvertrag, weil der Professor erst noch weitere Werke aussuchen wollte.

«Hatte er Feinde?», fragte Jasper.

«Ich weiß es nicht», sagte Tilde. «Aber wenn er wirklich so eine Koryphäe auf seinem Gebiet war, hat es sicher Neider gegeben.»

«Sein Personal hat ihn vergöttert», wusste Annika.

«Was ist mit dem Oberarzt, bei dem du warst?»

«Dr. Brehmer ist zwar auch ein Frauentyp, hält aber keinem ernsthaften Vergleich stand.»

«Frauentyp, da hätten wir ein weiteres Motiv.» Jasper zog sich trotz des Nieselregens für einen Spaziergang an.

«Die Anzahl von weiblichen Tätern bei Kapitalverbrechen ist in den letzten Jahren sprunghaft angestiegen, fast um dreißig Prozent. So, ich schau mal bei Malte rein, vielleicht hat er Lust auf eine Partie Karten.»

«Ich komme mit.» Auch Annika zog es nach draußen. Oder zu Malte, aber das würde sie niemals zugeben.

Am nächsten Tag, Sonntag, erreichte neuer Besuch Tildes Turm.

«Die Gerüchteküche brodelt», Gesche vom Tourismusbüro schüttelte sich wie ein nasser Pudel. «Ich dachte, ich überzeug mich mal selbst, ob hier alles in Ordnung ist. Du sollst den Toten gefunden haben, war es ein großer Schock für dich?»

Tilde zuckte mit den Achseln, denn darauf gab es nichts zu sagen. «Was wird in der Stadt geredet?»

«Man rätselt über den Unfall und glaubt, dass mehr dahintersteckt. Gisbert Dykland war doch gestern bei diesem Charity-Dinner ...»

«Dem Wohltätigkeitsessen», korrigierte ihn Tilde, die es nicht lassen konnte, sich gegen Anglizismen zu wehren.

«Egal, jedenfalls sollte er dort für seine mehr als großzügigen Spenden geehrt werden, aber dazu ist es nicht mehr gekommen. Er brach vorzeitig auf. Für die Veranstalter überraschend.»

«Vielleicht konnte er den Anblick all der faltigen Dekolletés und Putenhälse nicht mehr ertragen.»

«Warum bist du so giftig?»

Tilde setzte erst einen Tee auf und berichtete dann von Annikas Schönheitsoperation und ihrem gemeinsamen Besuch im *Ästheticum*.

Gesche amüsierte sich. «Verkauf mir deinen Gutschein. Oder besser noch, wir gönnen uns gemeinsam einen Schönheitstag. Dann können wir gleich vor Ort ein bisschen schnüffeln.»

«Ich will die Beerdigung abwarten. Dann kläre ich, was aus meiner unbezahlten Skulptur geworden ist.»

«Welche hatte der Professor sich denn damals ausgesucht?» Gesche kannte alle ihre Kunstwerke, hatte oft genug deren Entstehungsprozess begleitet.

«*Gott des Mammons*. Aber er hat ihn *Griff nach den Sternen* genannt.»

«Wie hochtrabend.»

«Er wird sich schon was dabei gedacht haben», meinte Tilde. Was auch immer, sie würde es nicht mehr erfahren.

«Wo könnte Hermann stecken?», wechselte sie abrupt das Thema.

«Na, wenn er nicht hier ist, dann in seinem Hühnerstall. Das heißt, es war früher mal ein Stall. Gleich neben dem Klinikpark. Ein Schandfleck für die Gegend, wenn du mich fragst. Man sollte das Sozialamt einschalten.»

«Vielleicht denken das die Leute auch über eine Olsch, die in einem Leuchtturm haust», sagte Tilde scharf. «Warum kann nicht jeder nach seiner Art leben?»

«Schon gut», beschwichtigte Gesche. «Ich halt ja meinen Mund.»

Aber das war es nicht, was Tilde unter Toleranz verstand.

6.

Jasper wollte mit Gesche zurück an Land fahren, um den Abend mit seinem alten Freund Tetjens senior zu verbringen.

«Erst hat sein Sohn ihn in eine Altenresidenz gesteckt, und nun jammert der Junior, dass er zuzahlen muss.»

Tilde sah, wie Jasper seine geliebten speckigen Karten erst kunstvoll aufblätterte, um sie dann fast zärtlich in die Jackentasche gleiten zu lassen.

«Warte nicht auf mich, ich übernachte da. Sag mal, altes Mädel», druckste er, «kannst du mir aushelfen?»

Sie zuckte zusammen. «Mit Spesen? Höchstens zwanzig Euro!»

«Gib mir fünfzig, und du bekommst das Doppelte zurück, Ehrensache.»

«Falls du gewinnst. Schon gut. Tu mir lieber einen Gefallen und hör dich ein bisschen um.»

«Der tote Professor? Mach ich doch gerne für dich, Tildchen.»

Tildchen, das alte Mädel, brauchte jetzt erst einmal außer der Reihe einen Schnaps.

Rote Backen hatte ihre Tochter, als sie in Maltes Begleitung zurückkam. «Mal sehen, vielleicht kann ich mir noch ein paar Tage länger freinehmen, um dir zur Seite zu stehen, Mommy.»

Tilde starrte sie an, war *Mommy* nicht eine Mumie?

Und was war mit Annikas Freund? «Das ist nett von dir, ich kann Hilfe gut gebrauchen. Die *Fixe Flunder* braucht einen neuen Anstrich, und im Schuppen neben dem Kiosk lagern alte Planken, aus denen die rostigen Nägel gezogen werden müssen.»

«Und ich brauche jemanden, der die Schwanzfedern der Rohrweihe zählt», sagte Malte todernst.

«Ihr wollt mich verarschen.» Sie schaute von einem zum anderen. «Wo ist Paps?»

«Im Altengarten zum Pokern.»

Annika schaute demonstrativ zur Rumflasche, bevor sie die Wendeltreppe nach oben nahm. «Ich bin mir sicher, dass du mich brauchst.»

«Umgekehrt wird ein Schuh draus», sagte Malte. «Sie scheint mit ihrem Freund nicht besonders glücklich zu sein.»

«Stopp! Wenn Annika dir etwas anvertraut hat, behalte es bitte für dich.»

«Schon gut.» Er hob abwehrend beide Hände. «Aber darf ich dir etwas über Hermann anvertrauen?»

«Ist er zurück?»

«Er muss kurz auf Ziegensand gewesen sein. In seiner Hütte brannte Licht.»

«Was heißt das? Ist er schon wieder weg?»

«Ich habe sein Boot tuckern hören.»

«Eigenartig. Ich kann verstehen, dass er vor dem Trubel hier geflüchtet ist, aber dass er sich so gar nicht bei einem von uns blicken lässt? Lass uns nachschauen.»

Als hätte es den Sturm und die Wasserflut nicht gegeben, lag die kleine Elbinsel ruhig in der Abenddämmerung. Von der Silbermöwenkolonie im Osten erklangen nur vereinzelt Rufe, nichts schreckte mehr die Bodenbrüter auf.

«Morgen schaue ich wieder nach Treibgut», nahm sich Tilde vor und stoppte plötzlich. «Diese roten Stöckelschuhe, die hatte ich ganz vergessen. Meinst du, der Kommissar sollte davon wissen?»

«Schaden kann es nicht. Aber einen Zusammenhang mit dem Schönheitschirurgen halte ich für unwahrscheinlich.»

«Überlassen wir das den Fachleuten.»

Sie erreichten Tildes Skulpturenpark. Ob *Henkersmahlzeit*, *Flussgötter* oder *Schläfer im Schilf*, alles war unversehrt. Tilde atmete tief durch. Wenn sie bloß erst wieder richtig arbeiten könnte!

Ein sehnsüchtiger Blick streifte ihren Turm. Von hier aus wirkte er ... abweisend. Als ob er seewärts schaute und sich nicht darum kümmerte, was um ihn herum geschah. Auch der *Dicke* schätzte keinen Trubel, das hatten sie gemeinsam.

Hermanns Behausung sah aus wie immer. Die Kioskklappe war geschlossen, das einzige Fenster mit Zeitungspapier verklebt. Neben der Hütte in einem Unterstand: Angelzeug und ein selbstgebauter Räucherofen.

Nichts Auffälliges, bis auf den Weidenkorb für ihren «Tauschhandel», den Hermann nur halb unter die Bank geschoben hatte, die vor dem Eingang stand.

«Bestimmt wollte er mir den Korb noch bringen und hat es nur vergessen.» Sie schnupperte an dem Fisch und entdeckte darunter ein in Plastikfolie gewickeltes Päckchen. In der Annahme, es sei ebenfalls für sie bestimmt, wickelte Tilde es aus.

Ein alter grauer Führerschein, zerfleddert und unleserlich, das Foto herausgetrennt. Das Bild einer Männergruppe, die sich zuprostete. Eine Frau mit neckischem Hut, lachend. Außerdem die Großaufnahme eines pockennarbigen Gesichts sowie ein Portrait desselben Gesichts, nur glatter. Zuunterst in dem Packen fand sie ein bedrucktes Lesezeichen. «Wer nach den Sternen greifen will, der sehe sich nicht nach Begleitung um.»

«Das könnte von Goethe sein», Malte hatte ihr über die Schulter geschaut.

«Oder von Gisbert Dykland. Hermann hat wohl seine Brieftasche gefunden. Oder sie aus dem Wasser gefischt.»

Blauer Montag, wenn es nach dem vom Wind blank geputzten Himmel ging. Die aufgeschüttete Kupferschlacke an Ziegensands Westküste glitzerte von oben betrachtet wie ein mit Pailletten besetztes Kleid.

Annika und Tilde aßen Bratfisch und Tortenkrümel zum Frühstück. Genauer – Tilde speiste mit gesundem Appetit, während ihre Tochter nur Kaffee nahm und falsche Schlüsse zog, was Hermann anging.

«Raubmord. Da war doch bestimmt Geld in der Brieftasche.» Sie schüttelte sich. «Ich habe es geahnt. Meine Intuition täuscht mich nur selten.»

An dieser Stelle hätte Tilde gerne ein paar Gegenbeispiele gebracht, aber sie hielt es für besser, Annika zu Ende phantasieren zu lassen.

«Nur mal theoretisch. Er kann auch die Stöckelschuhträgerin getroffen haben. Und jetzt ist er auf der Flucht.»

«Hermann ist kein Dieb und schon gar kein Mörder», erklärte Tilde bestimmt. «Es wird sich alles aufklären.»

«Wer weiß, ob wir nicht die nächsten Opfer sind», beharrte Annika skeptisch.

«Mir reicht's jetzt! Wenn du willst, schließ dich im Turm ein. Ich fahre jetzt rüber und mache Besorgungen.»

«Schon gut, ich will auch mal wieder unter Menschen», lenkte Annika versöhnlich ein. «Wenn du bei der Polizei warst, könnten wir shoppen gehen. Ich finde, wir sollten beide unsere Garderobe ein wenig aufpeppen.»

Es fiel Tilde nicht leicht, aber sie musste wohl oder übel ihren Fund bei der Polizei abgeben. Die beiden Fotos hatte sie eingescannt und kopiert, für alle Fälle.

Tetjens junior war unterwegs. So ließ Tilde die Sachen bei einem seiner Mitarbeiter und gab vor, sie auf Ziegensand im Schilf gefunden zu haben.

«Vielleicht hat der Wind sie dort hingetrieben, wer weiß.»

Eine Notlüge, sicher, aber sie wollte versuchen, Hermann aus der Sache rauszuhalten, solange sie ihn noch nicht persönlich gesprochen hatte.

Die Stöckelschuhe vergaß sie ganz. Verdrängung nannten das wohl die Psychofritzen.

Annika wartete draußen, und Tilde schlug ihr vor, noch einmal ins *Ästheticum* zu gehen. «Ich hab darüber nachgedacht. So eine Packung oder Straffung wird mir schon nicht schaden, außerdem ist es ein lieb gemeintes Geschenk von dir.»

«Ohne Termin läuft da nichts», zweifelte Annika.

«Ich kann es doch versuchen. Sonst gehen wir in die Cafeteria. Oder möchtest du vielleicht deinen Vater abholen?»

Der Gedanke gefiel Annika. «Weißt du, Mom, es wäre auch für dich eine gute Gelegenheit, so ein Heim, ich meine Residenz, mal von innen zu sehen. Kann doch nicht schaden, sich auf eine Warteliste setzen zu lassen. Für später. Viel später, natürlich.»

«Natürlich.»

Tilde schlenderte durch den Klinikpark. Patienten und Personal standen in Grüppchen und tuschelten. Der Tod des Chefs hatte sich inzwischen herumgesprochen.

«Was wird jetzt aus meiner Nase? Da lass ich keinen anderen ran!», schnappte sie einen Gesprächsfetzen auf.

«Der Oberarzt ist auch nicht schlecht.»

«Na ja, für Kassenpatienten vielleicht. Aber ich hoffe doch sehr, dass ich auch weiterhin meine Ampullen bekomme.»

Als Tilde näher trat, verstummte das Gespräch.

«Wobei helfen diese Ampullen denn?», fragte sie eine Dame mit dick verklebter Nase.

«Ich weiß nicht, wovon Sie sprechen.» Sie stieß ihre Begleiterin an, die in den Augenbrauen Nähte aus schwarzem Garn trug. «Lass uns aus der Sonne gehen. Der Professor hat sie uns verboten.»

Als Nicole mit einem Stapel rosa Handtücher vorbeihastete, schloss Tilde sich ihr an.

«Erinnern Sie sich an mich?»

«Natürlich. ‹Diese alte Fregatte wird noch lange nicht abgetakelt›, das war zu komisch.» Sie lachte, schaute sich aber sofort schuldbewusst um. «Ich will lieber nicht aus der Reihe tanzen. Hier ist Trauer angesagt. Sie kennen ja den Anlass.»

«Der Chef. Was wird denn jetzt aus der Klinik?»

Ohne auf die Frage einzugehen, räumte Nicole die Handtücher weg. «Ich hatte gerade eine Absage. Wenn Sie wollen, schiebe ich Sie für eine Grundbehandlung und Algenpackung ein. Geht auf Gutschein.»

«Glück gehabt», heuchelte Tilde Begeisterung und fand sich kurz darauf auf einer Liege wieder, mit einer grauen Paste bedeckt und straff eingewickelt wie eine Mumie, nur das Gesicht war noch frei. Nicole beugte sich von hinten über sie.

«Schätzchen, Ihre Augenbrauen wuchern. Das ist ganz natürlich, aber wir sollten etwas dagegen tun.»

Haar um Haar riss sie ihr aus. Es trieb Tilde die Tränen in die Augen. «Danke, ich will das nicht mehr.»

«Wir sind gleich fertig.»

Tilde mobilisierte ihre letzten Kräfte. «Glauben Sie, mir könnten diese Ampullen helfen?»

Nicole ging recht ruppig zu unsichtbaren Barthärchen über.

«Autsch, das tut weh.»

«Ich sage jetzt nicht, wer schön sein will, muss leiden, aber glauben Sie mir, Wachs ist schlimmer.»

«Sie haben bestimmt recht», stimmte Tilde zu. «Was meinten Sie eben zu den Ampullen?»

Das Folterinstrument setzte aus. «Wer hat Ihnen davon erzählt?»

«Ich kenne ... kannte den Professor flüchtig.»

«Augen bitte schließen.» Nicole klatschte ihr etwas nach Quark Riechendes ins Gesicht. «Jetzt nicht mehr sprechen, dann bekommen auch die Lippen etwas Gutes ab.»

Wattepads verschlossen Tildes Augen.

«So, Schätzchen, ich schiebe Sie in den Ruheraum, den haben Sie im Moment ganz für sich allein. Soll ich Musik für Sie anstellen?»

Noch ehe Tilde ablehnend grunzen konnte, erklang Wagners *Walküre* dezent im Hintergrund.

«Ich glaube, Sie mögen es dramatisch. In dreißig Minuten bin ich zurück. Falls ich Sie nicht vergesse.» Nicole lachte ihr typisches Lachen, und Tilde fühlte sich der Situation hilflos ausgeliefert.

Entspann dich gefälligst, befahl sie sich. Ihre Nase juckte, aber da die Hände mit eingewickelt waren, konnte sie sich, verdammt nochmal, nicht kratzen. Ein Versuch, die Nase mit der Zunge zu erreichen, schlug fehl.

Die Walküre dröhnte in ihren Ohren lauter und lauter, oder spielte bei dieser Wahrnehmung die Isolation eine Rolle?

Endlich, Wagner verstummte, und Nicole beugte sich über sie. Ein Geruch von Tabak stieg Tilde in die Nase. Sie nahm die Wattepads von den Augen und schrie auf.

Es war der unfreundliche Mann, den sie schon einmal im Park getroffen hatte.

«Nicht nach den Sternen greifen», flüsterte er.

7.

«Gregor hatte hier nichts zu suchen.» Nicole wickelte Tilde aus und entschuldigte sich vielmals. «Ich weiß nicht, was in ihn gefahren ist. Er ist ein bisschen verstört. Erst ertrinkt unser Chef, und dann noch diese Aufregung wegen der Polizei.»

«Was wollte die denn hier?» Tilde war froh, wieder Herrin ihres Körpers zu sein.

«Uns ausfragen. Wer den Professor als Letzter gesehen hat.»

«Das war doch sicher auf diesem Wohltätigkeitsball?»

«Dem Charity-Dinner? Nein, er soll danach nochmal hier in seinem Büro gewesen sein, dafür gibt es Zeugen. Sagen Sie, Schätzchen, riechen Sie das auch?» Nicole schnupperte in die Luft wie ein Feldhase.

«Irgendwie brenzlig», bestätigte Tilde, die im Begriff war, unter die Regenwald-Dusche zu gehen. Stattdessen schlüpfte sie schnell in ihre Klamotten und folgte

Nicole, die schnurstracks den ersten Ausgang nach draußen nahm. Kein Mensch war zu sehen. Aus der Ferne erklang das Martinshorn der Feuerwehr.

«Es muss im Amphitheater sein.» Nicole deutete zurück zum Haus. «Kommen Sie, ich kenne eine Abkürzung.»

Sie hasteten zurück durch die Gänge, überquerten einen verglasten Innenhof mit Ruhebänken und erreichten dann durch eine Pforte den rückwärtigen Teil des Geländes. Der Brandgeruch wurde intensiver. Einige der Patienten standen um etwas herum, das wie ein Lagerfeuer aussah.

«Oh, es ist nur dieses Gerümpel, das sich Kunst schimpft. Der Chef hat das Zeug letzte Woche hier aufstellen lassen, es sollte der Grundstock zu einem sogenannten Kunstpfad werden.»

Tilde hörte schon nicht mehr hin. Der *Gott des Mammons*, oder auch *Griff nach den Sternen* genannt, brannte. Gierig leckten die Flammen an ihrem Werk, vernichteten die aus Treibholz geformten Hände, griffen dann auf den Geldsack über, vom Professor vielleicht für einen Sack voll Sterntaler gehalten.

Die Feuerwehr hatte nicht mehr viel zu tun.

«Ich tippe auf Brandstiftung», meinte einer der Blauröcke und griff nach einer Flasche, die nicht weit von der Skulptur entfernt im Gras lag. «Simpler Brandbeschleuniger.»

«Wer tut so etwas?», murmelte Tilde fassungslos.

«Wie gut, dass nichts Ernstes passiert ist», tröstete Nicole die Umstehenden. «Kein Anlass zur Sorge. Nur ein Dummejungenstreich.»

Auf dem Weg zurück zum *Planeten Venus* schwieg Tilde. Das konnte ihre Begleiterin gar nicht verstehen.

«Was ist los, Schätzchen? Es ist keiner zu Schaden gekommen, und der komische Baum war bestimmt versichert. Also alles bestens.»

«... der sehe sich nicht nach Begleitung um», murmelte Tilde, bevor sie unter die Regenwald-Dusche ging.

Annika meldete sich aus dem *Scharfen Seehund*. «Mom, Paps ist inzwischen hier und will nicht mitkommen. Er zockt mit seinen neuen Oldie-Freunden, und ich mag nicht schon wieder Bremsklötze essen.»

«Lass deinen Vater machen, was er will. Er ist erwachsen.»

«Dabei habe ich seinetwegen extra meinen Besuch verlängert.»

«Na, ich hoffe doch auch wegen mir. Lass uns später Schuhe kaufen gehen.»

Sie verabredeten sich in der Fußgängerzone. Aber vorher hatte Tilde noch etwas zu erledigen.

Sie machte einen großen Bogen um das Amphitheater, durchquerte ein kleines Wäldchen und kam dann an die Parkgrenze.

Dort lag das von Gesche beschriebene halbverfallene Häuschen, das in der Tat an einen Stall erinnerte, davor pickten sogar ein paar Hühner.

Es gab weder Klingel noch Schloss. Tilde klopfte, und als keine Reaktion erfolgte, drückte sie versuchsweise gegen die Tür. Hermann hätte sicher nichts gegen ihren Besuch einzuwenden.

Durch die von Schmutz und Spinnweben verdreckten Fenster fiel kaum Licht. Als ihre Augen sich an das Halbdunkel gewöhnt hatten, registrierte sie einen Tisch und zwei Stühle, einen Herd und eine Bettnische mit Feldbett.

Der Raum ging in einen zweiten Raum über, in dem Hermann seine «guten Möbel» verwahrte. Eine Couch mit Plastik-Schonbezug, nicht für den Alltag oder gar Gäste bestimmt. Eine Schrankwand aus solider deutscher Eiche, leer bis auf das oberste Fach.

Neugierig trat Tilde näher. Also hier stand ihr *Kleiner Sandmann,* eine von der Sonne gebleichte Wurzel mit einem Gewand aus getrocknetem Seetang und einer irokesenartigen Frisur aus aufgestellten Vogelfedern. Hermann hatte die Figur wiederholt in die Hände genommen, und deshalb hatte sie ihm den *Sandmann* letztes Jahr zu Weihnachten geschenkt.

Von der guten Stube aus führte eine Tür direkt nach draußen.

Einen Moment war Tilde vom Tageslicht geblendet, aber dann sah sie ihn im Gras liegen. Auf dem Bauch, die Arme ausgestreckt, als hätte er reflexartig einen Sturz abfangen wollen. Aber vielleicht war der Mann beim Aufprall auch schon tot gewesen, und es hatte keine Reflexe mehr gegeben? Die Blutlache jedenfalls rührte vermutlich von der Kopfverletzung her, der Wundrand sah aus wie ein zerfetztes Fischernetz, und auch als blutiger Laie – welch makabrer Begriff – konnte sie erkennen, dass der Mann zu ihren Füßen nicht mehr lebte.

Nicht Hermann, Gott sei Dank war es nicht Hermann. Von dem Toten kannte sie nur den Vornamen: Es war Gregor, der Gärtner.

Der Kommissar, der mit seiner Mannschaft anrückte, war von Tildes Anblick nur mäßig begeistert. «Ein schnelles Wiedersehen, Frau Janssen, wenn auch unter Umständen, die ...»

«... von Ihnen hoffentlich bald aufgeklärt werden, Herr Tetjens. Aber eins kann ich Ihnen sagen, Hermann hat nichts damit zu tun.»

«Was macht Sie da so sicher?»

Weil er auf Ziegensand zu Hause ist. Sich um fremde Menschen nicht schert. Weil er mir Fische und rote Stöckelschuhe schenkt. «Das sagt mir mein Bauchgefühl.»

«Ihr Bauch in allen Ehren. Was sagt er Ihnen denn in Bezug auf Professor Dykland?»

«Kein natürlicher Tod.»

«Sie könnten sogar recht haben.» Mehr verriet er zu Tildes Ärger nicht.

Sie versuchte, nicht im Weg zu stehen und irgendwelche Spuren zu verwischen. Der Bereich um Hermanns Hütte war inzwischen mit rot-weißen Bändern abgesperrt.

Der Arzt, den sie schon vor zwei Tagen kennengelernt hatte, bot ihr medizinische Betreuung an.

«Ich stehe nicht unter Schock», wehrte sie ärgerlich ab.

Auch der nervige Reporter vom Samstag war wieder zur Stelle. «Haben Sie meinen Bericht im *Elbejournal* schon gelesen? Wenn Sie wollen, können wir eine kleine Serie über Sie und Ihre Werke bringen. Jetzt, da eins verbrannt wurde, wird es eher das Interesse unserer Leser wecken.»

«Lassen Sie mich in Ruhe», sagte Tilde schroff.

«Wie Sie wollen.» Trotzdem rückte er ihr auf die Pelle. «Früher hätte man das, was Sie fabrizieren, als entartete Kunst bezeichnet und kurzen Prozess gemacht.»

Im ersten Moment glaubte Tilde, sich verhört zu haben. Noch ehe sie reagieren konnte, wandte er sich ab. Diese Sorte Mensch starb wohl nie aus, dachte sie.

Einen kurzen Moment war sie versucht, den *Kleinen Sandmann* in Sicherheit zu bringen, denn sollte der Anschlag auf den *Gott des Mammons* kein Zufall gewesen sein, war auch der *Sandmann* gefährdet.

«Sehen Sie einen Zusammenhang zwischen den Toten und meiner verbrannten Skulptur?», fragte sie den Kommissar.

«Es ist noch zu früh, etwas zu sagen, aber je eher man mich meine Arbeit verrichten lässt ...»

«Bin schon weg», pflichtete Tilde ihm bei.

«Haben Sie vor, zurück auf Ihre Insel zu gehen?»

«Natürlich.» Sie war überrascht.

«Keine Reisen in nächster Zeit geplant?»

«Was heißt das? Stehe ich etwa unter Verdacht?»

«Wir brauchen nur Ihre Fingerabdrücke. Zunächst.»

«Abdrücke, Speichelprobe, was Sie wollen. DNA dauert ja länger.» Tilde konnte es nicht fassen. Bloß weil sie zwei Tote innerhalb von drei Tagen entdeckt hatte, machte sie das doch nicht zur Hauptverdächtigen, oder doch? Pure Schikane? Sie wollte Jasper danach fragen.

«Falls Sie Ihren Vater suchen, Herr Tetjens, er zockt seit gestern mit meinem Exmann. Ich hoffe, Sie müssen nicht wegen verbotenen Glücksspiels eingreifen.»

Das saß, Tetjens junior runzelte die Stirn. Schon glaubte sie, das letzte Wort gehabt zu haben, da rief er ihr nach: «Frau Janssen, haben Sie eigentlich eine Berechtigung zur Wohnnutzung für Ihren Turm?» Das saß ebenfalls. Tilde wusste, wann sie den Mund zu halten hatte.

Sie rief Annika an. «Wir verschieben den Schuhkauf auf morgen. Ich erklär dir das später.»

«Macht nichts, Mom. Mir ist gerade Malte über den Weg gelaufen, er kann mich mit zurücknehmen. Ich habe den Delikatessenladen leer gekauft. Heute Abend wird mal richtig geschlemmt.»

Ihre Tochter klang glücklich. Tilde wollte sie nicht sofort mit ihren eigenen Erlebnissen belasten.

Jasper war in seinem Element. Er haute den Würfelbecher krachend auf den Tisch und prostete seinen neuen Kumpeln, unter ihnen Tetjens senior, zu. Die Augenringe zeugten von einer langen Nacht.

«Tildchen», er schaute sie an wie jung verheiratet. «Wo sind deine Augenbrauen geblieben?»

Sie setzte sich auf den letzten freien Stuhl und griff nach dem Würfelbecher. «Ihr kniffelt?»

«Nur für die Ehre. Die Runde ist gerade zu Ende.»

Jasper zog in einer schnellen Bewegung den Brotkorb mit den 20-Euro-Scheinen zur Seite. Tilde zerrte ihn zurück. «Ein Wurf auf alles. Runde gegen Pott.»

Keiner sprach. Sie schüttelte den Becher wie einen Cocktail-Shaker und knallte ihn dann auf den Tisch. «Heb ab», forderte sie Jasper auf.

«Full House», klang es mehrstimmig aus der Tischrunde mit der angemessenen Ehrfurcht vor diesem Ergebnis.

«Geht doch, alles eine Frage der Konzentration.»

Sie bestellte bei Birger eine Runde.

«Gregor ist tot», sagte sie dann unvermittelt.

«Wer ist Gregor?», wollte Jasper wissen.

«Das Faktotum von Dykland», erklärte Tetjens. «Hat schon früher für dessen Vater gearbeitet.»

«Ich spreche von Gregor, dem Gärtner», betonte Tilde, um eine Verwechslung zu vermeiden.

Da bemerkte sie die warnenden Blicke, die Birger und die anderen sich zuwarfen.

«Will jemand wissen, wie es passiert ist?»

Großes Schweigen. Nur Jasper wirkte plötzlich stocknüchtern. «Sollen wir uns besser auf den Weg machen, Tilde? Ich habe etwas Schlaf nachzuholen.» Er gähnte demonstrativ.

Sie ging nicht darauf ein. «Gregor wurde erschlagen. Eine Stunde zuvor habe ich ihn noch lebend gesehen.»

«Ich glaub das nicht», sagte einer aus der Runde. «War bestimmt ein Unfall.» Beifälliges Gemurmel.

«Schietjob, den er da hatte», meinte Birger und verzog sich hinter den Tresen.

«Wenn die Rente nicht ausreicht», schon waren sie bei einem ihrer Lieblingsthemen.

«Ihr Sohn hat dieser Tage tüchtig zu tun», verabschiedete sich Tilde von Tetjens senior, der sich schweigend am Kopf kratzte.

Jasper fasste sie am Ellenbogen. «Komm, Tildchen. Es wird Zeit.»

«Warum setzt du den Männern so zu?», fragte er sie auf dem Weg zum Deich.

«Wie kann es angehen, dass die Reaktion auf einen Mord so gleichmütig ausfällt?», konterte Tilde.

«Weil sie Angst haben.»

«Du meinst, sie werden aus ihrem Alltagstrott aufgeschreckt?»

«Auch das. Aber die Möglichkeit eines Kapitalverbrechens mitten unter ihnen, das müssen sie erst mal verarbeiten.»

«Aber sie wollten mir nicht glauben», sagte Tilde und berichtete Jasper von dem, was in den letzten Stunden passiert war.

«Das klingt wirklich nicht nach einem Unfall. Ist denn Hermann wieder aufgetaucht?»

«Er hat nichts damit zu tun.» Tilde, die diesen Satz nun schon so oft gesagt hatte, kam sich vor wie ein Papagei.

«Wer kann schon für einen anderen Menschen bürgen», meinte Jasper.

«Ich», behauptete sie, verzichtete aber auf die Erwähnung ihres Bauchgefühls, zumal ihr vom Kiosk die Schlagzeile des *Elbejournals* entgegenprangte:

*Mysteriöser Herrenbesuch am Geburtstag. Statt sich
von ihm verschönern zu lassen, zog sie seine Leiche an
Land.*

«Mieser Schreiberling. Er hat mir heute gedroht und
meine Skulpturen als ‹entartete Kunst› bezeichnet. Er
kommt eindeutig aus der braunen Ecke.»

«Die sind doch alle harmlos», beschwichtigte Jasper. «Alte Kameraden-Mentalität. Nostalgische Ge-
sänge. Erinnern sich eben nur noch an das Gute von
damals.»

«Welches Gute?»

«Willst du gar nicht hören, was ich für dich herausgefunden habe? Der Professor hatte offenbar eine größere Summe Bargeld im Tresor seines Büros. Das Geld
ist verschwunden. Aber außer ihm und dem Oberarzt
kannte keiner die Zahlenkombination. Der Oberarzt
ist aber bis zum Schluss auf dem Ball geblieben, dafür
gibt es Zeugen.»

8.

Als sie das Tourismusbüro erreichten, fiel Tilde ein,
dass Gesche montags frei hatte. Oft kam sie dann mit
dem Boot nach Ziegensand, vielleicht war sie sogar
schon da.

«Annika will für uns kochen», informierte Tilde
ihren Exmann.

«Das liebe Mädchen.»

«Und was sagst du dazu, dass dein liebes Mädchen in seinem Alter bereits Verschönerungsmaßnahmen für nötig hält?»

«Ich versteh davon nichts», er wirkte hilflos. «Früher nahm man Brillantine für die Haare, und heute muss es gleich ein neues Näschen sein.»

Tilde warf den Motor an. «Hör auf, das zu verharmlosen. Die Schönheitsbranche ist eine gigantische Industrie, die von der Eitelkeit der Menschen profitiert.»

«Ich kann dich bei dem Lärm nicht hören, Tildchen. War es wichtig?»

Annika hatte Berge von Gemüse eingekauft. «Schönheitsvitamine. Tabletten sind nicht alles.»

«Wie wahr», murmelte Tilde.

«Ich möchte noch den Tisch nett decken. Willst du dich nicht ein bisschen frisch machen, Mom?»

Tilde beschloss, Annika erst nach dem Essen von den schlimmen Neuigkeiten zu berichten.

«Ich habe Malte und Gesche eingeladen. Ist dir das recht?»

Ich will Ziegensand und meinen Turm für mich allein. In Ruhe nachdenken über alles.

«Außerdem habe ich beschlossen, deinem Hermann eine Chance zu geben. Wenn er sich traut, zu kommen, sind wir insgesamt sechs Leute. Reichen die Teller?»

«Hermann ist ... noch unterwegs.»

«Nein, Mom, er ist wieder da.»

«Wo? Wann hast du ihn gesehen?», rief Tilde.

Annika ließ den Löffel sinken, mit dem sie in einer grünlichen Soße gerührt hatte. «Kein Grund, mich anzuschreien. Gesehen habe ich ihn nicht. Aber er hat dir was in euren Korb gelegt.»

Sie wies auf den Weidenkorb, den sie unter das Dschungel-Sofa verbannt hatte. «Er stand an seinem alten Platz neben dem Eingang zum Turm.»

Tilde hatte alles Mögliche erwartet. Fische, Strandgut oder eine Nachricht, wo Hermann sich gerade aufhielt. Aber nicht einen in Zeitungspapier gewickelten weiteren roten Stöckelschuh. Der fehlende rechte. «Jetzt sind zwei Paar Schuhe komplett», kommentierte sie mit falscher Fröhlichkeit.

«Sie findet das lustig», erklärte Annika ihrem Vater, der sich hinter seiner Zeitung versteckt hatte.

Plötzlich las er laut: «*Sie malt Fische ab und türmt den Müll vom Strand zu abstrusen Haufen, denen sie exotische Namen wie* Störtebekers Katze *gibt. Wie und in welcher Form dabei Steuergelder verschwendet werden* ...» Er ließ die Zeitung sinken. «Er ist wirklich ein Giftzwerg, Tilde. Seid ihr mal aneinandergeraten?»

«Ich kenne noch nicht mal seinen Namen.»

«Warte. Seine Initialen sind K.P.» Er blätterte bis zum Impressum. «Kurt Peters, freier Mitarbeiter der Lokalredaktion.»

Tilde ließ den Stöckelschuh sinken. «Dann kenne ich ihn doch. Zumindest dem Namen nach. Er war mein ärgster Mitbieter, als ich damals den Turm ersteigert habe. Vielleicht will er jetzt Rache nehmen.»

«Alles wie im Krimi.» Annika ließ offen, was genau

sie meinte. Als ihr Handy läutete, rutschte der Koch-
löffel in die Sauce.

«Paolo. Endlich», die Stimme ihrer Tochter verwandelte sich in ein Gurren, wie es Tilde nur von ver-
liebten Tauben in der Paarungszeit kannte.

«Du willst sicher wissen, welche Überraschung ich
für dich habe?» Annika zog es vor, ins Oberstübchen
zu entschwinden.

«Ich trau diesem Paul nicht über den Weg», sagte
Tilde zum Erzeuger ihrer Tochter. «Du weißt ja, mein
Bauchgefühl.»

«Na, er hat dir doch die tolle Torte geschenkt.»

«Für dich gibt es immer nur Schwarz oder Weiß.»

«Wer nicht schuldig ist, der ist unschuldig», verteidigte Jasper sich.

«Wenn es bloß so einfach wäre.» Tilde verspürte
Sehnsucht nach Ralf, der außer Schwarz und Weiß
auch Grautöne kannte.

Die Diskussion wurde von Malte und Gesche unterbrochen, die gemeinsam die Treppe hochkamen.

«Habt ihr das von Hermann gehört?» Gesche genoss sichtlich ihren Auftritt.

«Ich kann das nicht von ihm glauben.» Malte schaute hilfesuchend zu Tilde.

«Aber wenn doch die Beweislast gegen ihn spricht»,
bekräftigte Gesche.

«Gegen wen?», fragte Jasper.

«Hermann», tönte es unisono. «Man hat ihn ver-
haftet.»

«Das heißt noch gar nichts.» Jasper griff erneut nach

der Zeitung. Tilde machte eine abwehrende Bewegung in seine Richtung.

«Los. Ich will alles darüber hören», forderte sie. Gesche ließ sich nicht lange bitten. «Hermann ist auf dem Klinikgelände im Wäldchen entdeckt worden. Er wollte gerade flüchten.»

«Weil er Angst hatte», unterbrach Tilde sofort.

«O nein. Er soll sogar aggressiv geworden sein. Und das Geld aus Dyklands Tresor steckte in seinen Jackentaschen.»

Tilde wandte sich Malte zu, der aber nur ratlos die Hände hob.

«Aber das ist noch nicht alles», fuhr Gesche fort. «In seinem Hühnerstall haben sie die Mordwaffe gefunden. Eine mit Blut verschmierte Gartenhacke. Man nimmt an, dass dieser Gregor Hermann beim Raub beobachtet hat und ihn nun erpressen wollte. Das wäre ein Tatmotiv.»

«Tote sind schlechte Zeugen», meldete sich Jasper.

Tilde schwirrte der Kopf. Sie sehnte sich nach einer Rückzugsmöglichkeit. Am liebsten hätte sie mit der *Fixen Flunder* eine Runde um Ziegensand gedreht. Irgendwo steckte bei den ganzen Schlussfolgerungen ein Denkfehler, den galt es zu finden. Zum Beispiel …

«Und wer hat meine Skulptur angezündet?»

«Hermann, um Personal und Patienten abzulenken. So konnte er in Ruhe den Erpresser erledigen. Passt doch.» Für Gesche war der Tathergang sonnenklar.

«Niemals hätte er sich an Tildes Werken vergriffen!» Die Unterstützung kam von Malte.

«Nun wartet doch mal ab, was die Ermittlungen der nächsten Tage ergeben. Es wird bestimmt bald eine Pressekonferenz angesetzt.»

«Jasper, was soll der Unsinn? Du weißt doch genau, dass sie da nur Sätze von sich geben werden wie ‹Dazu können wir leider aus ermittlungstechnischen Gründen nichts sagen›.»

«Ich werd morgen mit Tetjens mal ein bisschen fachsimpeln. So von Ruheständler zu Ruheständler. Brauche nur ein bisschen Startkapital. Du hast heute leider meine Siegessträhne unterbrochen.»

Noch ehe Tilde protestieren konnte, hörte man schwere, schleppende Schritte von oben.

Annika, mit geschwollenen Augen, die Arme über der Brust gekreuzt. «Es ist aus», sagte sie mit zitternder Stimme. «Paolo hat mich verlassen. Ich bin zu alt, fett und hässlich für ihn.»

«Das hat er gesagt?» Tilde spürte Wut in sich aufsteigen. «So blöd kann doch kein Mann und auch dein Paul nicht sein.»

«Mom, wenn man die dreißig überschritten hat, muss man jeden Tag aufs Neue um seine Attraktivität kämpfen. Der Preis ist hoch. Die Zwanzigjährigen sterben nie aus, es rücken immer welche nach.»

«Da hat sie recht.» Gesche nickte zustimmend.

«Für mich war das nie ein Problem», setzte Tilde an, wurde aber sofort von Annika unterbrochen. «Du hast eben den anderen Weg gewählt. Als Einsiedlerin auf Ziegensand ist es wirklich egal, wie du aussiehst.»

«Die verrückte Alte vom Turm, meinst du das?» Tilde war mit ihrer Geduld am Ende. «Könnte es nicht auch sein, dass man sich über andere Werte definieren kann als über Aussehen?»

«Du verstehst mich einfach nicht. Professor Dykland, der hätte mich verstanden. Aber nun ist er tot.» Annika brach in haltloses Schluchzen aus.

«Hat Paul wirklich alt, fett und hässlich gesagt?» Tilde bohrte nach.

«Wörtlich nicht, aber gemeint hat er es ganz bestimmt.»

Jasper faltete die Zeitung zusammen und erhob sich. «Na, wer wird denn aus so schönen Augen weinen.»

Noch immer in Tränen aufgelöst, warf sich Annika in die Arme ihres Vaters.

Flüchten. Eine kurze Auszeit nehmen und dann nach einem besseren Trost für Annika suchen. Tilde ging unter einem Vorwand nach oben. Der vertraute Rundblick tat ihr gut. Mondlicht auf dem Wasser. Zwei Containerschiffe, die sich begegneten. Mit den vorgeschriebenen Lichtern, grün für Steuerbord, rot für Backbord.

Ein Elblotse überwachte in diesem Moment das alles, half dem Kapitän, Sandbänke zu meiden, um nicht vor einem Inselchen wie Ziegensand aufzulaufen.

Alles war wie immer. Bis auf den rötlichen Schein in der Mitte der Insel.

«Feuer», rief Tilde und nahm bei ihrem Abstieg mehrere Stufen auf einmal. Der Kiosk brannte.

Keiner reagierte besonnener als Annika.

«Um den Kiosk soll sich die Feuerwehr kümmern, wir retten deine Skulpturen.»

Tatsächlich gelang es ihnen, noch vor der Ankunft des Feuerlöschboots Tildes «Kinder» in Sicherheit zu bringen. Bis auf *Störtebekers Katze* und den *Zornigen Flussgott,* dessen zur Faust geballte Hand bereits angekokelt war.

«Er gefällt mir so viel besser», behauptete Annika und hakte sich bei Tilde ein. «Alles in Ordnung, Mom?»

«Ich werde ihn erwischen. Dafür soll mir der Kunstbanause büßen. Und wie. Ich werde ihn ...»

«Aufs Rad flechten. Vierteilen», schlug Malte vor.

«Es hätte auch schlimmer kommen können. Der alte Kiosk war schon immer baufällig. Da genügt ein simpler Kurzschluss, und alles brennt wie Zunder», versuchte Gesche zu trösten.

«Nein, Gesche, hier hat es jemand auf mich persönlich abgesehen. Inzwischen glaube ich nicht mehr an Zufall. Wie kann der Mann unbemerkt auf die Insel gekommen sein?»

«Er? Es kann sich bei Brandstiftung auch um eine Frau handeln», korrigierte Jasper.

«Ist doch egal, Paps. Wenn Mom hier nicht mehr sicher ist, müssen wir was unternehmen.» War das ihre Tochter, die sich vor kurzem noch die Augen wegen vergänglicher Schönheit und eines Modeschnösels ausgeweint hatte?

«Mir persönlich wird schon nichts passieren, der Turm ist mein bester Schutz. Ich will nicht, dass ihr euch Sorgen macht.»

«Lasst uns mal logisch denken», schlug Gesche vor. «Es könnte um Beseitigung von Spuren gegangen sein. Vielleicht hat Hermann einen Komplizen?»

Tilde musste sich zusammenreißen, um Gesche nicht anzuschnauzen. «Spekulieren bringt nichts. Der Täter ist mit einem Boot längst über alle Berge.»

Das Feuerlöschboot brauchte nicht lange, um das Feuer zu löschen. Wieder fand man Reste eines Brandbeschleunigers. Tetjens junior, der erst eine halbe Stunde später kam, hatte üble Laune. «Sie halten uns Tag und Nacht auf Trab, Frau Janssen.»

«Tun Sie was dagegen. Oder glauben Sie, Brandstiftung sei mein Hobby?»

«Das nicht. Obwohl man so ein Feuer ja auch als eine Art Kunstspektakel inszenieren kann: die *Flammen der strafenden Götter*.»

Keiner verzog eine Miene.

«Das sollte ein Scherz sein.»

Tilde konnte nicht einschlafen und entschied sich, Ralf anzurufen. «Was gibt es bei dir Neues?»

«Nichts. Es ist vier Uhr, ich habe tief geschlafen.»

Kein Vorwurf, nur eine Feststellung.

«Gut so. Das werde ich jetzt auch tun.»

9.

Sie saßen um die Mittagszeit auf einer Bank am Deich und schauten nach Ziegensand hinüber. Jasper reichte seinem alten Freund eine Bierdose. «Wie stehen die Aktien?»

Tetjens senior wusste gleich, was gemeint war. «Klaas hat Angst, dass man ihm den Fall aus der Hand nimmt. Ist eine große Sache fürs Revier. Gleich zweimal Mord.»

«Also eindeutig kein Badeunfall beim Professor?»

«Man hat im Mundbereich zwar Schlamm- und Sandablagerungen gefunden, aber das ist natürlich kein Beweis dafür, dass er ertrunken ist.»

«Hatte er Wasser in der Lunge?»

«Eben nicht. Also kann er auch nicht in der Badewanne ertränkt worden sein.»

Jasper genoss es, seine grauen Zellen wieder mal anzustrengen. «Dann Herztod? Lungenembolie? Ersticken durch erbrochenen Mageninhalt?»

«Du hast Gift vergessen. Zum Beispiel Digitalis. Oder eine gespritzte Überdosis Insulin.»

Vor langen Jahren hatten die beiden Männer mal gemeinsam einen ähnlichen Fall bearbeitet.

«Spann mich nicht auf die Folter, Klaus. Wie ist es passiert?»

Tetjens nahm erst genüsslich einen Schluck Bier. «Da kommst du sowieso nie drauf. Das Opfer ist erwürgt worden. Und trotzdem war es kein Tod durch Ersticken.»

«Ausgeschlossen», protestierte Jasper. «Das gibt es nicht.»

Tetjens legte eine Kunstpause ein, bis er es nicht mehr aushielt. «Schon mal was vom Hering'schen Reflextod gehört?»

«Zuletzt in unserer Ausbildung. Hundert Jahre her. Mal sehen, ob ich das noch zusammenbekomme. Der Würgevorgang dauert nicht länger als 60 Sekunden. Dabei wird die Halsschlagader nur gering gestaut, also tritt kein Erstickungstod ein …»

«… sondern Herzstillstand. Laut Pathologe war das Leichenblut nicht flüssig und die Adrenalinausschüttung aus der Nebenniere nicht extrem erhöht, wie es beim Ersticken der Fall gewesen wäre.»

«Hab ich mir gedacht», behauptete Jasper und zielte mit der Bierdose auf einen Papierkorb. Voll daneben. «Wie sieht es bei euch in der Gegend mit dem *Fell versaufen* aus, wollen wir bei der Beerdigung vorbeischauen? Ich hab's Tildchen versprochen.»

«Anstrengend, deine Frau.»

«Exfrau», korrigierte Jasper. «Sie kann sehr hartnäckig sein, wenn sie sich was in den Kopf gesetzt hat.»

Tetjens nickte wissend, er war sogar zweimal verheiratet gewesen, aber das hatte sich nicht bewährt.

Sonne, Wolken und eine sanfte Brise, auf dem Friedhof roch es nach Frühling, gepaart mit einem Hauch Vergänglichkeit. Altes Heidekraut und junge Primeln. Geharkte Wege, polierte Marmorsteine und eine weniger gepflegte Ecke an der Friedhofsmauer für die Namenlosen, die im Laufe der Jahrzehnte von der Elbe an Land gespült worden waren.

Auch das Kriegerdenkmal fehlte nicht. Eine grob gehauene Säule mit den Namen der Opfer aus zwei Weltkriegen. Die alljährliche Ehrung fand traditionsgemäß am Vorabend des Schützenfestes statt.

Wollte sie, Tilde, hier einmal zur letzten Ruhe gebettet werden? Nein, dann lieber mit der *Fixen Flunder* von Rasmus, dem Sturmgott, geholt werden und mit der Tide elbabwärts in die offene See treiben. Unauffindbar für die Nachwelt. Oder auf der Plattform ihres Turms im Abendrot die Seele aushauchen, die dann – verwandelt in einen stolzen Seevogel – ihre Bahnen über Ziegensand zöge. Frei und nicht klagend, einem unbekannten Ziel entgegen, wo immer das sein mochte. Nicht mehr umschauen, unabhängig sein wie zu Lebzeiten. Und wehe, wenn man um sie weinte!

«Schau dir das überwiegend weibliche Trauergeschwader an», flüsterte Gesche. Sie und Tilde hielten sich im Hintergrund. «Siehst du die ganz vorne mit dem schwarzen Hutschleier? Das ist Frau Brehmer. Macht auf trauernde Gattin, dabei ist sie nur die Frau vom Oberarzt.»

«War der Professor nicht verheiratet?»

«Mehrfach geschieden, außerdem soll er kein Kostverächter gewesen sein. Na, kein Wunder, bei der Auswahl in der Klinik.»

Der Pastor sprach von *mitten aus dem Leben gerissen* und bezeichnete Dykland mehrfach als *Kunstfreund und Wohltäter der Menschheit*.

Wohltaten. Neue Nasen für Arme? Tilde wurde unruhig und sah sich um. Jasper stand bei Tetjens senior und junior. Wo steckte eigentlich Annika?

Tilde reihte sich mit Gesche in die Kondolenzreihe ein.

«Das musste ja ein böses Ende nehmen», hörte sie eine Stimme hinter sich sagen. Kurt Peters, der Schreiberling mit der Giftfeder. In einem zerknitterten Jackett mit schiefsitzender schwarzer Krawatte.

«Wollen Sie etwa Dyklands Nachruf schreiben?»

«Das habe ich bereits», erwiderte der Reporter süffisant. «Wenn Sie unserer Heimatpresse mehr Beachtung schenken würden ...»

«Mal ganz offen», unterbrach ihn Tilde grob, «ich mag Ihren Stil nicht.»

«Stilfragen sind pure Geschmackssache, Frau Janssen. Nicht nur in der Kunst. Vielleicht sollten wir uns zu diesem spannenden Thema einmal ausführlicher unterhalten. Ich wäre sogar bereit, Sie dafür in Ihrer Trutzburg aufzusuchen.»

Ein Knuff in den Rücken enthob Tilde ihres Protestes. Annika drängte sich an ihr vorbei.

«Das ist eine gute Idee, Herr Peters. Meine Mutter und ich würden uns wirklich freuen. Passt es Ihnen gleich morgen?» Ein warnender Stoß mit dem Ellenbogen für die sicher nicht lange sprachlose Mutter. Was war bloß in ihre Tochter gefahren?

Die Kondolenzgruppe drängte weiter nach vorne, bis auch Tilde der Dame mit dem Hutschleier die Hand schütteln konnte. «Der Professor hat so viel Gutes bewirkt», sagte sie, um überhaupt etwas zu sagen.

«Waren Sie eine seiner Patientinnen?» Frau Brehmer, perfekt geschminkt, richtete einen Blick aus ihren runden Puppenaugen auf Tilde.

«Nein, das hat sich nicht ergeben. Uns hat eher eine

andere Kunst verbunden. Der geplante Skulpturenpfad, vielleicht wissen Sie darüber Bescheid?»

«Fragen Sie bei Gelegenheit meinen Mann. Aber er
hat wenig Zeit, jetzt, wo …»

«Ich verstehe», versicherte Tilde und fühlte sich
lästig.

Da der Professor keine große Zeremonie gewünscht
hatte, wie es hieß, zerstreute sich die Trauergemeinde
beim Verlassen des Friedhofes. Bis auf einen harten
Kern.

«Tildchen, ich wollte nochmal kurz …»

«Wir kommen alle mit, Paps.» Annika übernahm
die Führung und betrat forsch als Erste den *Scharfen
Seehund*. Es gelang ihr sogar irgendwie, den Kommissar allein an die Theke zu zerren.

«Diese plötzliche Dynamik, das hat sie von dir.»
Jasper schielte sehnsüchtig zum Kartentisch, an dem
sich bereits Tetjens senior niedergelassen hatte.

«Pack aus, was hast du erfahren?» Tilde wollte keine Zeit mit Geschwätz verschwenden. Sie ließ sich den
Hering'schen Reflextod erklären und fragte dann, ob
es so etwas wie Selbsterdrosselung gebe. Nein, Hand-
arbeit. Sonst hätte man eine durchgehend horizontale
Strangfurche entdeckt. Eine Frau als Täterin? Dann
müsste sie viel Kraft in den Händen haben. Aber unmöglich wäre es nicht.

Birger, der Wirt, umkreiste sie schon länger. «Geh
nur», entließ Tilde Jasper, denn Birger hatte offenbar
etwas auf dem Herzen, was nur für sie bestimmt war.
Er zog sich einen Stuhl heran. Dann zückte er einen
braunen Umschlag.

«Wir haben gesammelt. Für Gregor. Er soll was Schönes aufs Grab haben. Hat doch keine Angehörigen.»

«Du meinst, ich soll ihm einen Grabstein aussuchen?», erkundigte sich Tilde vorsichtig.

«Nein. Keinen Stein, etwas Besonderes. Eins von diesen selbst gebastelten Dingern. Gregor hat die gemocht, das hat er mir selbst gesagt.» Also hatte er ihre Skulpturen nicht abgefackelt. Gregor als Kunstfreund, das brachte einige ihrer Theorien ins Wanken.

«Der Auftrag ehrt mich, Birger. Aber es gibt eine Friedhofsordnung. Da kann man nicht einfach Gräber gestalten, wie man will.»

«Das mit den Genehmigungen regeln wir am Stammtisch. Vielleicht kann das Werk auch woanders stehen.»

«Natürlich. Wie wäre es mit dem *Scharfen Seehund*? Dann bleibt die Erinnerung an Gregor hier vor Ort erhalten.»

Birgers Blick wanderte zu dem Plastiksturz mit den Frikadellen. «Es darf nicht zu groß sein.»

«Am besten wäre eine Extravitrine», betonte Tilde. «Oder bei den Pokalen oben auf dem Bord.»

«Das ist in Ordnung. Fußball mochte Gregor auch.»

Annika flirtete mit Klaas Tetjens. Ob er ihr wirklich gefiel? Tilde fand ihn recht pedantisch, aber die Auswahl an jungen Männern war in dieser Gegend – nett ausgedrückt – beschränkt.

Sie ging mit ihrem Glas an die Theke. «Wie geht es Hermann? Wann kommt er frei?»

«Ich bin nicht dienstlich hier.»

«Meine Mutter macht sich doch nur Sorgen.» Die Stimme wie schmelzende Butter, dazu eine flüchtige Berührung mit dem Ellenbogen, woher hatte Annika bloß diese primitiven weiblichen Tricks?

Junior rückte dichter an sie heran. «Man muss sich keine Sorgen machen.»

«Wer ist man? Und wie soll man sich keine Sorgen machen, wenn ein Unschuldiger festgesetzt wird?» Vielleicht hatte Tilde ein wenig zu laut gesprochen, aber musste Annika deshalb gleich die Augen so weit aufreißen und sie in den Arm kneifen?

Doch Annika meinte offensichtlich etwas anderes. «Da, die zwei Frauen, die gerade reingekommen sind. Schau dir die Schuhe von der einen mal genauer an», flüsterte sie.

Tilde kniff die Augen zusammen: rote Stöckelschuhe. Nicht irgendwelche, sondern die altbekannten. Wo war das Nest?

«Lass mich das klären», bat Annika. «Du kannst dich in der Zwischenzeit mit Klaas, ich meine Herrn Tetjens, unterhalten.»

Nur zu gerne hätte sich Tilde über den Hering'schen Reflextod ausgetauscht, aber damit hätte sie Jasper in Schwierigkeiten gebracht.

«Leben Sie gerne in dieser Gegend, Herr Tetjens?» Small Talk war besser als gar nichts.

«Ich mag die Elbniederung. Den Strom, die Vogelwelt und den herben Menschenschlag. Die Leute reden nicht so viel.»

«Was Ihre Arbeit sicher nicht leichter macht.»

«Stimmt. Aber ich mag auch Herausforderungen.»

«Das haben wir gemeinsam. Prost.» Nicht verkehrt, wenn man sich ein bisschen näherkam.

Er räusperte sich. «Was hat es denn mit diesen Schuhen auf sich?»

Tilde grinste. «Wie schade. Sie sind ja nicht dienstlich hier.»

10.

Zurück auf Ziegensand, machten Mutter und Tochter einen Abendspaziergang.

«Du meinst, es war eine Art Tupper-Party für Schuhe?»

«Kliniken müssen ihren Kundinnen heute einen Rundumservice bieten. Was soll man mit einer neuen Nase, wenn die passenden Schuhe oder das richtige Make-up fehlen?»

Tilde beobachtete Annika. War sie von diesem Schwachsinn überzeugt? Nein, sie schmunzelte.

Sie gingen schweigend bis zur *Henkersmahlzeit.* «Du hast dabei an die Ressourcen der Weltwirtschaft gedacht, nicht wahr? An die nötige Verantwortung gegenüber den Drittweltländern. Glaub nicht, dass ich unpolitisch oder ein Kunstbanause bin», betonte Annika.

Tilde grinste. «Vielleicht war ich an dem Tag auch

einfach nur hungrig.» Sie interpretierte ihre Skulpturen nicht gerne. Man sah etwas darin – oder auch nicht.

«Apropos hungrig.» Annika hakte sich bei ihr ein. «Ich werde mir meine Brötchen mit irgendetwas verdienen müssen.»

Tilde horchte auf. Sie hatte nicht gewagt zu fragen.

«Nach Köln will ich nicht wieder zurück. Was soll ich da noch. Meinen Job hat inzwischen ganz sicher eine andere. Wahrscheinlich bildschön, gerade volljährig und Paolo anbetend. So, wie ich das früher auch gemacht habe.»

Gott sei Dank, sie sprach in der Vergangenheitsform, registrierte Tilde.

«Vielleicht bleibe ich einfach eine Weile hier, bis ich weiß, was ich will. Geht das in Ordnung?»

Tilde beschloss, ganz ehrlich zu sein. «Solange du mich leben lässt, wie ich will.»

«Ich versuche, mich zu bessern. Und falls wir ein bisschen Abstand brauchen, Malte hat mir angeboten, bei ihm auf der Vogelschutzstation zu wohnen, falls ich einen Turmkoller bekomme oder so.»

«Eine sehr gute Idee. Interessierst du dich für Umweltschutz? Ich meine, um das beruflich weiterzuentwickeln?»

«Mal schauen. Aber sag mal, Mom, ob ich wohl für Privatpflege geeignet wäre? Gesche hat das früher mal gemacht und damit angeblich ein Schweinegeld verdient.»

«So? Und warum hat sie dann in die Tourismusbranche gewechselt?»

«Wegen der Abwechslung. Immer nur alte Menschen, wer will das schon?»

Tilde verkniff sich einen Kommentar. «Beerdigungen machen mich immer hungrig», wechselte sie das Thema. «Wie wär's mit einem Sardinen-Pfannkuchen? Ich hab neulich zwanzig Dosen zum Spottpreis gekauft, und Eier treibe ich auch noch auf.»

Das Essen lag Tilde schwer im Magen. Traumfetzen zogen wie flüchtige Nachtschatten an ihr vorbei. Im Wasser treibende Leiber, die sich zu einem Stern formierten und die *Henkersmahlzeit* umkreisten. Sie selbst in der Mitte, den *Kleinen Sandmann* umklammernd. Unfähig zu schreien. Aber da war eine Stimme, die sie rief. Fremd und doch vertraut.

Tilde schreckte aus dem Schlaf hoch. Vier Uhr morgens. Wolfsstunde, wie es in alten Märchen hieß. Warum nur war sie so unruhig? Sie warf sich etwas über und trat auf die Plattform. Ziegensand schlief. Kein verdächtiger Schein. Der Fluss lag dunkel und behielt seine Geheimnisse für sich. Blieb noch Annika. Wenn auch sie friedlich schlief, war alles im Lot. Tilde ging eine Etage tiefer. Die Bettnische war leer. Vielleicht machte ihre Tochter ja einen Nachtspaziergang? Doch Annika war ein Stadtmensch, dachte Tilde. Bei jedem ungewohnten Geräusch bekam sie riesige Augen und versuchte dauernd, ihrer Mutter eine Alarmanlage für den Turm aufzuschwatzen.

Tilde nahm eine große Stablampe mit. Für den Fall der Fälle. Blödes Klischee. Also – falls sie etwas zu beleuchten hätte.

Auf der *Henkersmahlzeit* hatte sich ein Fischreiher niedergelassen, seine Silhouette erinnerte Tilde an einen Geier. Wildwest auf Ziegensand, was war mit ihren Drahtseilnerven los? Vereinzelt klangen Warnrufe aus der Vogelkolonie. Tilde ließ die Ruine des Kiosks hinter sich und nahm den Pfad in den östlichen Teil.

Die Schutzstation lag dunkel, bis auf Maltes Schlafraum, aus dem ein schwacher, flackernder Lichtschein drang. Kein Feuer, dem Himmel sei Dank, Kerzenschein.

Die Rolle des Voyeurs lag Tilde nicht, aber instinktiv versuchte sie, unbemerkt an das Fenster zu kommen. Nur kurz sehen, ob alles in Ordnung war.

Annika saß in Maltes Schaukelstuhl. In einen Schlafsack gehüllt, die Augen zur Tür gerichtet. Auf dem Schoß den *Kleinen Sandmann*. Von Malte keine Spur.

Tilde schreckte zurück. Wer war sie denn, die Geheimnisse der jungen Leute auszuspionieren, ungefragt in die Welt ihrer Tochter einzudringen!

Sie machte sich auf den Rückweg, schaute noch eben bei der *Fixen Flunder* vorbei und registrierte, dass Maltes Boot nicht auf seinem Platz lag. Wo war er? Und warum hatte er den *Kleinen Sandmann* aus Hermanns Hütte geholt?

Der Reiher saß noch immer regungslos auf der Skulptur. «Recht so», murmelte Tilde. «Du kannst bleiben.» Wenigstens einer, der keinen tieferen Sinn, sondern nur einen Schlafplatz suchte.

Sie selbst konnte keinen Schlaf mehr finden und beobachtete vom Turm aus den Sonnenaufgang. Was der

Tag auch bringen mochte, Momente wie diese gehörten ihr allein und gaben Kraft für – ja, wofür? Für das, was eben anstand. Dann musste sie doch noch eingenickt sein und wurde erst durch hallende Schritte und Stimmen im Turm wach.

«Mommy, komm runter, wir haben frische Brötchen.» Neun Uhr vorbei, das war ihr lange nicht passiert.

«Ich dachte, ich bringe sie einfach mit rüber.» Malte, eingerahmt von zwei Frauen. Links Annika mit der Brötchentüte. Rechts, leicht verheult, eine Botschafterin vom anderen Stern. Nicole vom *Planeten Venus* war auf Ziegensand gestrandet.

«Sie ist mir im Ort über den Weg gelaufen und wusste nicht, wohin», erklärte Malte.

«Ich finde, sie sollte bleiben. Dann können wir unser eigenes Wellness- und Schönheitsprogramm starten», sprudelte es aus Annika. «Vielleicht sogar Tagesgäste aufnehmen. Ich würde alles managen, du hättest gar nichts damit zu tun.»

«Tut mir leid, aber mein Turm wird kein zweites *Ästheticum*.»

«Die Zimtzicke hat mich entlassen.» Nicole ließ es sich schmecken. «Kaum lag der Chef unter der Erde, hat sie mir gekündigt. Fristlos.»

«Nicole spricht von Frau Brehmer. Sonja Brehmer», dolmetschte Annika. «Sie waren früher Kolleginnen, aber dann hat Sonja den Oberarzt geheiratet …»

«Den hätte ich auch haben können. Aber ich wollte ihn nicht.»

Stutenbissigkeit, dachte Tilde gereizt. Die Puppengesichtige von der Beerdigung und Schätzchen-Nicole, da gab es sicher genügend Zündstoff für einen Zickenkrieg.

«Wollen Sie sich ans Arbeitsgericht wenden?», fragte sie höflich nach.

«Keine Chance. Ich war immer nur mit Zeitvertrag angestellt, und der lief jetzt gerade aus. Aber das werden die noch bereuen. Wenn ich erst mal auspacke, rollen Köpfe. Wenn ich es mal mit Ihren Worten sagen darf: Alte Fregatten gehören nicht auf den Müll.»

Tildes Lebensmotto, wenn auch leicht verfremdet.

«Die Bezahlung war sowieso saumäßig», fuhr Nicole fort. «Aber dafür gab es freie Unterkunft, und die ist jetzt natürlich auch futsch. Die Dame vom Tourismusbüro hatte nichts für mich, also sagte ich mir, Nicole, sei clever und spare. Da steht doch noch das Häuschen auf dem Gelände leer. So schnell werden sie den Alten nicht aus dem Gefängnis entlassen, und vor Gespenstern, die am Tatort umgehen, habe ich keine Angst.»

«Dachte sie, aber dann tauchte ich auf», unterbrach Malte den Redefluss.

«Und erschreckte mich fast zu Tode.»

«Was hattest du nachts auf dem Gelände zu suchen?», fragte Tilde.

«Nichts Bestimmtes. Mir war nur danach, mich ein bisschen umzuschauen.»

Er sagt nicht die ganze Wahrheit, da war sich Tilde sicher. Was versuchte Malte vor ihr zu verbergen?

«Ich will heute selbst nochmal in Hermanns Haus.

Da steht eine Skulptur von mir, der *Kleine Sandmann*. Die möchte ich vorübergehend in Verwahrung nehmen.»

Annika und Malte schauten sich verstohlen an. «Die hat bestimmt die Polizei beschlagnahmt.»

«Da lagen keine Holzwurzeln mehr rum», bestätigte Nicole. «Vielleicht hat der Alte sie verheizt?»

«Ich werde den *Sandmann* trotzdem suchen und finden», erklärte Tilde in scharfem Ton. Oder rauben. Zurückrauben. Aber noch hoffte sie auf eine vernünftige Erklärung für die Geheimnistuerei.

Da es von Tag zu Tag wärmer wurde, sollte Nicole vorübergehend in einem Zelt neben der Schutzstation untergebracht werden. Mit Familienanschluss bei allen Bewohnern von Ziegensand.

«Sie hat einen ganzen Koffer mit Gesichtsmodellage-Utensilien dabei», schwärmte Annika. «Teures Zeug. Außerdem Ampullen, die unsereins gar nicht bezahlen könnte. Darf sie die bei dir lagern?»

«Etwa geklaute Ware?»

«So eine Art Selbstbedienung für ausstehenden Lohn. Genauer habe ich nicht nachgefragt. Du und ich bekämen siebzig Prozent Rabatt. Also fast geschenkt.»

Bei den Ampullen wurde Tilde hellhörig. «Einem geschenkten Barsch schaut man nicht hinter die Kiemen.»

Kurt Peters hatte sie ganz vergessen. Den unwillkommenen Gast, den ihr Annika aufgehalst hatte. Er ließ sich von Gesche übersetzen und hatte Jasper im

Schlepptau, der Tilde gleich zur Seite nahm. «Tildchen, ich muss mich hinlegen. Mein Kopf. Diese Best Ager in Klaus' Seniorenstift, die sabbeln ja ohne Ende. Sind nicht totzukriegen. Wir sind dann noch in den *Scharfen Seehund* geflüchtet.»

«Du darfst ausnahmsweise in mein Bett. Dafür möchte ich später Neuigkeiten hören.»

«Kreuzverhör, ich weiß. Da, nimm dir, was du brauchst.» Jasper zog ein dickes Geldscheinbündel aus der Hosentasche und schaute sie an wie ein Kind, das fürs Zeugnis gelobt werden wollte.

«Glück im Spiel, Pech in der Liebe», sagte Tilde und strich schnell einen Teil des Bündels ein.

Annika war in eine höfliche Konversation mit dem Reporter verstrickt. Sie ließ ihren Charme spielen und machte übertrieben viel Aufhebens um ihn. «Ist der Kaffee so recht? Darf es noch ein Plätzchen sein?»

«Ich fürchte, da sind Larven in den Keksen», erklärte Tilde zuckersüß. «Wenn sie nicht sogar schon geschlüpft sind.»

Peters spuckte den Keks zurück auf seine Untertasse.

«Das Leben in einem Turm ist eben nicht so komfortabel wie in einem Wohnhaus, Herr Peters. Falls Sie eine Reportage über alternatives Wohnen planen, sollten Sie das unbedingt erwähnen.»

«Herr Peters möchte dir helfen», betonte Annika.

«Ich bin in friedlicher Absicht gekommen», bestätigte dieser. «Wir wollen uns nichts vormachen, Frau Janssen. Dicke Freunde werden wir nicht. Aber wie wär's denn mit einem Deal?»

«Ich deale nicht.»

«Herr Peters möchte sich gerne für Ziegensand und speziell deinen Turm einsetzen.»

«Ich verkaufe nicht.»

«Das müssen Sie auch nicht. Ich dachte eher an eine gemeinsame Nutzung. Man munkelt, der Stadtrat plant, Ziegensand touristisch zu erschließen.»

«Aber es gibt doch schon einen Campingplatz. Außerdem die Vogelkundler-Führungen.» Tilde war beunruhigt.

«Pillepalle. Ich wollte auf der nächsten Gemeinderatssitzung vorschlagen, im Turm ein Trauzimmer einzurichten. Heiraten auf dem Leuchtturm, das gibt es in unserer Ecke noch nicht so häufig und würde die Stadtkasse füllen. Da Sie Grund und Boden nur gepachtet haben ...»

Mehr brauchte er nicht zu sagen, sie verstand die Drohung. Enteignung durch juristische Winkelzüge.

«Aber mir haben Sie doch erzählt, es gehe um Jugendfreizeiten», sagte Annika ganz entgeistert. «Geförderte Arbeitsprojekte, bei denen junge, engagierte Menschen den Turm ausbauen, das Ufer befestigen und was sonst so anfällt. Mit deren Hilfe könntest du, Mom, dann doch noch deinen Kunstpfad anlegen.»

Schweigend sah Tilde Peters in die Augen. An den Jugendlagern war etwas faul. Annika konnte er täuschen, sie nicht.

«In der Tat, diese beiden Alternativen gibt es. Mein bescheidener Einfluss durch die Presse könnte das eine oder das andere bewirken.»

Wenn das eine Erpressung war, was hatte er persönlich davon? Wenn sie ihren Turm verlor, bekam er ihn dadurch noch lange nicht. «Sie wollen mich also mit Rat und Tat unterstützen, Herr Peters», sagte Tilde betont langsam. «Was erwarten Sie von mir als Gegenleistung?»

Er beugte sich nach vorne. «Dass Sie aufhören zu schnüffeln und die Toten ruhen lassen.»

11.

«Der Mann ist penetrant und gefährlich», erklärte sie später Jasper. «Ich bin mir nicht sicher, was er wirklich will. Aber er hat Dreck am Stecken. Was wird denn so über mich im Ort geredet?»

Jasper wand sich. «Ich höre nicht auf Gerede. Aber da du gleich zwei Tote gefunden hast, einen davon auf Ziegensand, bist du ins öffentliche Interesse gerückt. Und statt dich wieder zurückzuziehen, bohrst du nach. Im Grunde genommen wollen die Leute doch alle nur ihre Ruhe haben.»

«Ich verstehe. Sie haben nichts dagegen, dass ich hier auf meine Art lebe. Aber ich soll, bitte schön, gefälligst nicht meinen Elfenbeinturm verlassen. Und schon gar nicht den Mund aufmachen.»

Den Rest des Tages verbrachte Tilde allein im Turm mit dem Zeichnen eines Sardinenschwarms. Eine Auf-

tragsarbeit, die ihre Existenz für ein weiteres Viertel-
jahr sichern sollte.

Quasi als Belohnung für ihre Disziplin sah sie gegen Abend draußen ihre Holzvorräte und Materialien
durch. Noch nie hatte sie eine Skulptur doppelt ange-
fertigt, aber jetzt reizte es sie, den *Kleinen Sandmann*
noch einmal zu erschaffen. Was machte seine besondere Anziehungskraft für andere aus?

Nach einer Stunde gab sie auf. Dem Holz in ihren
Händen ließ sich kein Leben einhauchen, der Tang war
zu feucht, die Federn ungeeignet.

«Ich kann nicht mehr arbeiten. Nur noch Sardinen
zeichnen», klagte sie Ralf nachts am Telefon.

«Jag alle deine Gäste von der Insel. Dann wird das
wieder.»

Ein simpler Rat, aber Tilde fühlte sich sofort getrös-
tet. «Man wird vielleicht versuchen, mir meinen Turm
zu nehmen.»

Ralf lachte. Er *lachte!* «Das wird denen schlecht bekommen. Die tun mir jetzt schon leid.»

Endlich konnte auch Tilde lachen.

Annika schlief bis in die Puppen, aber Jasper hatte
sich stadtfein gemacht. «Ich kann diese alten Menschen doch nicht sich selbst überlassen. Wir wollen
heute kniffeln», schrie er gegen das Tuckern der
Fixen Flunder an. «Und du, Tildchen? Was Schönes
vor?»

«Geschäfte.»

Wohlweislich fragte er nicht nach.

Zuerst suchte sie Gesche im Büro auf. «Was ist das für ein Plan mit meiner Insel?»

«Mal ehrlich, deine Insel ist es nicht! Vielleicht könnte man das Trauzimmer im Anbau unterbringen?»

Tilde fühlte sich verraten. «Und die Arbeitscamps?»

Gesche schien ehrlich überrascht. «Meinst du ein Erziehungslager für straffällige Jugendliche wie auf Hahnensand?»

Tilde grauste es bei dem Gedanken an die mit hohen Elektrozäunen umgebene Elbinsel, die bei Nacht wie ein Festzelt leuchtete. «Kurt Peters hat es wie ein Pfadfinderlager dargestellt.»

«Das kann ich mir denken. Frag lieber Birger. Der weiß doch immer alles.»

Gesche wich ihr aus. Warum nur?

Das Parkgelände des *Ästheticums* lag in friedlicher Ruhe. Offenbar war Essenszeit, keine der Patientinnen spazierte durch die Anlagen.

Tilde schlenderte bis zum Amphitheater. Die verkohlten Reste vom *Gott des Mammons* waren noch zu erkennen. Ein Gärtner, nur wenig jünger als sein Vorgänger, machte sich an den gestutzten Buchsbaumhecken zu schaffen. Tilde sprach ihn an. «Sind Sie Gregors Nachfolger?»

Der Mann nickte. «Aus demselben Stall.»

«Wie meinen Sie das?»

«Leider keine Zeit für Gespräche. Ich muss jetzt wieder an die Arbeit.» Damit trat er den Rückzug an.

Komischer Kauz. Ob sie selbst auf andere Menschen

ähnlich verschroben wirkte? Sie schlug einen Bogen in Richtung *Planet Venus*.

Eine ältere Patientin saß an einem etwas versteckt liegenden Springbrunnen, dessen Fontäne aus einem bronzenen Wal sprudelte. Als Tilde sich näherte, hörte das Plätschern auf.

«Sie sparen an allem. Über Mittag wird der Brunnen abgestellt, das hat es früher nicht gegeben. Möchten Sie sich zu mir setzen?» Die alte Dame winkte Tilde näher. Tiefe Furchen durchzogen ihr Gesicht, umrahmt von Lachfältchen. Schlupflider. Schildkrötenhals. Und doch war sie schön. Auf Gesicht und Händen gingen Sommersprossen in Altersflecke über. Dezenter pinkfarbener Lippenstift setzte sich auf den plissierten Lippen ab. Keine Reklame für eine Schönheitsklinik, aber ein Paradebeispiel für selbstbewusstes Altern.

«Später möchte ich einmal so aussehen wie Sie», sagte Tilde mit einem Stoßseufzer.

Die Dame lachte. «Das gibt es vom Leben umsonst. Aber Sie sind ja noch jung.»

Das fand auch Tilde, und in 20 Jahren wollte sie es immer noch sein. «Planen Sie eine Veränderung?», fragte sie die sympathische Fremde. «Ich meine, wollen Sie Ihr Aussehen verändern?» Tun Sie es bloß nicht, hätte sie gerne hinzugefügt.

«Warum sollte ich? Der Himmel hat mir diesen Körper für nunmehr 92 Jahre gegeben, und ich bin damit ganz gut durchs Leben gekommen. Das habe ich auch meinem Sohn immer gesagt, wenn er mit seinen albernen Vorschlägen kam.»

Tilde musste gleich an Annika denken. «Bei mir ist es eine Tochter, die mich zur Runderneuerung drängt.»

«Ich vermisse die Streitgespräche mit meinem Sohn.» Plötzlich klang ihre Stimme brüchig wie die einer Greisin, die sie ja auch war. «Es ist nicht in Ordnung, wenn man seine Kinder überlebt. Mit Gisbert konnte ich so herrlich streiten.»

Tilde kannte nur einen Gisbert. Den Toten vom Leuchtturm. «Bitte entschuldigen Sie meine Neugier, aber sind Sie Frau Dykland?»

Die Dame schaute sie prüfend an. «Ich glaube nicht, dass Sie von der Presse sind, richtig?»

Tilde stellte sich vor und erzählte von ihrem Leben auf Ziegensand. Von ihrer Arbeit, dem von Dykland geplanten Skulpturenpfad und dem Tag, als sie ihn …

«Sah er zufrieden aus, als Sie ihn fanden?»

«Ja», log Tilde. Wasserleichen beschrieb man besser nicht im Detail.

«Mein Sohn wollte immer nach den Sternen greifen. Wie sein Vater. Es muss eine männliche Eigenart sein. Was meinen Sie?» Doch eine Antwort wartete Dyklands Mutter nicht mehr ab. «Ich glaube, ich ziehe mich besser zurück. Ohne Mittagsschlaf komme ich nicht über den Tag. Nur die Nächte werden im Alter immer länger. Die Tage natürlich kürzer, viel zu kurz.»

«Ich würde mich gerne noch einmal mit Ihnen unterhalten.»

«Das kann ich Ihnen nicht versprechen.» Sie tätschelte kurz Tildes Hand. «Man sieht es nicht gerne, wenn ich in den Park gehe. Sie lassen mich hier wohnen, das müssen sie, aber ansonsten habe ich nichts zu sagen. Man zieht es vor, dass ich unsichtbar bleibe. Deshalb war ich auch nicht auf dem Friedhof.»

Eine Schwester in gestärkter Tracht näherte sich dem Springbrunnen. «Sind Sie uns wieder mal entwischt, Frau Schmidt? Kommen Sie, Ihr Essen wird kalt.»

Frau Dykland erhob sich und zwinkerte Tilde zu. Frau Schmidt, Dyklands Mutter, lebte hier also inkognito.

Die Pastellfarbene am Empfangstresen im *Ästheticum* erkannte Tilde nicht wieder. Oder war es eine andere Pastellfarbene?

«Ohne Termin kann ich Sie nicht zu unserem Oberarzt lassen», erklärte sie gelangweilt.

«Dann möchte ich bitte zu seiner Frau. Sie wird sich freuen, mich zu sehen», behauptete Tilde forsch und fixierte den Fahrstuhl, aus dem gerade Frau Brehmer stieg. Tilde eilte ihr entgegen und drängte ihr einen festen Händedruck auf. «So sieht man sich wieder. Sie hatten mich herbestellt. Wegen der Skulpturen.»

«Pardon, aber ich kann mich nicht erinnern.» Ob es am Lifting lag oder Charaktersache war, Frau Brehmer trug den gleichen leblosen Gesichtsausdruck wie auf dem Friedhof zur Schau.

«Auf diesem Gelände ist mein Kunstwerk durch Brandstiftung vernichtet worden», fuhr Tilde fort. «Der Gärtner wurde ermordet, und was mit dem Chefarzt passiert ist, wissen Sie selbst.»

«Würden Sie bitte etwas leiser sprechen?» Puppengesicht sah sich besorgt um. Die Empfangshalle füllte sich mit Patienten, die aus der Cafeteria kamen.

«Ich kann es ja versuchen», trompetete Tilde. «Aber vielleicht wäre es besser, gleich mit Ihrem Mann zu reden. Unter uns, es gelingt mir kaum noch, die Presse abzuwimmeln. Da sollte man sich vielleicht abstimmen, was man sagt.»

«Das wäre sicher besser.» Frau Brehmer gab der Pastellfarbenen ein Handzeichen.

Entweder kommt gleich ein kräftiger Pfleger als Rausschmeißer, oder ich habe einen Teilsieg errungen, dachte Tilde und empfand Triumph, als man ihr außer der Reihe eine Audienz beim Oberarzt gewährte.

«Ich freue mich, Sie kennenzulernen.» Herr Brehmer begrüßte sie betont herzlich, bevor er wieder hinter dem pompösen Schreibtisch in seinem Ledersessel versank.

«Unser Chefarzt», er räusperte sich, «ehemaliger Chefarzt, hat viel von Ihnen gehalten. Was kann ich für Sie tun, Frau Janssen?»

«Ich wollte nur einmal nachfragen, ob das *Ästheticum* an einem Ersatz interessiert ist. Der *Griff nach den Sternen* ist ja leider zerstört worden.»

«Sehr bedauerlich. Ich selbst habe den Brunnen leider nicht gesehen, aber ...»

«Es war kein Brunnen, sondern eine Skulptur aus Schwemmholz.»

«Richtig, Sie sagen es. Wir haben den Fall der Versicherung gemeldet, aber offenbar gibt es Schwierigkeiten. Es liegt kein Kaufvertrag vor, und die Definition eines Kunstwerks ist Ermessenssache. Aber wir können uns sicher über eine private Form der Entschädigung einigen.»

Er faltete die Fingerspitzen zu einem Fächer und schaute dann demonstrativ auf sein linkes Handgelenk. «Wenden Sie sich bitte schriftlich an uns. Ach ja, meine Frau erwähnte ... gab es da noch ein Problem wegen der Presse?»

«Das kann ich nicht beurteilen.» Tilde hatte reichlich Zeit, schlug die Beine übereinander und brezelte sich in den bequemen Besuchersessel. «Die Presse. Man möchte natürlich mehr über den Professor erfahren, und da er und ich durch unser Interesse an der Kunst sehr eng verbunden waren ... und uns auch sonst privat austauschten ... Ich denke da nur an diese Ampullen.» Prompt hatte sie wieder Brehmers volle Aufmerksamkeit.

«Wovon sprechen Sie? Was hat das mit der Presse zu tun?»

«Ihre Form der Behandlung gilt als sehr exklusiv. Sie sind doch sicher stolz auf die Entwicklung dieses Wundermittels, von dem Ihre Patientinnen so schwärmen?»

«Frau Janssen, ich kann Ihnen nicht ganz folgen.»

«Das macht nichts», erklärte Tilde katzenfreundlich. «Ich kann es wiederholen. Oder ich verweise die Presse gleich an Ihre Patientinnen.»

«Es gibt keine Wunder in Ampullen, glauben Sie mir. Nur Wirkstoffe aus der Natur, die die Heilungsprozesse unterstützen.» Herr Brehmer erhob sich.

«So wie Schlammpackungen?» Auch Tilde stand auf.

«In etwa.» Er trommelte nervös auf die Schreibtischplatte. «Unsere Arbeit hier sollte nicht mehr von außen gestört werden. Ich wäre Ihnen dankbar, Frau Janssen, wenn Sie die Presse nicht auf eine falsche

Fährte bringen würden. Und um auf Ihr Anliegen zu-
rückzukommen, ein weiterer Brunnen würde bestimmt
das Gelände zieren. Wenn ich es recht bedenke, haben
wir da noch Stiftungsgelder für die Verschönerung der
Außenanlagen übrig.»

Etwas Protziges wollte sie machen. Es *Schweigegeld*
oder *Judaslohn* nennen. Vielleicht auch *Vermächtnis*
oder *Zeugin der Anklage*.

12.

Tilde zog es erneut zu Hermanns Hütte. Vorne war
nur ein simples Vorhängeschloss angebracht. Sie ging
ums Haus herum, stemmte sich gegen die klemmende
Hintertür und landete mit Schwung in der dämmeri-
gen guten Stube.

Alles wirkte unverändert, die Couch mit Schonbe-
zug, die fast leere altdeutsche Schrankwand mit …

Nein, sie konnte es nicht fassen! Der *Kleine Sandmann* stand auf seinem alten Platz. Tilde untersuchte
ihn kurz. Die Federn waren etwas verrutscht, und das
Holz wies eine Beschädigung am unteren Rand auf.
Eine tiefe Kerbe, wie von einem scharfen Messer ver-
ursacht.

Kurzerhand klemmte sie den *Kleine Sandmann*
unter den Arm. Das war kein Raub, sondern Sicher-
heitsverwahrung.

Es war früher Nachmittag, und im *Scharfen Seehund* gab es nichts Neues. Oder doch – Birger trug einen Sakko. Speckig, aber offenbar für einen besonderen Anlass.

«Ist mir da was entgangen? Hast du vielleicht Geburtstag?»

Birger wies mit dem Kopf zum Tresen. Erst jetzt bemerkte Tilde das Hinweisschild: «Heute ab 19.00 wegen Privatveranstaltung geschlossen.»

«Nur eine Versammlung. Eine Art Herrenabend. Man will unter sich bleiben», erklärte Birger entschuldigend.

«So, ein Herrenabend. Angler, Sänger oder was Politisches?»

Birger reagierte nicht, sondern wischte mit einem schmierigen Lappen die Tische ab. Da entdeckte er den *Kleinen Sandmann*, den Tilde abgestellt hatte. Seine Enttäuschung war nicht zu übersehen. «Mit Indianern hatte es Gregor nicht so.»

«Das ist auch nicht für ihn gedacht.» Sie zog eine Skizze aus der Tasche. «Für Gregor plane ich einen Baum. Knorrig. Kräftige Wurzeln, erdverwachsen. Geradlinig, den Stürmen des Lebens trotzend.»

Birger schien sehr angetan. «Deutsche Eiche mit Lorbeerkranz. Das würde ihm gefallen. Er war fürs Vaterländische.»

Tilde verzog das Gesicht. «Man kann das unterschiedlich interpretieren. Also gut, was Lorbeerähnliches kommt auch mit dran.»

«Aber nicht zu groß.»

Ein vaterländischer Bonsai, der in die Frikadellen-

Vitrine passte. Wie tief konnte sie als Künstlerin noch sinken?

Tilde bestellte einen Magenbitter. «Für dich auch einen», lud sie den Wirt ein.

Nach dem Zuprosten brachte sie ihr Anliegen zur Sprache: «Was haben die denn auf Ziegensand geplant? Pfadfinder oder so was?»

Birger faltete seinen Putzlappen sorgfältig zum Quadrat. Auswaschen stand nicht auf dem Programm. «Ist 'ne Geldfrage. Die Pfadfinder haben genug. Und den Randgruppen steckt man es vorne und hinten rein, wie jeder weiß.»

Er rollte konzentriert den Lappen zu einer Schnecke. «Es gibt Leute, die wollen lieber eine Auswahl für ihre Gelder treffen. Die Elite von morgen fördern.»

Tilde schwante Böses. «So eine Art Schulung für Jugendliche? Brot und Spiele gegen eine bestimmte Gesinnung?»

«Kann doch nicht schaden, Werte zu vermitteln.» Er schaute sie herausfordernd an.

«Wer genau setzt sich denn für dieses Projekt ein?»

«Alle. Sogar Gregor. Er hat Geld für die Jugendarbeit hinterlassen.»

«Wem?»

«Uns. Dem Freundeskreis der Klinik. Wir sind fast alle Mitglied.»

Es schien Tilde nicht logisch, dass Skatbrüder, Sänger und Stammtische ausgerechnet im Freundeskreis einer Schönheitsklinik Mitglied waren ... Aber darüber musste sie in Ruhe nachdenken.

Zurück nach Ziegensand. Den *Kleinen Sandmann* im Bug der *Fixen Flunder* verstaut, einen angesäuselten Jasper im Heck. «Weißt du, Tildchen, es geht uns nicht nur ums Kartenspielen. Da finden auch ernsthafte Gespräche statt. Ich versuche, die Leute für dich zu gewinnen.»

«Wozu? Ich lege keinen Wert darauf, mit Gewalt meinen Freundeskreis zu erweitern.»

Sie drosselte den Motor. «Was weißt du über Dyklands Mutter?»

Jasper stutzte. «Da gibt es nichts zu wissen. Seine Eltern haben bis vor ein paar Jahren im alten Seitenflügel der Klinik gelebt. Er wollte sie nicht in ein Heim geben. Sie sind aber längst verstorben.»

Von wegen.

Zwei spärlich bekleidete braune Eingeborene in Kriegsbemalung empfingen sie am Strand.

«Ganzkörper-Schlickpackung», erklärte Annika. «Und fürs Gesicht eine Maske aus püriertem Tang.»

«Vorher Sandpeeling», ergänzte Nicole. «Schätzchen, Sie haben hier eine Goldgrube. Zurück zur Natur. Genau das wollen die Leute. Erst ein bisschen Schnippelschnippel in der Klinik und sich dann Mutter Natur anvertrauen.»

Annika entdeckte den *Kleinen Sandmann*. «Mom, hast du … bist du … ist das ein Duplikat?»

Tilde ließ einen Moment verstreichen, um Annika Gelegenheit zu geben, ihr schlechtes Gewissen zu erleichtern. «Warum überrascht dich das? Ich wollte ihn hier für Hermann verwahren.»

Annika tastete unauffällig nach der Kerbe. Aber nicht unauffällig genug.

«Ja, er ist beschädigt», sagte Tilde. «Was meinst du, soll ich mich bei der Polizei beschweren? So geht man doch nicht mit fremdem Eigentum um, oder siehst du das anders?»

«Das ist aber ein süßer Struppi, der gefällt mir.» Nicole griff nach dem *Kleinen Sandmann* und enthob so Annika einer Antwort. «Machen Sie den auch in kleiner mit mehr Ästen, damit man seinen Schmuck dran hängen kann?»

«Nein!» Tilde schnappte sich ihre Skulptur und stapfte zum Leuchtturm.

«Heute Abend ist Angrillen bei Malte», rief Annika ihr noch nach.

Ich hebe einen Graben aus und verbarrikadiere mich. Ziehe um den Dicken *einen Elektrozaun und bringe Schilder an: Vorsicht! Explosionsgefahr bei Betreten des Turms. Gilt besonders für Inselbewohner, Gäste und Familienangehörige.*

Tilde verzog sich in ihr Oberstübchen und ließ sich aufs Bett fallen.

Nein, sie wollte nicht einnicken. Lieber ein kurzes Brainstorming, oder wie auch immer man das heute nannte, Tilde zog die Bezeichnung «Gedankenschublade aufräumen» vor. Im Sinne von Sortieren. Die Guten ins Töpfchen, die Schlechten ins Kröpfchen.

Auf welche Seite gehörte Gisbert Dykland – hatte er sich in den Augen des Täters etwas zuschulden kommen lassen, oder war er ein Zufallsopfer?

Ein vertuschter Kunstfehler, Futterneid in der Klinik, oder handelte es sich um einen Raubmord ohne persönliches Motiv?

An dieser Stelle kam Tilde nicht weiter. Also zu Hermann. War er zum falschen Zeitpunkt am falschen Ort gewesen?

In welcher Beziehung hatte er zu Gregor, dem Gärtner, gestanden? Soweit sie wusste, war Hermann nur selten im *Scharfen Seehund* gewesen.

Birger wusste eindeutig mehr, als er preisgeben wollte. Die Versammlung! Tilde sprang auf und hastete eine Etage tiefer. «Jasper, du musst etwas für mich tun!», rief sie schon von der Treppe aus. «Hoch mit dir und ab in den *Scharfen Seehund*.»

Auf einem der Sarkophage bewegte sich der Deckenhaufen. Jasper gähnte. «Heute Abend nicht, Tildchen. Man soll das Glück nicht jeden Tag herausfordern. Stammt übrigens von dir.»

Tilde zog ihm die Decke weg und erklärte kurz das Nötigste. «Geh zu dieser Veranstaltung. Tritt zur Not dem Verein bei. Sag von mir aus, dass ich ein Scheusal bin, verbünde dich mit ihnen. Männer mögen Kameradschaft, wärm ein paar Ideale auf. Und dann horch sie aus.»

«Schon gut. Ich weiß, wie man das macht.»

Die *Fixe Flunder* tuckerte ein zweites Mal zum Festland, und Tilde drehte auf der Rückfahrt noch eine Ehrenrunde um Ziegensand. Wo es weder Ziegen noch Schafe gab, dafür Brandstifter und Mörder, vielleicht. Drachenzähne, der alten Sage nach, womöglich.

Der mit Schlick überzogene Körper eines Drachen, plötzlich reizte es sie, die alte Sage auf die eine oder andere Art darzustellen. Vielleicht konnte sie sogar die roten Schuhe verwenden. Waren Drachen und Tausendfüßler eigentlich verwandt?

Tilde machte mehrere Skizzen, ihre Müdigkeit war wie weggeblasen. Als sie – es war längst dunkel – auf die Plattform trat, sah sie im Osten der Insel einen schwachen Feuerschein. Besorgt griff sie nach dem Fernglas. Aber nein, es war nur ein Lagerfeuer. Das Grillfest!

«Bedien dich», forderte Malte, der Grillmeister, sie auf. «Die Würste sind ein bisschen angekohlt, aber wie ich dich kenne, magst du das.»

Sie saßen auf Strohballen in der Runde: Annika, Nicole und sogar Gesche. Den leeren Flaschen nach hatte die Feier bereits ihren Höhepunkt erreicht, wenn nicht sogar überschritten.

«Ist ja alles ganz schön hier», stellte Nicole fest. «Bis auf den Männermangel.» Sie kicherte albern. «Na, wenigstens ein Exemplar haben wir ja.»

Tilde setzte sich zu ihr.

«Aber leider zu jung. Schätzchen, Ihnen muss ich ja nichts erzählen. Das Sortiment wird nicht größer, wenn man selbst ... Sie wissen doch, wenn die Uhr tickt.»

«Dann muss man eben auf rote Stöckelschuhe zurückgreifen», schlug Tilde vor, was bei Nicole zu einem erneuten Heiterkeitsausbruch führte.

«Sie haben also davon gehört? Unsere spezielle Abteilung, in der man den Damen jeden Wunsch erfüllte? Nur weil ...»

Sie brach abrupt ab.

«Weil sie besonders zahlungskräftig waren und sogar diese überteuerten Ampullen kauften?», schlug Tilde vor.

Nicole zierte sich nicht länger. «Es war ein offenes Geheimnis, dass es zwei Arten von Ampullen gab. Solche und solche. Einmal die mit den naturidentischen Wirkstoffen.» Sie geriet ins Stocken. «Nicht schlecht, aber Wunder bewirkten sie nicht. Richteten allerdings auch keinen Schaden an.»

«Würden Sie die selbst nehmen?», unterbrach Tilde.

«Aber immer! Kollagene, Mineralien, was zum Straffen, was zum Ausbügeln, Vitaminbomben. Etwas, das man unbesorgt seiner eigenen Mutter oder Großmutter schenken kann.»

Annika nickte beifällig. «Der nächste Muttertag kommt bestimmt.»

«Wie wär's stattdessen mit einem Leuchtturmkalender?» Auch Tilde konnte spitz werden. «Entschuldigung, Nicole, wir haben Sie unterbrochen.»

«Und dann gab es da noch die Raumfahrtkapseln.» Nicoles Stimme sank zu einem dramatischen Flüstern.

Tilde konnte den bisherigen Alkoholkonsum nur schätzen. Raumfahrtkapseln? Annika summte die Erkennungsmelodie von *Raumschiff Enterprise*.

«Schätzchen, Sie denken, ich bin knülle, was? Nicht unsere gute, alte Nicole!» Sie rückte ganz dicht an Tilde ran. «Angeblich sollen die Wirkstoffe aus der

Weltraumforschung stammen und das Immunsystem stimulieren. Das kämpft dann gegen die freien Radikalen und andere eklige Biester, die uns die Schönheit rauben. Das gab es bisher nicht auf dem Markt.»

«Ist das Mittel denn offiziell zugelassen?»

«Unter uns Pastorentöchtern: Die Zulassung eines Medikaments ist doch nur eine Formsache, daran wollen bloß zig Leute verdienen. In der Forschung gibt es immer einen Haken. Ich meine, ein Häkchen. Sie haben recht, die Zulassung steht noch aus. Leider. Ist aber nur eine Frage der Zeit.»

«Wer wird denn freiwillig Versuchskaninchen für solchen Kram?», überlegte Tilde laut.

«Früher hätte ich das sofort getestet», meinte ihre Tochter.

«Ach, und heute nicht mehr?» Tilde schöpfte Hoffnung.

«Kommt drauf an.» Annika zögerte. «Ich frage mich langsam, mit welchem Recht die Kerle erwarten, dass wir uns für sie immer wieder nach neuem Schnittmuster zusammensetzen lassen und ein Leben lang teures Geld in die Schönheitspflege pumpen. Was machen die denn umgekehrt?»

«Sie benutzen das Rasierwasser, das wir ihnen schenken», sagte Nicole.

«Oder sie sonnen sich im Anblick der Models, die sie auf den Laufsteg schicken», wagte Tilde sich vor, aber das war schon zu viel.

Annika warf ihr einen bösen Blick zu.

«Wie teuer sind denn diese Ampullen?», lenkte Tilde ab.

«Sie wurden zu dreihundert Euro pro Stück eingeführt. Wenn man, also frau, zufrieden war, und das
ließ sich leicht suggerieren, empfahl der Arzt eine Kur
von mindestens drei Wochen Dauer.»

«Exklusiv nur im *Ästheticum* möglich?»

«Ganz richtig! Angeblich gab es ein Jahr Wartezeit,
aber als besonderes Privileg war man dann im Einzel-
fall schon mal bereit, eine Ausnahme zu machen ...»

«... und gegen einen kräftigen Aufschlag ...»

«... wurde diese Ausnahme dann gemacht.»

«Also hatten Kassenpatienten von Anfang an keine
Chance», stellte Annika fest.

«Wir sprechen hier nicht vom niederen Fußvolk»,
sagte Nicole mit Würde. «Wo kämen wir denn hin,
wenn sich das jeder leisten könnte? Der Nachschub an
Ampullen war so schon nicht gesichert.»

«Haben die Damen eigentlich untereinander über
die Wirkstoffe geredet? Was so drin war in den Ampullen?»

Tilde musste an ihre Begegnung im Park des *Ästheticums* denken, als die Patientinnen in ihrer Gegenwart
so plötzlich verstummt waren.

«Da wurde natürlich gemunkelt und gerätselt. Keine
wusste genau, was die andere bekam. Vor allem über
die Preise wurde nicht gesprochen.»

«Klingt nach einer lukrativen Sache für den Verkäu-
fer», mischte sich Gesche ein. «Ist mit dem Zeug denn
immer alles gutgegangen?»

«Ich will mir nicht den Mund verbrennen, aber es
gab mehrere Fälle von allergischem Schock. Das wurde dann als Hysterie oder Vorerkrankung abgetan und

hielt die anderen Patientinnen nicht davon ab, die Behandlung fortzusetzen.»

«Gegen Bares. Wie wurde das eigentlich verbucht?»

Plötzlich schien Nicole auf der Hut. «Die Buchführung lag immer in den Händen von Sonja, also Frau Brehmer. Ich hatte damit nichts zu tun. Auch nicht mit der anderen Sache.»

«Welcher anderen Sache?», drängelte Annika.

«Eines Tages verschwand eine Patientin spurlos.» Sie machte eine kleine, dramatische Pause. «Es hieß, sie sei aus familiären Gründen abgereist, aber ich weiß, dass man noch lange nach ihr gesucht hat. Als dann aber keine Vermisstenmeldung einging, legte sich die Aufregung.»

«Wer war die Patientin?»

«Bestimmt eine Prominente. Hieß es jedenfalls unter der Hand. Nicht mehr ganz jung, so um die dreißig.» Annika guckte beleidigt.

«Das war übrigens die Patientin, die die roten Stöckelschuhe eingeführt hat. Plötzlich wollten alle solche Schuhe. Ich selbst habe auch ein Paar gekauft.»

«Eine verschwundene Patientin, das wird ja immer merkwürdiger.»

«Mit euch geht einfach nur die Phantasie durch», schaltete Malte sich ein. «Die meisten Menschen, die verschwinden, haben gute Gründe, keine Anschrift zu hinterlassen. Sie wollen eben nicht gefunden werden.»

«Du meinst, das muss nichts mit einem Verbrechen zu tun haben?»

Er überlegte einen Moment, bevor er antwortete. «Das habe ich nicht gesagt. Aber es kann Jahre dauern, bis man einen Menschen aufspürt, der nicht gefunden werden will. Dabei muss es nicht um ein Verbrechen gehen. Manchmal sind es vielleicht nur die lästigen Fragen, denen der Betroffene ausweichen will.»

«Kann man irgendwie an die Adresse der verschwundenen Patientin kommen?», wollte Tilde von Nicole wissen.

«Die Daten unserer speziellen Patientinnen wurden streng unter Verschluss gehalten. Ich habe sie nie zu Gesicht bekommen, doch Professor Dykland und Dr. Brehmer haben sicherlich eine Liste auf ihrem Computer gespeichert, aber das ist natürlich alles mit Passwörtern gesichert.»

«Man müsste irgendwie Einblick nehmen können», überlegte Tilde.

«Schwierig. Dazu brauchten wir die Passwörter.»

«Vielleicht sollte ich noch einmal zu Doktor Brehmer gehen und ganz gezielt nach den Ampullen fragen und eine kaufen. Dann lassen wir sie von einem Apotheker oder bei der Polizei untersuchen. Was haltet ihr davon?»

«Gift wird nicht drin sein. Und selbst wenn es nur destilliertes Wasser ist, bringt uns das noch keinen Schritt weiter», sagte Annika.

«Zwei Morde und die Brände. Zuletzt sogar auf unserem Ziegensand. Ich frage mich, ob da ein Zusammenhang besteht. Wer steckt bloß dahinter?», überlegte Malte.

«Jemand, der mich von der Insel vertreiben will. Du könntest auch betroffen sein, Malte. Ich habe da etwas über Pläne gehört, hier Jugendfreizeiten zu veranstalten, und das hörte sich alles sehr – rechtslastig an. Wisst ihr, was ich meine?»

«Wenn sie die Brutplätze in Ruhe lassen und nicht wild herumtrampeln, könnte ich damit leben.» Malte begann, das Feuer zu löschen.

Tilde verschlug es fast die Sprache. Aber nur fast. «Hast du mich nicht verstanden?»

«Doch, du meinst diesen Neonazi-Abklatsch. Sie ärgern sich eben über die große Politik. Sollen sie sich doch im Grünen austoben, statt Krawalle in den Städten zu organisieren. Man darf die nicht zu ernst nehmen.»

«Malte, es sind die Nachfolger der Menschen, die …»

«… vielleicht aus ihren Fehlern nicht gelernt haben. Aber die meisten haben ihre gerechte Strafe erhalten.»

Er war einfach zu jung, tröstete sich Tilde. Jung und politisch desinteressiert. Was wusste sie überhaupt von seiner Herkunft und Familie? Vielleicht gab es da einen irregeleiteten Großvater, der seinen destruktiven Einfluss nutzte?

«Also ich geh jetzt schlafen», verkündete Nicole und gähnte.

Annika wollte noch beim Aufräumen helfen, und Gesche zog es zurück an Land. Tilde begleitete sie bis zum Anleger.

«Deine Tochter scheint sich wieder gefangen zu haben. Mensch, Tilde, nochmal jung sein und das Leben so richtig genießen, was?»

«Aber das tun wir doch auch.»

«Wenn das liebe Geld nicht wäre», sagte Gesche seufzend. «Mit einem fetten Lottogewinn wäre ich längst über alle Berge. Und du?»

Da brauchte Tilde nicht lange nachzudenken. «Es würde sich für mich nichts ändern. Höchstens ein neuer Anstrich für den *Dicken* und die *Fixe Flunder*. Ein bisschen Annika unterstützen, bis sie wieder fest im Sattel sitzt.»

«Na, Jasper würde dir schon den Rest abluchsen.»

Sie lachten einverständlich. Tilde spürte, wie der Druck, der den ganzen Abend auf ihr gelastet hatte, nachließ. «Ich habe Jasper zum Herrenabend in den *Scharfen Seehund* geschickt. Was die wohl vorhaben?»

«Reden schwingen. Führers Geburtstag musste dieses Jahr ausfallen. Da werden sie wohl als Ersatz den Rudolf-Hess-Gedenktag im August planen wollen. Hauptsache, die Männer haben was zu palavern.»

Diesmal lachte nur Gesche.

«Gesche, ist das dein Ernst?» Tilde war erschüttert. «Willst du damit sagen, dass es hier noch echte braune Biedermänner gibt?»

«Na, in den Kreistagen sind sie jedenfalls vertreten. Ich habe sogar den Eindruck, sie verjüngen und vermehren sich. Denk mal an Malte.»

«Er hat in den drei Jahren, die ich ihn kenne, nicht einmal mit mir über Politik gesprochen.» Und ich nicht mit ihm, dachte Tilde. Was war aus ihrer Menschenkenntnis geworden?

«Sag mal, Gesche, und wie ist das mit dir?», tastete sie sich vor.

«Ich bin unparteiisch. Gibt solche und solche. Wählen tu ich die, die gesunde Ansichten über Recht und Ordnung haben.»

Mit diesen Worten sprang sie ins Boot und warf den Außenborder an.

13.

«Aufwachen, Mom, du hast nur geträumt.» Annika stand mit einer flackernden Kerze und dem *Kleinen Sandmann* im Arm vor Tildes Bett. «Wieder mal Stromausfall.»

Tilde fühlte sich unfreiwillig in die Realität zurückkatapultiert. Gerade hatte sie noch im Traum mit der alten Frau Dykland gesprochen, die ihr etwas ganz Wichtiges zu sagen hatte. Und hinter ihr war ein halbhoher Schatten aufgetaucht. Ein Mensch? Ein Tier?

«Du hast laut vor dich hin gebrabbelt, da wollte ich dir einen Albtraum ersparen.»

«Danke. Aber wir Alten brabbeln schon mal dummes Zeug. Sogar bei Tage.»

«Du bist sauer auf mich», stellte Annika fest. Sie kauerte sich ans Fußende von Tildes Bett und legte den *Kleinen Sandmann* zwischen sie.

«Ich hab ihm nichts getan. Es war Malte, der in Hermanns Auftrag gehandelt hat.»

«Das glaube ich dir nicht», wehrte Tilde ab.

«Lass mich erklären, Mom. Alles weiß ich ja selbst nicht. An dem Abend, als ich bei Malte reinschauen wollte, habe ich ihn überrascht, wie er den *Kleinen Sandmann* vor sich auf dem Tisch hatte und sich daran zu schaffen machte. Da blieb ihm nichts anderes übrig, als mir eine Erklärung dafür zu geben.»

«Na, da bin ich ja gespannt, was er sich so schnell ausgedacht hat.»

«Hör bitte erst mal zu, Mom. Hermann hat wohl mit Malte eine Absprache getroffen. Er wollte, falls er in Schwierigkeiten gerät, eine geheime Nachricht für Malte hinterlassen. Und die hat er in den Fuß der Skulptur eingeritzt. Ich hab's mit eigenen Augen gesehen. Aber Malte hat damit nichts anfangen können und dann versucht, den *Kleinen Sandmann* wieder in seinen ursprünglichen Zustand zu versetzen.»

«Warum ist er damit nicht gleich zu mir gekommen?»

Annika schien ratlos. «Das weiß ich auch nicht. Ich habe ja selbst keine Ahnung, was diese Geheimnistuerei soll.»

«Und ich dachte, ich kenne Malte!»

«Mom, er ist immer noch derselbe nette Kerl wie im letzten Jahr. Bist du nicht ein bisschen streng, wenn es um die Gesinnung von Menschen geht? Manchmal wollen wir Jüngeren nur provozieren.»

«Jünger? Also nicht mehr alt, fett und hässlich? Okay, das ist ja immerhin schon mal etwas.»

«Du hast ‹okay› gesagt», triumphierte Annika. «Wie wäre es mit ‹vortrefflich› oder ‹wohlgetan›?»

Jasper hatte «seine zwei Mädels» zum Frühstück im Ort eingeladen. Da Annika so früh nicht hochkam, fuhr Tilde allein rüber. Flüchtig registrierte sie, dass die Persenning in der *Fixen Flunder* verrutscht war, als ob jemand etwas darunter gesucht hätte. Ich sehe schon Gespenster, wittere überall Unheil, dachte Tilde.

«Lass uns auf dem Friedhof picknicken», schlug Jasper vor.

Tilde jedoch war nicht nach Brötchenkrümeln am Kriegerdenkmal zumute. «Falls du wieder pleite bist, gehen wir wenigstens ins Stehcafé. Ich zahle, keine Sorge.»

«Das ist es nicht.» Selbstgefällig komplimentierte er sie in seine gewünschte Richtung. «Es gibt geistige Nahrung, du wirst es nicht bereuen.»

Ein Duft nach Chrysanthemen und Lilien. Ein frisch aufgestellter Feldstein, der nach «Erde zu Erde» roch. Oder hieß es «Asche zu Asche»?

Eine Frau mit grauer Löckchenwelle, die sie wie ein Pudel aussehen ließ, trug ächzend eine schwere Gießkanne den Kiesweg entlang. Vielleicht zum Grab ihres Mannes. Männer machten auch nach ihrem Ableben noch Arbeit.

Vor Gisbert Dyklands Grab blieb Jasper stehen. Das war es also, was er ihr zeigen wollte: Hakenkreuze, Runen, Sonnenräder und immer wieder die Zahl 88. Man hatte das Grab des Professors geschändet.

«Ich dachte, du möchtest das vielleicht mit eigenen Augen sehen, bevor man es diskret entfernt. Es muss gestern gegen frühen Abend passiert sein. Ein Besucher

hat auf dem Gelände einige vermummte Gestalten bemerkt, die es sehr eilig hatten.»

«88. Warum diese Zahl?» Tilde musste sich erst einmal fangen.

«Der achte Buchstabe des Alphabets ist ein H. 88
steht für HH, also den verbotenen Gruß ‹Heil Hit-
ler›.»

«Widerwärtig.»

«Oder einfach nur kindisch. Am Ortsrand gibt es
eine Jugendherberge, die in dieser Jahreszeit voll belegt
ist.»

«Schon wieder mal Dummejungenstreiche? Brandstiftung, Grabschändung: Was willst du der Jugend
von heute noch unterstellen?»

«Reg dich ab, Tildchen. Man wird der Sache in
jedem Fall nachgehen, will aber nicht, dass es in die
Zeitung kommt. Könnte dem Tourismus schaden.»

«Wie schade für Kurt Peters», meinte Tilde bitter.
«Ich hätte eine schöne Schlagzeile für ihn: ‹Sächsische
Verhältnisse im Norden› oder ‹Nostalgisches Vetera-
nentreffen führt zu künstlerischem Einsatz›.»

«Falls du auf das Treffen im *Scharfen Seehund* an-
spielst, die waren es mit Sicherheit nicht. Ich bin bis
zum Schluss geblieben, und da war es schon stock-
dunkel.»

Sie setzten sich in die Nähe der namenlosen Seeleute
und vertilgten Jaspers Leberwurstbrötchen.

«Leg los», forderte Tilde mit vollem Mund. «Was
hast du herausgefunden? Musstest du einen Eid oder
ein Schweigegelübde ablegen?»

«Tetjens war meine Eintrittskarte. Man blieb aber

misstrauisch. Sie wollten mich über meine politische Gesinnung ausfragen.»

«Und? Hast du inzwischen eine?» Tilde schnappte sich das letzte Brötchen und hielt ungerührt Jaspers vorwurfsvollen Blick aus.

«Der Politikverdrossenheit konnte ich zustimmen, aber beim Thema antidemokratische Traditionen habe ich mich der Diskussion entzogen. Der Wortführer war übrigens dein Feind, Kurt Peters. Er hat durchaus Charisma.»

«Weil er den Leuten nach dem Maul redet», unterbrach Tilde. «Brot und Spiele verspricht. Um an meinen Turm zu kommen, würde er über Leichen gehen.»

Jasper gähnte. «Der Turm wurde nicht erwähnt. Leichen schon. Gregor wurde für seine Verdienste über den grünen Klee gelobt. Dykland dagegen nur am Rande erwähnt, was mich überrascht hat. Ich glaube, er war keiner von ihnen.»

«Warum dann dieser Förderverein?»

«Da steige ich auch nicht hinter. Früher war die Klinik ein Sanatorium. Erst vor neun Jahren wurde sie modernisiert. Der Förderverein kümmert sich um den ganzen Kleinkram, zum Beispiel sucht man jetzt einen neuen Gärtner.»

«Sie haben schon einen, ich bin ihm begegnet», sagte Tilde zerstreut. «Ist ebenfalls kein geselliger Typ.»

«Der ist schon wieder entlassen worden. Übrigens hatte sich auch Hermann mal beworben, aber dann haben sie Gregor genommen.»

«Erzähl mir nicht, das wäre ein Mordmotiv. Da gibt

es andere Hinweise.» Sie berichtete über die Ampullen und die verschwundene Patientin.

Doch Jasper hörte ihr nicht richtig zu, sondern schielte zu der Bierdose, die er statt Kaffee mitgebracht hatte. «Tildchen, meine Konzentration lässt nach, ist ja fast schon Mittag. Wäre es wohl pietätlos, wenn man an diesem Ort ...?»

«Gib schon her, ich nehm den ersten Schluck.»

«Prost, die Herrschaften. Wo bleiben da Schamgefühl und Respekt vor den Toten?»

Ertappt wie ungezogene Kinder. Sie mussten von hinten gekommen sein. Ein entrüsteter Kurt Peters, in seinem Gefolge Malte und Tetjens junior.

Unter gemurmelten Entschuldigungen brachen Tilde und Jasper auf.

«Macht nichts, Tildchen, dein Ruf war schon vorher ruiniert», versuchte Jasper Trost zu spenden.

14.

Nachdem sie Jasper im *Scharfen Seehund* abgegeben hatte («Alles nur für dich, Tildchen»), machte sich Tilde entschlossen auf den Weg zum *Ästheticum*. Diesmal ließ sie die protestierende Pastellfarbene ohne jede Diskussion hinter sich und wurde erst kurz vor ihrem Ziel von Frau Brehmer abgefangen. «Mein Mann ist nicht abkömmlich, aber darf ich Sie auf einen Kaffee zu mir in unseren Salon einladen?»

Sie durfte. Nach einem endlos scheinenden Weg durch die Gänge entpuppte sich der Salon als ein etwas größerer Aufenthaltsraum mit zierlichen Sitzmöbeln, alten Ölschinken an den Wänden, verstaubten Samtvorhängen und einem abgedeckten Klavier in der Fensterecke. Ein pastellfarbener blonder Klon brachte Kaffee und Petit Fours.

«Wir sind hier im alten Flügel der Klinik», sagte Frau Brehmer entschuldigend. «Das muss alles noch renoviert werden. Jetzt, wo ich freie Hand habe ...»

«Ich kann mir gut vorstellen, dass Sie für Innenarchitektur die Richtige sind», säuselte Tilde. «Ihr Mann für die äußeren Fassaden, und Sie machen es den Gästen schön.»

«Gäste, das verstehen Sie richtig. Ich will, dass sich unsere Patienten rund um die Uhr wohlfühlen, und dazu gehört einfach ein nettes Umfeld.»

«Sie sagen es», stimmte Tilde zu und durfte sich in der nächsten halben Stunde einen Monolog über goldfarbene Seidenvorhänge mit Lilienmuster, rosa Bettwäsche und Schmuckvitrinen anhören. Sie horchte erst wieder auf, als sich Frau Brehmer über das Problem ausließ, geeignetes Personal mit Schönheitssinn zu finden, und sich über den Förderkreis beschwerte, der überall mitreden wollte. «Sie wollen sogar den alten Flügel unter Denkmalschutz stellen lassen, das würde uns langfristig sehr einschränken.»

«Ist der Teil denn noch bewohnt?», hakte Tilde nach.

«Nicht richtig. Es gab da ein paar Langzeitpatienten von früher, die hatten Sonderrechte vom Professor. Und der Förderkreis beansprucht einen Teil für Gästeunterkünfte. Sie planen einen Kulturaustausch mit anderen Städten.»

Tilde stellte sich Birger und die Zockerrunde beim Planen von Kulturveranstaltungen vor. Das war ja zum Piepen!

«Aber auch meinem Mann und mir ist es ein großes Anliegen, die regionale Kultur zu unterstützen. Wir haben ihren Skulpturenpfad nicht vergessen», beteuerte Frau Brehmer. «Da lässt sich schon bald was machen.»

«Ja, beginnen möchte ich mit einem Brunnen im Eichhörnchenstil. Solide aus Bronze. Nicht brennbar und fotogen.»

Zweifelnd schaute Frau Brehmer sie an und entschloss sich dann, die Worte ernst zu nehmen. «Warum nicht? Obwohl Bronze ja ein bisschen dunkel wirkt.»

«Wir halten ihn pastellfarben», versicherte Tilde. «Darf ich mich im alten Flügel einmal umschauen? Ich interessiere mich ja so für alte Gemäuer.»

«Das geht leider nicht. Er ist zum großen Teil gesperrt. Wegen Einsturzgefahr.»

Ihre rosa Gesichtsfarbe strafte sie Lügen. Vielleicht gab es dort ein geheimes Labor für die «Raumfahrtkapseln»? Oder eine Abteilung für «verschwundene» Patienten, die in Wirklichkeit als Ersatzteillager dienen mussten?

Tilde sah selten fern, aber bei Schlaflosigkeit ging nichts über die Wiederholung eines Horrorfilms, der von der Realität längst eingeholt worden war.

«Über die Ampullen können wir ja ein anderes Mal reden», schlug Tilde betont beiläufig vor, als sie sich an der Rezeption von Frau Brehmer verabschiedete. «Ich ... das heißt, nein, mein Exmann möchte sich gerne verjüngen lassen. So etwa um zehn Jahre, bei Männern kommt es ja nicht so drauf an.»

«Sagen Sie das nicht! Gerade an Männern ist die Forschung sehr interessiert und kann da erstaunliche Ergebnisse bewirken», versicherte Frau Brehmer. «Man würde ihm mit den Kosten vielleicht sogar entgegenkommen.»

«Oder er könnte sich hier nützlich machen. Er war früher mal ... Landschaftsgärtner.»

Mit dieser faustdicken Lüge verabschiedete Tilde sich, wartete, bis Frau Brehmer im Fahrstuhl verschwunden war, und wandte sich dann an die pastellfarbene Rezeptionsdame.

«Ich wollte die Chefin damit nicht behelligen, aber wo finde ich eine Frau Schmidt? Ich glaube, sie ist eine Langzeitpatientin aus dem alten Flügel.»

«Bedaure, aber darüber kann ich keine Auskunft geben.»

Wie erwartet, zierte sich die Dame.

Als Nächstes probierte Tilde es im Nicole-Jargon.

«Schätzchen, sie ist eine alte Freundin meiner verstorbenen Mutter. Ich will ihr nur Fotos zeigen, bevor auch sie den Bach runtergeht. Obwohl das bei dem guten Essen hier sicher noch lange dauern kann.»

Es folgte ein Klagegesang auf die schlechte Personalküche, den Hungerlohn und Personaleinsparung aus Kostengründen. «Und dann noch zusätzlich Altenpflege machen, nicht mit mir, habe ich gesagt! Ich bin ausgebildete Kosmetikerin, und nur dafür hat man mich eingestellt.»

«Basta», bekräftigte Tilde. «Bloß nichts gefallen lassen. Na, dann werd ich Sie nicht länger aufhalten.»

Sie hatte noch nicht die Drehtür erreicht, als ihre neue Verbündete sie zurückrief. «Ich will mal nicht so sein. Versuchen Sie es im Park. Im hinteren Teil am alten Flügel, dort sitzt sie um diese Zeit gern. Aber seien Sie nicht enttäuscht: Für den Fall, dass Frau Schmidt heute nicht ganz beieinander ist, einfach ihr zustimmen. Damit fährt man am besten.»

«Ist sie dement?»

«Ich bin kein Arzt. Aber letzte Woche hat sie sich eingebildet, die Mutter vom verstorbenen Chef zu sein.»

Während Tilde ihre Runden durch den Park zog und den versteckt gelegenen Brunnen mit der Walfontäne suchte, erinnerte sie sich an das Gespräch, das sie vor kurzem mit Frau Dykland geführt hatte. Oder mit Frau Schmidt, aber nach ihrem berühmten Bauchgefühl glaubte sie nicht an eine altersverwirrte Patientin, die hier ihr Gnadenbrot bekam.

Sie ging an der halbhohen Buchsbaumhecke entlang, kam zu dem Amphitheater, in dem ihr Kunstwerk gebrannt hatte, und bog dann in Richtung des alten Flügels ab, dessen Fassade fast gänzlich mit Efeu überzogen war.

Aber schon wieder versperrte eine Hecke den Weg, diesmal aus dichtem Brombeergestrüpp. Tilde kehrte um und suchte ihren Ausgangspunkt. Hier hatte sie damals den bereits wieder entlassenen Gärtner getroffen. Ein Muffelkopp, den hätte sie auch nicht behalten.

Jasper würde seine Sache besser machen. Sie musste ihn nur noch von der Notwendigkeit seines selbstlosen Einsatzes überzeugen.

Wie in einem Irrgarten stieß sie erneut auf die Brombeerhecke. Es half nichts, sie musste da durch. Auf der Suche nach einer Lücke ging sie parallel zu einem Eichenwäldchen und machte einen Abstecher, um ein paar besonders prägnante Blätter einzusammeln. Gregor sollte sein vaterländisches Laub haben, vielleicht konnte sie mit zerstoßenem Muschelkalk einen Abdruck machen.

Als sie mit dem Fuß gegen ein Hindernis unter dem Laub vom Vorjahr stieß, traten ihr vor Schmerz die Tränen in die Augen.

«Heil und Sack», fluchte sie und ließ ein «Himmel, Arsch und Zwirn» folgen. Doch als sie sah, worum es sich bei dem Hindernis handelte, bekam sie ein schlechtes Gewissen: Sie war über einen verwitterten Grabstein gestolpert. Gedenken an ein geliebtes Haustier? Oder, eine schreckliche Vorstellung, sollte sie etwa unbeabsichtigt in einen Friedwald eingedrungen sein?

Vorsichtig entfernte sie Unterholz und Moos von dem Stein, kratzte dann die Inschrift frei:

«Wer nach den Sternen greifen will, der sehe sich nicht nach Begleitung um.»

Der Wahlspruch der Dyklands. Sonst nichts, kein Name, nur ein Datum, das fünf Jahre zurücklag. Wer auch immer hier begraben war, er konnte oder wollte nicht gefunden werden.

Nachdenklich verließ Tilde den Park. Sie würde wiederkehren, um die alte Dame zu besuchen. Und ganz sicher auch behutsam ein paar Fragen stellen.

Plötzlich überkam sie eine heftige Sehnsucht nach Ziegensand und ihrem Leuchtturm. Einfach den Wolken nachschauen und den Lockrufen der Vögel lauschen. Die Strudel der Strömung beobachten und was sie in die Tiefe zogen, nur um dann mit der nächsten Tide als Ausgleich etwas Neues herzugeben.

Sie erledigte ihre Einkäufe und hastete am *Scharfen Seehund* vorbei, ohne, wie verabredet, Jasper abzuholen. Er war ja schon groß.

Aber ein «Geschenk» wollte sie ihm besorgen.

Der Buchhändler, der sich als passionierter Hobbygärtner herausstellte, konnte seine Neugierde nicht verhehlen, als sie Bücher über Landschaftsgärten, Heckenpflege und das Beschneiden von Ziersträuchern erstand. «Wollen Sie Ihr Eiland umgestalten?»

«Mal sehen», meinte Tilde vage.

«Balkonkästen», schlug der Buchhändler vor. «Die kommen in dieser Saison wieder groß in Mode. Mit pastellfarbenen Begonien.»

Bei der Vorstellung, ihren Turm mit Blumenkästen zu schmücken, drehte sich Tilde der Magen um. «Warum beraten Sie nicht mal die Frau vom neuen Chefarzt? Bei der finden Sie bestimmt ein offenes Ohr.»

Er bedankte sich überschwänglich für den Tipp und

schenkte ihr ein schmales Buch zum Thema «Alpengarten».

«Eine echte Herausforderung, danke.»

Brotkrümel in der *Fixen Flunder*! Ein zerknüllter Lappen am Heck und Fischgeruch. Doch es war nicht unüblich, dass Bekannte ein Boot für die Überfahrt ausliehen, Zündschlüssel hatten ihre festen Plätze.

Zu Tildes Entsetzen empfing sie auf Ziegensand eine Horde tobender Schulkinder, deren Aufsichtspersonen, zwei genervte Lehrerinnen, rauchend abseits saßen.

«Kann man den Leuchtturm besteigen?», wollte eine der beiden wissen.

«Der Turm ist Privateigentum.»

«Komisch. Uns hat man gesagt, das wäre früher mal so gewesen, und jetzt wäre das Standesamt drin.»

«Da haben Sie etwas missverstanden.» Tilde bemühte sich um Beherrschung.

«Und wie kommen wir zum Shop?»

«Der Kiosk ist noch nicht wieder eröffnet.»

«Schade. Kein Eis, Kinder!» Protestgeheul.

«Wenn Sie auf den markierten Wegen bleiben, kommen Sie zur Vogelwarte», schlug Tilde vor und hoffte, dass Malte vor ihr zurückgekehrt war.

«Da waren wir schon. Ist keiner da», beschwerte sich ein Junge und schlug mit einem Stock gegen die *Fixe Flunder*.

«Lass das», sagte Tilde scharf, was ihr einen Wiekann-man-nur-so-kinderfeindlich-sein-Blick der Aufsichtspersonen einbrachte.

Malte war also noch nicht wieder da. Inzwischen hatte sie mehr als ein Hühnchen mit ihm zu rupfen.

«Wir sollten uns vor der Invasion verbarrikadieren.» Annika und Tilde spähten vom Turm aus in alle Himmelsrichtungen.

«Soll sich doch Malte darum kümmern.»

«Der hat gerade angerufen. Er sitzt noch bei der Polizei fest.»

«Etwa wegen der Schmierereien auf dem Friedhof?», fragte Tilde überrascht. Sie hatte sich bereits gewundert, dass Malte in Begleitung von Kommissar Tetjens und Kurt Peters dort aufgetaucht war, als sie gerade ... Besser nicht daran denken.

«Ich weiß nicht, wovon du sprichst. Aber er ist kurz nach dir aufgebrochen. Ich glaube, es geht um die Besuchserlaubnis für Hermann.»

Sie tauschten ihre Neuigkeiten aus. «Ein vermoderter Grabstein. Wie gruselig!» Ihre Tochter schauderte.

Nein, gruselig war es nicht gewesen. Eher ein Gefühl von Vergänglichkeit. Gepaart mit einem Rätsel.

«Ich muss dort nochmal hin», überlegte Tilde laut. «Feststellen, welche Geheimnisse sie im *Ästheticum* verbergen. Warum der alte Flügel angeblich geschlossen ist. Außerdem möchte ich Frau Dykland aufspüren.»

«Und du glaubst wirklich, dass Paps dir als Gärtner dabei helfen wird?», zweifelte Annika.

«Na klar. Frische Luft wird ihm guttun. Alles eine Frage der Motivation.» Beinahe glaubte sie schon selbst daran.

«Nicole und ich haben ebenfalls Pläne geschmiedet. Sie holt heute ihre letzten Sachen und Papiere ab.»

«Was habt ihr vor?»

«Falls es ihr gelingt, will sie eine dieser Chipkarten aus der Klinik behalten oder äh ... ausleihen, mit denen man in fast alle Abteilungen gelangt. Dann könnten wir uns nachts mal umschauen.»

«Ich weiß nicht, ob man ihr trauen kann.» Tilde blieb skeptisch. «Warum sollte sie das für uns tun?»

«Aus Dankbarkeit, dass sie hier Unterschlupf gefunden hat. Vielleicht will sie sich auch an den Brehmers rächen, wer weiß.»

«Oder aus Abenteuerlust», mutmaßte Tilde, denn das konnte sie am besten nachvollziehen.

15.

«Hilfe, die Kiddys kommen!», rief Annika. Nur für einen kurzen Moment hatten sie ihre Späherdienste vernachlässigt, und schon führte eine lange, gewundene Ameisenspur aus Menschen in Richtung Leuchtturm.

Tilde stürmte die Treppe hinunter, um den *Dicken* zu verteidigen.

«Wir wissen, dass wir ihn nicht besichtigen können», sagte die eine Lehrerin entschuldigend. «Aber der alte Mann hat uns Angst eingejagt. Er hat mit der Faust gedroht und Verwünschungen ausgesprochen.

Wir sollten sofort verschwinden. Ich dachte, ich bring die Kinder besser in Sicherheit, bis wir in einer Stunde wieder abgeholt werden.»

Es gab nur einen grantigen Alten, der sich auf Ziegensand als Verteidiger aufspielte und Eindringlinge vertrieb. Hermann musste ausgebrochen sein!

Sie fand ihn versteckt hinter einer der Vogelkojen in einem Bretterverschlag. Er hielt eine abgebrochene Zaunlatte in der Hand.

«Keine Sorge, Hermann. Wir finden für alles eine Lösung.» Tilde näherte sich ihm wie einem scheuen Tier, das gezähmt werden musste. «Es wird alles wieder gut.»

«Die können hier nicht einfach über die Brutplätze laufen, wenn keiner da ist.» Er meinte die Schulklasse.

«Das habe ich ihnen auch gesagt. Du kannst den Stock jetzt aus der Hand legen.»

Überrascht schaute Hermann erst auf das Holzstück und dann auf Tilde. «Aber ich muss doch alles wieder aufbauen. Hab die letzte Nacht im Boot verbracht, wollte keinen stören.»

Tilde verstand. Sein eigenes Boot war von der Spurensicherung konfisziert worden, da hatte er sich die *Fixe Flunder* ausgeliehen. Aber wie war er zurück nach Ziegensand gekommen?

«Malte hat mich abgeholt. Ist ein feiner Kerl.»

Malte als Fluchthelfer? Aber es gab ein dringenderes Problem. «Sie werden dich hier schnell finden», gab sie zu bedenken.

«Sollen sie doch. Ich bin entlassen worden. Muss nur hierbleiben. Wenn ich verschwinde, geht das ganze Geld verloren.»

«Du meinst, man hat dich auf Kaution entlassen?», vergewisserte sich Tilde.

«Malte und seine Freunde haben für mich bezahlt.»

Mit weiteren Fragen wollte sie ihn vorerst nicht quälen. «Ich weiß, dass du es nicht warst. Willkommen zu Hause. Der *Kleine Sandmann* wartet im Turm auf dich.»

Er nickte, als sei das selbstverständlich. «Mal sehen, ob was anbeißt. Lange keinen frischen Fisch mehr gehabt.»

«Ich auch nicht, Hermann.»

Sie wandte sich zum Gehen. «Hab alles gehört, was inzwischen passiert ist», rief er ihr nach. «Hier kommt kein Brandstifter mehr rauf. Ich halte Tag und Nacht Wache.»

Die Kinder spielten am Anleger. In Schlick-Kriegsbemalung.

«Ihre Tochter hat uns die Sage vom Meerdrachen erzählt. Sie sind ganz begeistert vom ‹Jungfrauenrauben›. Das erste Mal, dass kein Gameboy läuft», berichtete die Lehrerin. «Aber jetzt wollen sie leider nicht mehr runter von der Insel.»

Gleich zwei Boote näherten sich, Gesche und Malte mit Jasper. Tilde erprobte ihr ureigenes pädagogisches Konzept. «Der Drache bewacht meinen Leuchtturm. Wer sich ihm nähert, wird gefressen. Zum Abendbrot nimmt er Kinder als Vorspeise für den hohlen Zahn. Oh, Futterzeit. Wer schafft es noch rechtzeitig?» Kreischend stoben sie auseinander und sprangen in die Boote.

«Sie werden Albträume bekommen», sagte die eine Lehrerin vorwurfsvoll. «In dem Alter sind sie besonders sensibel», ergänzte die andere.

Ich in meinem auch, dachte Tilde.

«He, frisst Ihr Drache auch Lehrerinnen? Dann können Sie unsere behalten. Dürfen wir zugucken, wenn er gefüttert wird?» Die Kinder schienen es ganz gut zu verkraften.

«Beim nächsten Mal», versprach Tilde und hoffte, dass der nächste Besuch in weiter Ferne lag.

«Ich habe sehr lange auf dich gewartet», sagte Jasper entrüstet.

«Tut mir leid, aber ich war unterwegs, um Geschenke für dich zu kaufen.» Sie zeigte ihm die Gartenbücher.

«Was für ein Zufall. Klaus Tetjens überlegt, ob er sich als Aushilfsgärtner für den Kurpark bewerben soll. Sie nehmen gerne Rentner.»

«Aber Paps, das wäre doch auch für dich das Richtige», schmeichelte Annika. «Dann wärst du in unserer Nähe.»

«Und hättest ein nettes Zubrot für Extraausgaben», betonte Tilde.

«Aber ich habe im Leben noch keine Hecke geschnitten.»

«Wenn sie schief wird, nennst du das Neobarock

oder Elbländer Renaissance. Falls du dann noch nebenbei die Morde aufklärst, wärst du unser aller Held.»

«Lasst mich eine Nacht darüber schlafen», sagte Jasper unwillig. «Ich habe den ganzen Tag nur für dich gearbeitet, Tildchen. Leute ausgefragt, nachgehakt. Musste immer wieder Getränke spendieren ...»

«Ach, du Ärmster.» Tildes Mitgefühl hielt sich in Grenzen. «Wann höre ich die Ergebnisse?»

«Morgen zum Frühstück, falls es eins gibt. Du bist damit dran.»

Sanft fiel die Nacht über Ziegensand. Die Flut lenkte das Wasser mit Macht stromaufwärts. Die Luft war salzhaltig, ein Gruß von der nahen Nordsee. Richt- und Blinkfeuer erhellten sporadisch das Dunkel.

Tilde machte sich für einen Spaziergang fertig, lehnte Annikas Begleitung ab. «Ich muss mal allein sein.»

Sie nahm den Weg zu ihren Skulpturen, erkannte die vertrauten Umrisse und beschloss, morgen in aller Frühe endlich wieder zu arbeiten.

In der Vogelschutzstation brannte noch Licht. Tilde überlegte nicht lange, stapfte am Schilfrand entlang und wunderte sich nicht, als Malte ihr entgegenkam.

«Ich dachte, wir könnten mal reden», meinte er.

Aber dann saßen sie zunächst schweigend auf der Bank vor der Station und tranken Tee. Mit Schuss und Kluntjes, den großen weißen Kandisbrocken, die im Norden in jedem Haushalt zu finden waren.

«Was willst du wissen?», fing Malte schließlich an.

«Eine Menge», grollte Tilde. «Alles. Nicht nur die Schonvariante für Alte.»

«Also gut. Da ich überzeugt war und bin, dass Hermann unschuldig ist, habe ich mich bemüht, die geforderte Kaution aufzutreiben. Wie du weißt, ist es mir auch mit Hilfe von Freunden gelungen. Ich gehöre da einer Organisation an ...»

«Um welche Art Freunde handelt es sich dabei? Schwenkt ihr gemeinsam Fahnen und singt das Horst-Wessel-Lied? Wollt demnächst auf Ziegensand neue, freie Kameraden rekrutieren?»

Er schwieg.

«Daher also der Kontakt mit Kurt Peters. Habt ihr hinter meinem Rücken schon die Pläne fertig? Ein Standesamt im Turm als Alibi, damit ihr hier in Ruhe eurem faschistischen Hobby frönen könnt?»

«Entschuldige, Tilde, aber du spinnst.»

Sie beruhigte sich. «Dann sag mir, womit du hinter dem Berg hältst.»

«Das kann ich nicht. Noch nicht. Ich bin anderen Menschen gegenüber verpflichtet. Da du keine Ruhe gibst, es gilt, eine Mission zu erfüllen.»

«Hat diese Mission irgendwie mit den Morden zu tun?»

«Vielleicht. Ich weiß es selbst nicht.»

«Malte, schließ dich nicht den falschen Menschen an.» Um die Eindringlichkeit ihrer Worte zu unterstreichen, packte sie ihn am Arm, aber er entzog sich ihr.

«Ehe du es von anderen hörst, ich werde in der nächsten Saison nicht mehr hier sein.»

«Fahnenflüchtig», sagte Tilde abfällig.

«Wenn du das so siehst.» Er stützte für einen Moment den Kopf in die Hände und richtete sich dann wieder auf. «Kommen wir zum Rest. Hermann und mein verstorbener Großvater waren Freunde. Daher hatten wir immer eine besondere Beziehung, wollten das aber nicht an die große Glocke hängen. Du weißt ja, wie Hermann ist.»

Nichts wusste sie mehr!

«Er hatte so sein eigenes Privatleben, verwahrte ein paar Unterlagen im Schließfach, den Schlüssel nahm ich auf seinen Wunsch hin in Gewahrsam. Die Nummer des Schließfachs hat Hermann in den *Kleinen Sandmann* eingeritzt.»

«Warum durfte ich das nicht erfahren?»

«Um dich nicht in fremde Angelegenheiten zu verwickeln. Ich dachte, du machst ihm oder mir vielleicht Vorwürfe, weil die Skulptur beschädigt wurde.» Jetzt log er. Malte musste wissen, dass sie kein Wort darüber verloren hätte.

«Das Schließfach enthielt nichts Wichtiges. Jedenfalls nicht für andere. Private Unterlagen von Hermann», fuhr Malte fort. «Ich bitte dich, ihn nicht weiter auszufragen. Es belastet ihn.»

So! Sie sollte also weiter außen vor bleiben, galt nicht als vertrauenswürdig. Und das nach all den gemeinsamen Jahren.

Tilde erhob sich. «Geht in Ordnung, Malte. Dann gehen wir uns künftig besser aus dem Weg. Aber eins sag ich dir, wenn hier die erste Kameradschaftsgruppe auftaucht, stehe ich mit dem Gewehr bei Fuß und ziehe Stacheldraht. Sag das deinen … Freunden.»

Sie war zu unruhig, um schlafen zu gehen. Eingewickelt in ein altes, nach Farbe und Fisch riechendes
Plaid – die restlichen Decken hatten sich Jasper und
Annika gekrallt –, zog sie einen Stuhl auf die Plattform
und stellte die Rumflasche neben sich.

Ihr war nach Heulen zumute. Wölfe heulten den
Mond an. Aber auf Ziegensand gab es keine Wölfe.
Und keine Ziegen. Im Augenblick noch nicht einmal
den Mond. Nur Tilde. Und so prostete Tilde den Sternen zu und entschied sich, nicht zu heulen.

Bei Tagesanbruch war Tilde draußen und stellte Gregors Skulptur fertig. Im Gegensatz zu ihren anderen
Werken konnte man genau erkennen, was es darstellen
sollte: eine deutsche Eiche, auf der ein Seevogel saß.

So ließen sich die Elemente Erde, Wasser, Luft sym-
bolisch gut verbinden. Nur das Feuer hatte sie wegge-
lassen, um nicht auf die nahe Vergangenheit anzuspie-
len.

Die klare Luft tat ihr gut. Was hatte sie mit den politischen Verfilzungen zu tun, die manche Menschen
zum Mittelpunkt ihres Lebens machten? Was mit den
Auseinandersetzungen, der Heuchelei, dem Streben
nach Schönheit und ewiger Jugend?

Mein Turm und ich, dachte sie trotzig. Mehr braucht
es nicht. Aber konnte sie an ihrem Elfenbeinturm einfach Tote vorüberziehen lassen? Rätsel ungelöst lassen?

Sie doch nicht! Es war an der Zeit, die rhetorischen
Fragen durch ein ordentliches Frühstück zu ersetzen.

«Ich habe ausgezeichnet geschlafen», sagte Jasper und schlürfte mit Genuss seinen Kaffee. «Mir ist da eine Idee gekommen. Wie wäre es, wenn ich mich als Aushilfsgärtner verdingen würde?»

Tilde und Annika warfen sich verstohlen einen Blick zu. Mannsleute! Mussten Ideen anderer immer als die eigenen ausgeben.

«Großartig, Paps. Da kannst du dich vor Ort gut umhören.»

«Vergiss nicht, deine Fachbücher einzupacken», mahnte Tilde. «Und jetzt lass uns Fakten austauschen.»

Es blieb bei wenig Fakten und vielen Hypothesen.

«Der Grabstein ist ein Gedenkstein für den alten Dykland», gab Jasper sein Wissen aus dem *Scharfen Seehund* preis. «Er hat hier früher mal im Kriegslazarett gewirkt, daher die Verbindung. Die Eichen soll er noch selbst gepflanzt haben. Nach seinem Tod stiftete man ihm eine Gedenkstätte, die aber eher privaten Status hat.»

«Wo liegt er denn begraben?», wollte Tilde wissen.

«Das wurde nicht erwähnt. Ist auch nicht wichtig, Tildchen. Er litt an Demenz und brauchte in seinen letzten Jahren ständige Betreuung. Sein letzter Pfleger war übrigens Gregor.»

«Den man dann später als Gärtner behielt. Aus Dankbarkeit für treue Dienste», kombinierte Tilde. «Wie sah denn eigentlich das Verhältnis zwischen Dykland senior und seinem Sohn aus?»

«Darüber weiß ich nichts. Beide, Vater und Sohn,

hatten einen guten Ruf. Spendeten regelmäßig. Der Vater für den Wiederaufbau der Klinik, der Sohn für die schönen Künste.»

«Haben Sie gemeinsam hier gearbeitet?», fragte Tilde überrascht.

«Nein, natürlich zeitversetzt, nacheinander. Dyklands Vater hat lange im Ausland gelebt. Es heißt, er sei nur zum Sterben zurückgekommen.»

«Und seine Frau?»

«Soll ihm ihr Leben lang eine aufopferungsvolle Gattin gewesen sein.» Jasper seufzte. «Die Stellung der Frau damals ...»

«Paps, du klingst megaout. Das ist passé», protestierte Annika.

«Sie meint, du sollst deine Einstellung in der Mottenkiste lassen», übersetzte Tilde ins Deutsche.

16.

Über Hermann gab es wenig Details zu berichten. Der Verdacht gegen ihn hatte sich nicht bestätigt.

«Was nicht heißt, dass man ihn für unschuldig hält», betonte Jasper. «Aber er hatte so einen Staranwalt aus Hamburg. Mit allen Wassern gewaschen. Der kam hier mit Paragraphen an, von denen der Junior und seine Leute noch nie gehört hatten, sagt Klaus.»

Ein Staranwalt. Organisiert von Malte und seinen Gesinnungsgenossen. Da spielten Kosten anscheinend keine Rolle! Aus diesem Grund sollte sie sich also von Hermann fernhalten, damit der nichts ausplauderte. Aber keiner konnte Tilde den Mund verbieten!

Annika wollte zusammen mit Nicole den konkreten Schlachtplan entwerfen, Jasper sich um seinen Aushilfsjob kümmern.

«Falls es nicht klappt», sagte Tilde scheinheilig, «dann gönn dir doch was Gutes auf dem *Planeten Venus*. Ich habe für dich bereits angefragt. Sie behandeln gerne Männer, du wärst sogar eine Art Vorreiter.»

«An mir ist nichts zu verschönern», kokettierte Jasper.

«Tränensäcke. Krumme Fußnägel», zählte sie unerbittlich auf. «Brustfell mit Kaltwachs entfernen. Vielleicht auch eine Haartransplantation im höheren Stirnbereich.»

Diesmal übersetzte Annika. «Mom will, dass du als Patient alles durchschnüffelst.»

Birger hatte noch nicht geöffnet, Tilde musste ihn rausklopfen. «Kaffeemaschine kaputt», sagte er verschlafen. «Bin noch nicht ganz wach.»

«Dann lass Sauerstoff rein.» Sie zog den müffelnden Vorhang zur Seite und stellte ihr gut verschnürtes Paket auf einen halbwegs sauberen Tisch. «Du darfst als Erster einen Blick darauf werfen.»

Sorgsam entfernte sie das Verpackungsmaterial.

«Ich hoffe, es entspricht deiner Vorstellung für Gregors Andenken.»

Birger berührte vorsichtig den lackierten Stamm. «Sieht aus wie gute deutsche Eiche. Sogar Blätter.»

«Aus Muschelkalk. Und erkennst du den Vogel rechts oben?»

«Der ist auch schön. Ein Reichsadler.»

«Weder Reichs- noch Bundesadler», korrigierte Tilde. «Ein Seevogel, der jeden Moment seine Schwingen ausbreiten kann, um in höhere Gefilde zu entschweben. Also ein Symbol.»

«Von mir aus.» Birger schlurfte hinter die Theke und kam mit einem Umschlag zurück.

«Aber du hast mich schon bezahlt», stellte Tilde klar.

«Das war nur die Anzahlung. Unser Verein lässt sich nicht lumpen, wenn es um seine Mitglieder geht. Das gilt auch für ehemalige.»

«Woher genau stammt das Geld?» Ihr Ton war zu scharf.

«Vom Freundeskreis der Klinik. Gregor hat dort lange gearbeitet. Erst als Pfleger, später als Gärtner.»

«Dann bedanke ich mich.» Sie steckte den Umschlag ein und wollte gehen.

Aber Birger hatte noch was auf dem Herzen. «Unsere Leute werden ja alle nicht jünger. Kann man davon welche auf Vorrat haben?»

«Du meinst, du möchtest Duplikate?»

Er schaute zum Wandbord hoch. «Könnte hübsch aussehen. Man braucht dann nur noch Namensschilder anbringen, wenn es so weit ist.»

«Ich denke drüber nach, Birger.»

Sie war gerade draußen, da rief er ihr hinterher: «Lieber mit Adlern. Keine Möwen.»

Der Umschlag enthielt eine Summe, die Tilde die Luft anhalten ließ. So viel hatte man ihr noch für keine Skulptur geboten, geschweige denn gezahlt. Noch nicht einmal der Professor. Wenn sie sich dazu durchringen konnte, Birgers Wunsch zu entsprechen, brauchte sie in diesem Jahr keine Sardinenschwärme mehr zu zeichnen.

Oder handelte es sich um Schweigegeld? Aber sie war auf nichts gestoßen, das man diesem Männerklub anhängen konnte. Und ihre Einstellung zu den geplanten «Freizeitaktivitäten» auf Ziegensand würde sich für keine Summe der Welt ändern!

Heute wollte sie Frau Schmidt aufspüren, und wenn sie sich einen Weg durch die Dornenhecke schneiden müsste.

Als Einstieg für ihre Recherchen schloss Tilde sich einem lustwandelnden Grüppchen im Park an.

«Wie gefällt Ihnen das Essen hier?» Eine geniale Eröffnungsfrage, fand sie. Vertrauenschaffend, intim.

«Ich habe mich ab heute auf Diät setzen lassen», meinte eine Dame ihres Alters, die aussah, als hätte sie jüngst gegen Klitschko geboxt.

«Vielleicht sollte ich das auch mal versuchen», biederte Tilde sich weiter an.

«Unbedingt. Lieber ein bisschen zu wenig drauf haben, dann hat man noch was zum Zusetzen, nicht wahr?»

«Unbedingt», echote Tilde. «In unserem Alter muss man sich doppelt bemühen, Figur zu halten. Ich nehme täglich zwei Wickel und eine Packung.» Sie senkte ihre Stimme. «Zusätzlich zu den Ampullen, versteht sich.»

Ihre Gesprächspartnerin rückte näher. «Sagen Sie, haben Sie sich auch in die Probandenliste eintragen lassen?»

«Selbstverständlich. Ich nehme nur das Beste!», prahlte Tilde.

«Haben Sie es gut! Ich kann die dreitausend Euro in der Woche nicht mehr aufbringen, leider.»

Sie musterte Tilde kritisch. «Aber Ihre OP haben Sie noch vor sich? Nicht böse sein, aber das sieht man.»

«Ich bin demnächst dran», behauptete Tilde und nahm sich vor, zu Hause mal wieder den Spiegel zu putzen. Vielleicht hatte sie den letzten Alterungsprozess glatt übersehen.

«Es gibt hier eine Seniorin ...»

«Oh, dieses grässliche Wort», wurde sie unterbrochen.

«Best Agerin?», setzte Tilde vorsichtig nach.

«Das ist ja noch schlimmer! Auf der *Venus* betrachten wir uns als alterslos.»

Jetzt reichte es Tilde. «Na gut, ich suche einen weiblichen Alien gesegneten Alters. Mit ehrlich erworbenen Falten. Eine Hochbetagte.»

Man beriet sich kurz. «Die Großmutter des Gärtners?»

«Nein, sie hat sich in jungen Jahren hier eingekauft, gehört längst zum Inventar», wusste eine Patientin mit Waschbäraugen.

«Zu ihrer Zeit gab es die Ampullen noch nicht.»

«Es ist eine entfernte Verwandte vom verstorbenen Chef», sprach das Nasenpflaster.

«Richtig, sein altes Kindermädchen. Soll aber weggezogen sein. Mittags saß sie immer am Walbrunnen. Im ungepflegten Teil des Parks.» Endlich ein entscheidender Hinweis von Augenmaske.

Tilde ließ sich den komplizierten Weg zum Brunnen beschreiben. «Da ist aber wegen Umbau gesperrt.»

«Dann wende ich wieder. Hauptsache, ich bekämpfe die bösen Kalorien.»

Man lachte. Nun war sie eine von ihnen.

Die Vertrauenssituation musste genutzt werden. «Ich habe gehört, hier finden auch schon mal politische Vorträge statt. Heimatparteien stellen sich vor. Oder es geht um die neue Jugendarbeit.»

Allgemeines Rätseln. «Darüber stand noch nie was am Schwarzen Brett. Aber heute Abend gibt es eine Teezeremonie mit Entschlackungstees. Im Anschluss kann man japanische Kräuter zum Vorzugspreis kaufen.»

Das traf sich gut. Falls man also dem *Planeten Venus* einen unangemeldeten, diskreten Besuch abstatten wollte, bot sich der heutige Abend an.

Wieder nahm Tilde eine falsche Abzweigung an einer der Buchsbaumhecken. Stand dann am Rande des Eichenwäldchens und ging parallel zur Brombeerhecke zurück. Was hatte man ihr geraten? Den wilden Rosengarten durchqueren.

Der Duft. Stopp. Sie brauchte nur die Augen schließen und sich auf ihren Geruchssinn zu konzentrieren.

Aber noch vor dem Duft nahm sie eine brüchige Stimme wahr, die aus dem Gebüsch heraus rezitierte:

«Die schönste Rose, die der Lenz gebar,
Verdorret, liegt
Mit welkem Busen und zerstreutem Haar
Im Staube, und zerfliegt.»

Tilde applaudierte von der anderen Seite des Buschwerks und setzte dann das Gedicht fort:

«Sie, die Aurorens jungen Purpurstrahl
Am Morgen trank,
Erblaßte schon, da in das Veilchental
Der milde Abend sank.»

«Bravo.» Der Applaus wurde erwidert. «Kommen Sie näher. Meine Augen lassen leider nach. Nehmen Sie den alten Plattenweg hinter dem Fliederbusch. Vorsicht, er ist zugewachsen.»

Die Situation ähnelte ihrer ersten Begegnung. Nur dass Frau Dykland – oder Frau Schmidt – jetzt in einem Rollstuhl saß. «Ich brauche ihn eigentlich nicht», vertraute sie Tilde an. «Aber sie glauben, dass sie mich damit besser unter Kontrolle haben.»

«Wie geht es Ihnen? Darf ich Sie Frau Dykland nennen?» Tilde schüttelte ihr fest die Hand, und die alte Dame erwiderte den Händedruck erstaunlich kräftig.

«Nur wenn wir allein sind», sagte sie verschwörerisch.

«Bitte schauen Sie nach, ob jemand in der Nähe ist. Eine Schwester oder der Gärtner. Der Gärtner wäre schlimmer. Ach nein, sie wollten ja einen neuen schicken. Immer wieder neue Gesichter. Wir mögen das nicht.»

Tilde spähte durch die Hecke. Da gab es einen Zugang zum alten Flügel. «Sind Sie nett untergebracht?»

«Sein Sie nicht albern. Was sollte hier nett sein? Aber ich habe schon schlimmer gewohnt. Mein Mann und ich, wir haben viele Jahre im Ausland verbracht. Brasilien, Uruguay ...»

«Das waren sicher interessante Jahre.»

«Nur diese ewigen Umzüge. Irgendwann waren wir es leid und haben Gisbert gebeten, uns eine ständige Bleibe in Deutschland zu suchen. Trotz der Gefahren.»

«Halten Sie Deutschland nicht für sicher?», fragte Tilde überrascht.

Die alte Dame zögerte mit der Antwort. «Ich bin nicht mehr so auf dem Laufenden. Aber das ist ja jetzt egal. Sie haben mir gesagt, dass ich hier wegmuss.»

«Das kann doch nicht sein», empörte sich Tilde. «Bloß, weil man hier modernisieren will. Einen alten Baum soll man nicht mehr verpflanzen.»

«Zu spät. Es ist beschlossene Sache.» Frau Dykland legte die Hände in den Schoß und summte ein Liedchen.

«Siehst du ... das Morgenrot ... Es ist eigenartig. Gedichte sind viel leichter zu behalten.» Sie sah Tilde aufmerksam an. «Ich weiß genau, wer Sie sind. Sie leben auf einem Leuchtturm und sind ... waren mit meinem Sohn befreundet. Aber meinen Mann kannten Sie nicht.»

«Ich habe seine Gedenkstätte gesehen», berichtete Tilde. «Darf ich fragen, woran er gestorben ist?»

Sie schwieg so lange, dass Tilde damit rechnete, die Frage wiederholen zu müssen.

«Es war keine Krankheit im herkömmlichen Sinne», sagte Frau Dykland dann eher gleichmütig.

«Also das Alter», stimmte Tilde höflich zu.

«Sie haben mich nicht verstanden. Mein Mann ist am Leben gestorben. Am Leben, verstehen Sie?»

Tat Tilde nicht und schwieg deshalb.

«Möchten viele Seelen dies verstehen,
Möchten viele Liebende es lernen:
So am eigenen Dufte sich berauschen,
So verliebt dem Mörder Wind zu lauschen,
So in rosiges Blätterspiel verwehen.

Hermann Hesse. Verwelkende Rosen. Ich liebe dieses Gedicht. Warten Sie, gleich komm ich auf die nächste Strophe.

Lächelnd sich vom Liebesmahl entfernen,
So den Abschied als ein Fest begehen,
So gelöst dem Leiblichen entsinken
Und wie einen Kuß den Tod zu trinken.

So möchte ich einmal sterben. Und Sie?»

«Ohne langen Abschied. Lieber mitten aus dem Leben. Aber wir können es uns ja nicht aussuchen.»

Tilde fühlte sich deprimiert. Selbst wenn sie sich zum gegebenen Zeitpunkt in einen Seelenvogel verwandeln würde, war ihr der Tod noch lange nicht willkommen.

«Einige wenige Menschen können es schon. Doch mein Sohn gehörte leider nicht dazu.»

«Der Täter wird gefunden werden, ganz sicher», versuchte Tilde sie zu trösten.

«Möge ihm verziehen werden. Vielleicht war er für seine Tat nicht verantwortlich.»

Tilde hielt nichts von Hypothesen, nach denen ein geisteskranker Psychopath seine Opfer nach dem Zufallsprinzip fand. Das gab es nur in schlechten Kriminalromanen, wenn der Autor zu faul war, sich einen besseren Plot zu überlegen.

Aber wenn es Frau Dykland ein Trost war ...

17.

Als Zweige knackten, reagierte Frau Dykland sofort. «Schnell, schnell. Wir wollen Ärger vermeiden. Würden Sie für einen Augenblick hinter den Haselnussstrauch gehen? Wenn es Fremde sind, tun wir so, als wenn Sie meine Privatschwester wären. Ich rufe Sie dann.»

Tilde ging, nein, kroch hinter das dichte Blattwerk.

Gerade noch rechtzeitig, bevor zwei Männer auftauchten. Bewaffnet mit Harke und Heckenschere.

Jasper und Klaus Tetjens.

«Guten Tag, Frau Schmidt», sagte Jasper forsch. «Wir sind die beiden neuen Gärtner und möchten uns Ihnen vorstellen.»

«Der Förderverein hat uns eingestellt. Vorübergehend», ergänzte Tetjens.

«Was wollen Sie von mir? Haben Sie Empfehlungsschreiben mitgebracht? Zeugnisse?»

Betretenes Schweigen.

«Man sagte uns, Sie können Hilfe gebrauchen. Im Alltag oder auch beim Packen», erklärte Tetjens. «Wir stehen zu Ihrer Verfügung. Möchten Sie, dass einer von uns Sie im Rollstuhl spazieren fährt?»

«Dafür habe ich meine Schwester Tilde. Ja, wo steckt sie denn? Schwester?»

Es half nichts, Tilde musste aus dem Gebüsch krabbeln.

«Schwester, diese Herren behaupten, Gärtner zu sein. Sehen Sie sich mal deren Hände an. Ich weiß nicht, was sie in Wirklichkeit wollen, aber Gärtner sind das nicht. Was meinen Sie, sollen wir die Polizei rufen?»

Tilde wagte nicht, aufzuschauen, registrierte aber zwei Paar Füße in knallgelben Gummistiefeln.

«Vielleicht müssen sie erst angelernt werden. Geben Sie den Herren einfach eine Aufgabe», schlug sie vor.

«Eine vorzügliche Idee.» Frau Dykland erhob sich geschmeidig. «Sie da», wandte sie sich an Tetjens. «Überprüfen Sie bitte die Kugellager an meinem Rollstuhl. Er quietscht. Und Sie», das galt Jasper, «Sie können mir einen Rosenstrauß pflücken.»

«Gerne. Welche Farbe?»

«Nehmen Sie die Sorten Baroness und Adélaïde d'Orléans. Vielleicht auch noch Akito.»

Eine echte Herausforderung für Jasper. Denn ein Rosenbuch hatte sie ihm nicht gekauft.

Frau Dykland hängte sich bei Tilde ein, ging aber mit forschem Schritt allein weiter, sobald sie außer Sicht waren.

«Gärtner! Mich erinnern sie an Aufseher. Die stecken alle unter einer Decke.»

«Wen meinen Sie mit ‹die›?», hakte Tilde nach.

«Menschen, die es gut meinen. Die sich kümmern. Wie sie selbst sagen. Ich muss mich nach ihnen richten, es gibt keine andere Lösung. Schaffen wir es bis zum Gedenkstein?»

«*Wer nach den Sternen greifen will, der sehe sich nicht nach Begleitung um.* Ein Spruch, der einsam macht, wenn man danach lebt.»

Auch Tilde war dieser Ansicht.

«Gisbert ist … war … ähnelte seinem Vater nur in diesem Punkt. Ein guter Sohn. Diskussionen über die Vergangenheit lehnte er ab. Ihm ging es nur um unser Wohlergehen. Irgendwann tauschen Eltern und Kinder die Rollen.»

Sie in Annikas Rolle, die ihre Mutter mit sanftem Druck in die von ihr favorisierte Richtung lenkte. Nein danke!

«Ich hoffe, Sie ziehen nicht so bald um?», fragte Tilde. «Werden Sie mir Ihre neue Adresse verraten, damit ich Ihnen einmal schreiben kann?»

«Das ist leider nicht möglich. Mir ist mein neuer Wohnort noch nicht bekannt. Lassen Sie uns besser heute Abschied nehmen. Und noch was», sie packte Tilde mit festem Griff. «Bitte behalten Sie mich in guter Erinnerung.»

«Bestimmt», versprach Tilde und war gerührt.

«Und nun möchte ich an diesem Ort ein wenig allein sein. Allein mit meinem Mann. Den Rückweg schaffe ich ohne Sie.»

Nur ungern ließ sie Frau Dykland zurück. Es gab zu viele ungestellte Fragen. Wohin würde man die alte Dame bringen? Musste sie wirklich nur dem Anbau weichen? Steckten die Brehmers dahinter oder der Förderkreis, der die Unkosten für Dyklands alte Mutter einsparen wollte?

Als sie aufblickte, sah sie Jasper, der ihr wild gestikulierend von der anderen Seite der Hecke aus Zeichen gab. «Wo finde ich die Baroness, und wie, verdammt nochmal, erkenne ich die Jungfrau von Orléans?»

Im ersten Moment hielt sie ihn für übergeschnappt, aber dann fielen ihr wieder die Rosensorten ein. «Nicht Johanna, sondern Adélaïde von Orléans. Pflück Frau Dykland einfach die Schönsten, die du finden kannst.»

«Ich habe mich verletzt», jammerte er und hielt seine Hand hoch. «Tückische Dornen. Ich blute sogar. Und willst du mal meine Füße sehen? Blutblasen. Die Gummistiefel sind zu eng.»

«Reiß dich zusammen», befahl Tilde herzlos. «Was sollte dieser Auftritt im Doppelpack vorhin?»

«Also das ist so, Tildchen.» Er verschwand kurz, um dann auf ihrer Seite der Hecke aufzutauchen.

«Irgendwas ist faul an diesem Freundeskreis oder auch Förderverein, wie sie sich nennen.»

«Wurde Zeit, dass du dahinterkommst.» Den Kommentar konnte Tilde sich nicht verkneifen.

«Du verstehst mich falsch. Die Leute sind ... na ja, wie sie eben sind. Da bin ich tolerant, sie tun ja keinem was.»

«Setz mal deine Scheuklappen ab!»

«Gleichfalls. Lass sie doch ihre Art von Heimatpflege betreiben.»

«Das hier ist auch meine Heimat, und auf Ziegensand werde ich keine historische Borniertheit dulden. Aber wir kommen vom Thema ab.»

«Siehst du, Tildchen. Lass mich ausreden. Einen Mord würde ich keinem von ihnen zutrauen.»

«Sondern?» Er musste noch was in petto haben, dafür kannte sie ihn zu gut.

Er wand sich. Fing an, Dornen aus der Hand zu pulen. «Die Sache mit Dyklands Mutter, hier als Frau Schmidt geführt. Man will sie ins Ausland schaffen. Sie suchen jemanden, der sie begleitet. Bei Bedarf auch pflegt. Nachdem Gregor aufhören musste ...»

«Weil er ermordet wurde», warf Tilde ein.

«Es haben schon vor ihm mehrere das Handtuch geschmissen. Oder der Professor hat sie gefeuert. Jetzt soll die Dame sich mit Klaus Tetjens oder mir vertraut machen und dann selbst entscheiden.»

«Auf wessen Seite steht dein Kollege?»

«Ein alter Spürhund wie er sieht darin die Chance, es seinem Sohn bei den Ermittlungen zu zeigen.»

«Seid vorsichtig. Ich möchte dich nicht mit einer Harke im Schlund identifizieren müssen. Oder aufgebläht von Schneckenkorn. Bitte keine weiteren Scherereien.»

Als Antwort klapperte Jasper mit der Heckenschere. «Kann ich bei dir einen Vorschuss auf meinen Wochenlohn bekommen? Nach einem harten ersten Arbeitstag habe ich mir einen gemütlichen Feierabend verdient. Ich schlafe wieder im Altenheim, du brauchst nicht auf mich zu warten.»

Tilde zückte die Börse. «Einverstanden. Gönn dir was. Unter einer Bedingung: Sieh zu, dass du die Männer heute möglichst lange im *Scharfen Seehund* hältst. Wenn möglich, auch den Kommissar.»

Er streckte die Hand aus. «Das kann teuer werden.»

Sie gab ihm einen weiteren Schein.

«Was hast du denn vor, Tildchen?»

«Erst einen Bruch. Wie schaltet man eine Alarmanlage aus?»

«Nicht nötig. Sie haben nachts nur einen Pförtner, aber der hat die Masern und kann nicht kommen. Glaub nicht, dass ich untätig war.»

Er gab ihr einen Zettel mit langen Buchstaben- und Zahlenkombinationen. «Das Passwort für den Zentralcomputer. Tetjens hat es seinem Sohn geklaut. Nüchtern hätte er mir das nie erzählt. Du siehst, Tildchen, meine hohen Spesen sind berechtigt.»

Sie grinsten in alter Verbundenheit. «Pass auf dich

auf, altes Mädel. Dass wir zwei nochmal zusammen-
arbeiten, wer hätte das gedacht?»

«Alter schützt vor Morden nicht. Und du weißt ja,
diese Fregatte wird noch lange nicht abgewrackt.»

Es gefiel ihr, das letzte Wort zu haben.

Unter der Persenning der *Fixen Flunder* lagen ein paar
besonders schöne Vogelfedern und Steine.

Versöhnungsangebot von Malte? Tilde, unbestech-
lich, packte die Sachen beiseite.

Hermann half ihr, das Boot festzumachen. «Im
Korb ist Fisch.» Er wies zum Turm hin. «Gab keine
Eindringlinge.»

«Danke, dass du aufgepasst hast. Wenn Malte
nächstes Jahr nicht mehr da ist, gibt es nur noch dich
und mich auf der Insel. Du weißt doch, dass er gehen
will?»

Sie beobachtete seine Reaktion. Hermann zog die
eine Schulter so hoch, dass er mehr denn je einem Buckligen glich. «Da kann man nichts machen», meinte er
und starrte auf den Sand.

«Vielleicht kannst du ihn umstimmen.»

Er schüttelte heftig den Kopf. «Er weiß, was er tut.
Ist besser so.»

«Ich verstehe das alles nicht», sagte Tilde mehr zu
sich selbst.

Und da tat Hermann etwas, was er noch nie zuvor
getan hatte. Er nahm seine Mütze ab – das Modell, das
man hier als *Elbsegler* bezeichnete, wedelte sich frische
Luft zu (oder Mut?) und tätschelte dann Tildes Arm.
«Man muss tun, was man tun muss.»

Hätte er «Ein Mann muss tun ...» gesagt, hätte Tilde sich wie in einem Cowboyfilm gefühlt, aber auch so gab es darauf nichts zu erwidern.

Sie wechselte das Thema. «Kennst du die Mutter vom verstorbenen Professor?»

«Gregor kannte sie.»

«Ich habe gehört, dass er nicht nur Gärtner war.»

Schulterzucken. Den *Elbsegler* hatte er wieder aufgesetzt und tief in die Stirn gezogen. Blinzelte darunter hervor wie ein blinder Maulwurf. «Gregor war ein guter Mann.»

Alles Gutmenschen, dachte Tilde verärgert. Die man trotzdem umbrachte. Als Täter kamen wiederum nur Gutmenschen in Frage.

Annika und Nicole hatten es sich auf dem Dschungelsofa bequem gemacht. Es roch nach würzigem Tee und – Räucherstäbchen.

«Raus mit dem Zeug», befahl Tilde. «Ihr verpestet den ganzen Turm.»

«Aber Mom, es ist eine neue, spezielle Duftnote. Man kann damit sogar Gewicht verlieren.»

Tilde klatschte den Fisch auf den Tisch. «Da habt ihr einen natürlichen Geruch. Abschuppen, ausnehmen, braten. Aber fix!»

Ab ins Oberstübchen. Lang ausstrecken und einen Moment entspannen.

Ralf anrufen. Ihm unsortiert aus ihrem Alltag berichten. Jammern dürfen. Unlogisch und sprunghaft sein. «Weißt du, dass du mir fehlst?»

«Was vor allem vermisst du?»

Sie lachte leise. «Das auch.» Der Mann war Balsam für sie.

«Ich könnte vielleicht ein paar Tage freinehmen», schlug er vor. «Einfach vorbeikommen.»

«Ich könnte mich aber nicht um dich kümmern.»

«Aber ich mich um dich, Tilde Janssen.»

«Wir haben alles für unsere Aktion vorbereitet.» Annika und Nicole trugen Turbane aus Tildes zwei einzigen Geschirrtüchern, damit der Fischgeruch nicht in ihre Haare eindringen konnte.

«Hören Sie zu, Schätzchen. Wir müssen nur am Pförtner vorbei, von da aus gehen wir schnurstracks zu den Büros. Egal, was wir entdecken, damit haben wir hoffentlich die Leute in der Hand.» Nicoles Augen glitzerten vor Abenteuerlust.

«Erpressung ist nicht mein Ziel», stellte Tilde klar. «Ich möchte etwas über diese Ampullen herausfinden. Und ob es einen Zusammenhang mit den verschwundenen Personen gibt.»

Außerdem wollte sie, wenn die Situation günstig wäre, dem alten Flügel einen Besuch abstatten. Aber das war ihre Privatsache.

«Als ich heute meinen Kram rausgeholt habe, hat die Brehmer gleich ihre spitze Nase um die Ecke gesteckt und nach den roten Schuhen gefragt. Die nimmt's von den Lebenden.»

Oder auch von den Toten?

18.

Annika legte ihre Ausrüstung zurecht: Taschenlampe, Gummihandschuhe, Fotoapparat, Memorystick, ein Schnitzmesser ihrer Mutter und Nylonstrümpfe.

«Die ziehen wir über den Kopf wie echte Einbrecher», schlug sie vor.

«Schätzchen, wir *sind* echte Einbrecher. Nur dass dort kein Geld mehr zu holen ist. Ich nehme an, der Tresor ist noch nicht wieder aufgefüllt. Mensch, das wird ein Spaß.»

Tilde und Annika schauten sich an. Unter Spaß verstanden sie etwas anderes.

«Heute ist ein Vortragsabend. Also die perfekte Gelegenheit für uns», sagte Tilde.

«Der Teeabend. Da gehen alle hin. Wir haben etwa zwei Stunden Zeit. Sagen Sie, Schätzchen, was ich noch fragen wollte. Ihre Freundin, die Gesche, ich bin mir sicher, dass ich sie kenne. War sie mit dem Professor gut bekannt?»

«Nur sehr flüchtig», Tilde war überrascht.

«Erinnern kann ich mich nicht mehr genau. Aber ich bin mir sicher, dass sie wie ich in der Klinik in Lohn und Brot stand.»

«Sie irren sich, Nicole», widersprach Tilde. «Gesche ist seit Ewigkeiten im Tourismusbüro angestellt.»

«Ich war mir sicher, aber gut, auf jeden Fall kenne ich sie irgendwoher, und das hatte mit dem Professor zu tun.»

Tilde kannte Gesche seit sieben Jahren. Obwohl sie nicht immer einer Meinung gewesen waren, hatte sich zwischen ihnen eine Freundschaft entwickelt, von der sie beide profitierten. Mal mehr, mal weniger.

Sollte sich aber Gesche mit Kurt Peters gegen sie verbünden, um Tildes Turm – nein, das war unvorstellbar. Und wenn Nicole recht hatte und Gesche den Professor gekannt hatte? Konnte es dann sogar sein, dass sie etwas mit dem Mord zu tun hatte? Doch das konnte Tilde sich einfach nicht vorstellen. Aber warum hatte Gesche ihr dann nicht gesagt, dass sie Dykland kannte?

«Mom, da wäre noch was», holte Annika sie aus ihren Gedanken. «Wir wollten es dir nicht zeigen. Aber spätestens morgen hörst du es ja doch von Paps.» Sie zog eine Zeitung aus der Sofaecke.

«Was hat der Schmierfink diesmal verzapft?»

«Wirklich schlimm.» Annikas Mundwinkel zuckten verdächtig.

«Zoff auf Ziegensand
Bei einem harmlosen Ausflug auf die Elbinsel wurde eine Schulklasse grundlos attackiert. ‹Wir wollten doch nur die Vögel beobachten›, sagt die Lehrerin Frau R., noch sichtlich unter Schock. ‹Da gebärdete sich diese Frau wie eine Furie, bedrohte die Kleinen mit einem Holzknüppel, unterstützt von einem buckligen Mann. Als sie dann auch noch nach ihrem Kampfhund rief, flüchteten die Kinder vor Angst schreiend in die Boote.› Mit Recht will sich die Schule eine Anzeige bei der zuständigen Stelle vorbehalten.

*Anmerkung der Redaktion: Bei den beteiligten
Personen handelt es sich um den unter Mord-
verdacht stehenden Sonderling Hermann T. und
die ebenfalls in diesen Fall verwickelte Tilde J.,
die glaubt, nur durch einen geschickten Kauf ein
Stück unserer schönen Heimat nebst Leuchtturm
okkupieren zu dürfen. Wie lange noch, fragen sich
die Bürger ...»*

«Ein Kampfhund, wo steckt er? Ich habe eine Hunde-
phobie, Schätzchen.» Nicole zog die Füße aufs Sofa.

«Es ist nur ein Meerdrache», platzte Annika heraus,
und dann lachten Mutter und Tochter gemeinsam, bis
ihnen die Tränen kamen.

«Das Pamphlet ist keine Gegendarstellung wert»,
entschied Tilde.

Es war 21.00 Uhr. Das *Ästheticum* war nur spärlich
beleuchtet. «Sie müssen sparen», erläuterte Nicole.
«Der Vortrag findet auf der *Venus* im Anbau statt.»

«Warum erst so spät?»

«Damit alle noch vorher einen Verdauungsspazier-
gang machen können. Ich schätze mal, das sind die
letzten Zuhörer.» Zwei Gestalten eilten zu den Flügel-
türen.

«Ich werde draußen Schmiere stehen», schlug Annika vor. «Wir sollten einen Warnruf ausmachen.»

«Lachmöwe? Seeschwalbe?», schlug Tilde vor.

«Ich kann nur Hyäne oder Uhu. Dampfertuten gin-
ge auch.»

«Lass uns endlich reingehen», drängte Tilde.

«Vorsicht, der Nachtportier», warnte Nicole. Aber der verglaste Raum war dunkel.

«Er hat die Masern», informierte sie Tilde, was bei ihrer Begleiterin zu einer Kratzattacke führte.

«Also deshalb. Ich habe gehört, dass man hier ganz aufgescheucht ist, weil etliche Patientinnen über Hautausschläge klagen. Man hat die Ampullen in Verdacht.»

Im Foyer herrschte Ruhe. Nur eine Putzfrau wartete mit ihrer Ausrüstung vor dem Fahrstuhl.

«Sie spricht kein Deutsch, aber wir nehmen doch lieber die Treppe. Sicher ist sicher», sagte Nicole.

Unbehelligt passierten sie die Flure, bis das erste Hindernis in Form einer Zwischentür auftauchte. Nicole tippte einen Code ein. «Sie nehmen seit Jahren die Zahlenkombination 4711. Kann sich jeder merken. Genial, was?»

Den nächsten Gang erkannte Tilde wieder. Hier musste Dr. Brehmers Büro liegen. Dritte Tür rechts.

«Nun wollen wir doch mal sehen, ob unsere schlaue Nicole die richtige Karte erwischt hat, Schätzchen.» Sie zog eine Chipkarte durch den Schlitz. «Bingo. Hereinspaziert ins Allerheiligste. Nur an den Tresor können wir nicht ran. Es sei denn, Sie haben einen Schweißbrenner mitgebracht.»

«Wie sind Sie an die Karte gekommen?»

«Die Gattin des Chefs hat eine eigene, die sie in ihrer Handtasche aufbewahrt, aber so gut wie nie nutzt. Ich habe mir die Tasche kurz … ausgeliehen und die Karte gegen eine von der Bücherei ausgetauscht, die hier mal gefunden wurde. Clever, was?»

Tilde saß bereits am Computer. Hochfahren, Kennwort eingeben – Jaspers Beziehungen sei Dank –, Dateien, Ordner. Abrechnungen. Statistik. Unverständliche Zahlenreihen. Noch mehr Zahlen. Endlich Namen, alphabetisch geordnet. Dahinter wieder Zahlen und rote Buchstaben.

«Nicole, Sie müssen mir helfen. Sagen Ihnen die Namen etwas?»

«Keine Panik, Schätzchen. Lassen Sie mal sehen. Ein rotes A hinter dem Namen bedeutet Anwendungen.» Sie schob Tilde zur Seite und klickte neue Ordner an. «Zum Beispiel hier. Frau Elke L. hatte im März Fango, Rosenbad, kleines Lifting und S für Sonderbehandlung. Das steht intern für unsere Ampullen. Aber welche? Billiger Jakob oder exklusiv?»

Sie klickte weiter. «Mist, ich komme da nicht rein. Die entscheidende Liste ist mit einem eigenen Kennwort geschützt.»

«Hinter einigen Namen stand ein P. Könnte das für Probanden stehen, also für eine nicht genehmigte Versuchsreihe?»

«Haben wir gleich. Nein, es steht für P wie Personal. Ich gebe mal meinen Namen ein.» Klick, klick, Nicoles Passfoto erschien.

«Das Geburtsjahr behalten Sie bitte für sich, Schätzchen. Gehalt untere Lohngruppe. Stimmt. Arbeitszeugnisse liegen vor. Blabla. Zeitvertrag ab … stimmt ebenfalls. Beendet … Sauerei. Mal sehen, ob ich in die komplette Liste reinkomme.»

Wenig später stieß sie Tilde den Ellenbogen in die Seite. «Es klappt. Hier ist das Personal ab Nachkriegszeit. Na, da werden einige schon verstorben sein.» Sie zog die Maus über die Namen.

«Basebeck, Gehrke, Lindner, an die erinnere ich mich noch, sind aus meiner Zeit. Halt, stopp, das ist sie. Aber da ist was falsch eingetragen.»

«Wer? Was?» Tilde hatte den Überblick verloren.

«Na, die verschwundene Patientin, von der ich Ihnen erzählt habe. Ich erkenne sie am Bild. Merkwürdig, danach müsste sie zum Personal gehört haben. Rosi Wenz. Der Name sagt mir nichts. Bestimmt eine Verwechslung.»

«Gibt es eine Adresse?»

«Nein, nur einen Link-Verweis. Augenblick, wo komme ich denn da hin?»

Tilde rückte dichter. Eine neue Namensliste, überwiegend älteren Datums. Mit dem Vermerk *Gehalt privat über G. Dykland*.

«Professor Dykland hat früher in unregelmäßigen Abständen Leute privat eingestellt und das Gehalt aus eigener Tasche gezahlt. Eigenartig», wunderte sich Nicole.

Tilde dachte sofort an die Pflege für Dyklands Eltern. Aber warum dann diese Rosi Wenz als Patientin tarnen?

«Unglaublich! Da ist ein Gehalt von sechstausend Mäusen angegeben. Ist schon zehn Jahre her. Und hier», sie stutzte und ging auf Vergrößern, «kennen wir diese Dame nicht?»

Tilde, die gerade besorgt auf die Uhr geschaut hatte, beugte sich nach vorne und sah eine verjüngte Ausgabe von Gesche in Schwesterntracht.

«Ausdrucken, schnell. Und dann raus», forderte sie.

Nicole hatte gerade den Computer runtergefahren, als es vor der Tür unruhig wurde. Schritte, die näher kamen. Gedämpfte Stimmen.

«Die Putzfrauen. Ab in die Nasszelle», zischte Nicole.

Die erwies sich aber für zwei als zu eng. Tilde blieb keine Wahl, sie schlüpfte hastig halb hinter, halb unter die schwarze Ledercouch an der Wand. Erst mal Zeit gewinnen. Bäuchlings drehte sie sich so, dass sie Tür und Schreibtisch im Auge behalten konnte.

Es war Dr. Brehmer persönlich, der den Raum betrat. Er stellte ein Päckchen auf dem Schreibtisch ab und kramte dann in seiner Jackentasche. Als er das, was er suchte, nicht gleich fand, fluchte er unterdrückt, kramte dann auch in den Hosentaschen und leerte sie systematisch aus.

Tilde hörte Schlüssel klirren, einer fiel sogar auf den Boden und schlitterte in ihre Richtung, zum Greifen nahe. Als zwei Füße auf sie zukamen, hielt sie den Atem an und schloss die Augen. Tot stellen. Gleich würde er sich nach dem Schlüssel bücken und sie entdecken.

Haben Sie eine Erklärung dafür, Frau Janssen, dass Sie unter meinem Sofa liegen? Wie sind Sie überhaupt hier reingekommen?

Die Rettung kam durch ein Handyklingeln. Die Füße machten kehrt, Brehmer setzte sich an den Schreibtisch.

Tilde verstand Satzfragmente wie «Hat das nicht

Zeit bis morgen … wenn es sein muss … kann ich wirklich nicht vorhersagen …»

Die Staubflusen machten ihr zu schaffen, lösten Husten- und Niesreiz aus. Eine aufgescheuchte Spinne krabbelte über ihren Arm, näherte sich dem Gesicht. *Durchhalten, Tilde! Wenn das hier überstanden ist, bleibst du von jetzt an schön in deinem Turm und kümmerst dich nur noch um die eigenen Angelegenheiten!*

Nachdem das Gespräch beendet war, fand Brehmer endlich, was er gesucht hatte: ein Schlüsseletui. Er machte sich am Bücherregal zu schaffen. Richtig, der Tresor. Versteckt hinter Medizinschwarten und dekorativen Bildbänden.

Tilde riskierte einen weiteren Blick. Zahlenkombination eingeben, zwei Schlüssel einstecken, mehrfach umdrehen, dann wanderte das mitgebrachte Päckchen in den Tresor. Ärgerliches Murmeln, als das Handy erneut klingelte.

«Ja, ja, ich bin schon unterwegs.»

Er verstaute etliche Gegenstände wieder in seinen Taschen und wandte sich dann in Richtung Sofa.

Tilde stockte der Atem. Suchte er nach dem heruntergefallenen Schlüssel? Den hielt Tilde inzwischen fest umklammert. «Wenn das hier gut ausgeht, putze ich morgen alle Turmfenster», versprach sie allen ihr bekannten und unbekannten höheren Mächten.

Ob es nun das war oder Brehmers Zeitdruck, jedenfalls machte er sich auf den Rückweg. Mit Entsetzen sah Tilde, wie sich die Toilettentür einen Spalt weit öffnete. Brehmer kehrte noch einmal zurück und nahm etwas vom Schreibtisch, bevor er endgültig den Raum verließ.

«Das war knapp, Schätzchen.» Nicole hatte sich mit der Klobürste bewaffnet. «Ich dachte schon, ich müsste Ihnen zu Hilfe eilen. Was hat unser Saubermann denn hier gewollt?»

Tilde beschrieb ihr das Päckchen, das Brehmer im Tresor verstaut hatte. Und Nicole war sich sicher, dass es sich um eine Lieferung Ampullen gehandelt haben musste.

Die Zeit verstrich viel zu schnell. Da sie den USB-Stick bei Annika vergessen hatte, musste Tilde sich mit den paar Ausdrucken begnügen. «Nichts wie weg hier.»

Nicole suchte ähnlich hektisch wie zuvor der Arzt etwas auf dem Schreibtisch. «Die Türkarte von der Ollen. Wo hatte ich die bloß hingelegt?»

«Verdammt, Brehmer hat etwas vom Schreibtisch genommen und eingesteckt, vermutlich die Karte. Er dachte wohl, es wäre seine.»

«Wird nicht lange dauern, bis er sich oder anderen Fragen stellt. Wir nehmen besser einen anderen Rückweg.»

Inzwischen hatte sich Dunkelheit über den Park gesenkt. Bäume und Sträucher wirkten mit ihren verschwommenen Konturen geheimnisvoll, sogar bedrohlich. Wächter, die keinen Durchlass gewähren wollten.

Nicole hastete voraus, verschwand zwischen Buschwerk, geriet einen Moment außer Sicht. «Gleich sind wir wieder auf dem Hauptweg.»

Tilde lauschte einem Uhu, der sich mit einer lachenden Hyäne unterhielt.

Plötzlich ein Schrei, sie sprintete los. Nicole und eine dunkle Gestalt wälzten sich auf dem Boden.

19.

Ohne Zögern warf sich Tilde dazwischen.

«Seid ihr verrückt?», schimpfte Annika. «Steigt sofort von mir runter. Verflixt, wer hat mir das Haarbüschel ausgerissen?»

«Ich hab mal Selbstverteidigung gelernt», Nicole klopfte Annikas Sachen ab.

«Wurde auch Zeit, dass ihr kommt. Ich spreche schon ewig in fremden Zungen. Die Teegesellschaft ist aufgehoben, sie kommen uns geschlossen entgegen.»

«Dann mischen wir uns einfach unters Volk.»

«Besser nicht. Ich habe gehört, wie Doktor Brehmer vor Einbrechern gewarnt hat. Er nannte sie ‹unbefugte Personen›, die sich auf raffinierte Art Einlass verschafft hätten. Die Polizei sei bereits benachrichtigt. Was ist passiert?»

«Er muss was gemerkt haben. Die Karte. Oder der verschwundene Schlüssel.» Tilde zog ihn aus der Hosentasche. Kein Safeschlüssel, noch nicht mal ein

Sicherheitsschlüssel. Eher ein altmodischer Zimmerschlüssel. Er konnte zum alten Flügel gehören, wenn sie Glück hatte.

«Lasst uns besser verschwinden.» Annika klang ängstlich. Doch es war zu spät, Kommissar Tetjens kam zusammen mit einem weiteren Beamten den dunklen Parkweg entlang.

«Guten Abend, Herr Tetjens. Auch in Sachen Gesundheit unterwegs?», gab Tilde sich forsch. «Interessante Veranstaltung. Ich bin passionierte Teetrinkerin.»

«Das kann ich bestätigen», versicherte Annika. «Wir alle mögen Tee.»

Warum schwieg der Junior bloß so lange?

Gleich. Gleich wird er die Katze aus dem Sack lassen. Jasper muss mir einen Anwalt besorgen, dachte Tilde.

«Komm schon, Mom. Du siehst müde aus. Denk an unseren Schönheitsschlaf.»

«Können wir gehen?», fragte Tilde mit rauer Stimme.

«Natürlich. Aber Sie», er wies auf Nicole, «muss ich bitten, uns zu begleiten.»

«Dann komme ich auch mit», verkündete Tilde.

«Nicht nötig, Schätzchen. Der Kommissar und ich plaudern nur bei einer guten Tasse Tee. Ich werde auf alle Fragen eine Antwort haben.»

«Es ist besser, Sie fahren zurück nach Ziegensand, Frau Janssen. Meine Leute begleiten Sie.»

Er überreichte ihr ein amtliches Schreiben. «Falls Sie es bei dem schlechten Licht nicht lesen können, es handelt sich um einen Durchsuchungsbefehl für Ihren Turm.»

Tilde gab Gas. Und wie sie Gas gab, die *Fixe Flunder* flog nur so übers Wasser. Aber das Polizeiboot hatte mehr PS, sie erreichten zeitgleich den Steg. Maltes Boot war da, doch er ließ sich nicht blicken. Nur Hermann stand breitbeinig auf dem Pfad zum Turm.

«Ein Wort, und ich lasse keinen durch», versprach er grimmig, in der Hand einen Holzknüppel.

«Schon gut, Hermann, es ist alles gesetzlich.»

«Pah, Gesetze! Treffen immer die Falschen.»

Das sah Tilde ähnlich, aber sie bemühte sich, zu den Beamten besonders korrekt und höflich zu sein. Sie kannte keinen von ihnen persönlich, es musste sich um Verstärkung aus dem Kreis handeln.

«Ich geh da erst wieder rein, wenn die weg sind», verkündete Annika. «Lieber rücke ich Malte auf die Bude. Wird Zeit, dass ich ihm mal ein paar passende Worte sage.»

Sie wartete einen günstigen Moment ab, bis die Beamten außer Hörweite waren. «Gib nichts zu, Mom. Ich weiß ja nicht, was ihr da gemacht habt, aber wie ich Nicole einschätze, haut sie euch wieder raus. Stell dich doof, das kannst du.»

«Danke», sagte Tilde trocken.

Die Beamten stellten keine Fragen und arbeiteten schnell.

Wonach man suche? Beweismaterial. Vielleicht. Es sei eben eine Anordnung.

Tilde unterschrieb eine Quittung für ihren Computer und wurde erst grantig, als man den *Kleinen Sandmann* mitnehmen wollte. «Den gebe ich nicht her. Ich verwahre ihn nur für seinen Besitzer.» Sie hielt die Skulptur fest umklammert und musste wohl sehr entschlossen gewirkt haben, denn einer der Beamten holte sich telefonisch neue Anweisungen.

«Und wenn Sie hier mit einer Hundertschaft anrücken, Sie bekommen ihn nicht», drohte Tilde.

«Das wird nicht nötig sein, Frau Janssen. Es genügt, wenn wir den Strunk fotografieren.»

Nur widerwillig überließ sie ihnen den *Kleinen Sandmann* und nahm ihn nach den Aufnahmen sofort wieder an sich.

«Vergessen Sie nicht, meinen Vorrat an Sardinendosen zu untersuchen. Sie stehen im Anbau.» Das war an den Beamten gerichtet, der gerade an einer angebrochenen Flasche Rotwein schnüffelte.

Von draußen drangen laute Stimmen in den Turm. Tilde hastete samt Skulptur nach unten. Zwei Polizisten waren bemüht, Hermanns Pranken von Kurt Peters zu lösen.

«Tätlicher Angriff. Behinderung der Presse. Ich zeig Sie an, Mann», die Stimme des Reporters überschlug sich. «Dann sind Sie ganz schnell wieder da, wo Sie hingehören.»

«Lassen Sie den Mann los», herrschte Tilde die Polizisten an. «Er hat sich schon beruhigt. Tut keiner Fliege was. Stimmt doch, Hermann?» Sie drückte ihm den *Kleinen Sandmann* in die Arme. «Nimm ihn mit zu Annika, und pass gut auf ihn auf.»

Hermann trottete in Richtung Vogelstation, nicht ohne sich dabei mehrfach umzudrehen und Verwünschungen auszustoßen.

«Was haben Sie hier verloren?», herrschte Tilde den Reporter an. «Und wie sind Sie überhaupt nach Ziegensand gekommen?» Nach seiner letzten Hetzkampagne war sie zu keinem höflichen Kompromiss mehr bereit.

«Das öffentliche Interesse muss gewahrt werden», redete er sich heraus.

«Ich habe ihn mitgebracht.» Gesche, trotzig. Sie trat vor.

Wie konnte sie nur! Setzte ihr den Feind direkt vor die Nase. Welches Spiel wurde hier eigentlich gespielt? «Was soll das, warum hetzt du mir die Presse auf den Hals? Eine feine Freundin bist du! Ich bin gespannt auf deine Erklärung.»

«Tilde, ehrlich, Kurt hat von dem Durchsuchungsbefehl gehört, und da habe ich mir Sorgen um dich gemacht.»

«Schnapp dir deinen Kurt und fahrt wieder rüber. Hier gibt es nichts, woran man sich weiden kann.»

Gesche redete leise auf den Reporter ein, bis der nachgab.

«Ich bring ihn zurück. Lass uns morgen mal in Ruhe ganz unter uns quatschen.»

Tilde atmete tief durch. «Wenn du allein kommst, bist du willkommen. Aber dann erwarte ich Antworten. Ehrliche Antworten. Ich habe das Gefühl, ich kenne dich gar nicht mehr. Du hast da einiges zu erklären, Gesche.»

«Kein Problem.» Sie schaute an Tilde vorbei.

«Es wäre doch schade, wenn unsere Freundschaft an Bagatellen scheitern würde», fuhr sie dann trotzig fort.

«Ich halte Mord für keine Bagatelle», erwiderte Tilde.

Sie drehte sich um und ließ Gesche einfach stehen.

Die Männer waren fertig. Der Einsatzleiter entschuldigte sich höflich für die Umstände, die sie gemacht hätten. Umstände! Ihre Intimsphäre hatten sie verletzt, den Turm entweiht.

Sei nicht so theatralisch, Tilde. Was du jetzt brauchst, ist Ruhe und ein Glas Rotwein. Morgen bist du wieder im Lot.

«Was haben Sie denn bei mir gefunden? Hat es sich wenigstens gelohnt?» Man verwies sie an Kommissar Tetjens und auf den nächsten Tag.

Nachdem Tilde sich vergewissert hatte, dass alle Polizisten Ziegensand wieder verlassen hatten, machte sie sich auf den Weg zu Annika.

Auf halber Strecke wartete Hermann. «Mauer ziehen», riet er. «Selbstschussanlage.»

«Es würde nichts nutzen, Hermann. Man wird uns wieder in Ruhe lassen, wenn die Morde aufgeklärt sind.» Bis auf den windigen Reporter, aber mit dem würde sie schon fertig werden.

«Sie hat was mit ihm gehabt. Früher.» Eine hingespuckte Information. Er wollte in Richtung seiner Bretterbude verschwinden, aber Tilde packte ihn am Ärmel.

«Augenblick. Von wem sprichst du?»

Er machte eine Kopfbewegung in Richtung Land. «Na, Gesche.»

«Gesche und wer?»

«Der Professor. Die beiden haben sich getroffen. Bei mir in der Nähe, im Park.»

«Hast du das mit eigenen Augen gesehen?»

«Nein. Gregor hat es mir erzählt.»

Verdammt, musste sie ihm denn jedes Wort einzeln aus der Nase ziehen? «Aber das heißt doch nicht, dass sie was miteinander hatten.»

«Früher hatten sie.»

«Was meinst du mit früher? Vor einigen Wochen? Monaten?»

«Als sie noch bei den Dyklands gearbeitet hat. Muss Jahre her sein, damals sah sie anders aus. Aber Gregor hat sie gleich wiedererkannt. Und er meint, nun geht das alles wieder von vorne los. Hat er gemeint, bevor er …»

Eine lange Rede, und im Anschluss daran war ihm kein Wort mehr zu entlocken.

Kampfhahn und Kampfhenne. So standen sich Malte und Annika gegenüber. Sie reagierten nicht auf Tildes Ankunft.

«Sag endlich einmal die Wahrheit: Wie ist die Brieftasche des Professors nach Ziegensand gekommen?»

«Wie oft soll ich das noch sagen, Hermann hat sie aus der Elbe gefischt.»

«Wie sollen wir dir noch glauben, Malte. Du lügst die ganze Zeit», mischte Tilde sich ein.

«Ihr seid ja alle beide hysterisch.» Sie drehten sich im Kreis. Es nützte nichts, den Streit eskalieren zu lassen, dachte Tilde und bat um ein Glas Wein. Deeskalation nannte man das wohl. Als im Bullerofen ein Feuer flackerte und der Wein in den Wassergläsern ein Übriges zur Friedensstiftung tat, fühlte Tilde sich besser.

«Malte, ich will mich um Fairness bemühen. Vielleicht ist es nur dein mangelndes Vertrauen, dass in mir sein Echo findet. Lass uns neu anfangen.»

Er blieb ernst. Stocherte im Ofen und schenkte Wein nach. «Fairness. Gut», sagte er dann. «Aber wir alle wissen, dass das Leben nicht fair ist.»

«Malte, fang nicht schon wieder mit deinen Vorträgen an.» Annika rollte mit den Augen. «Freunde oder nicht?» Sie hielt die offene Hand hin, und die beiden anderen schlugen ein.

«Ich muss euch was über Gesche erzählen», fing Tilde an.

«Schon bekannt. Malte hat es von Hermann, der von Gregor, und der Kommissar weiß es auch schon. Aber ein Tatverdacht besteht nicht, sonst hätte man sie ja einkassiert.»

«Warum hat sie mir nicht erzählt, dass sie den Professor kennt?», wunderte sich Tilde. «Ich bin doch weiß Gott kein Moralapostel.»

«Vielleicht musste sie es dem Professor versprechen», schätzte Annika. «Vermutlich war es einfach nur eine Jugendsünde. Sie war jung und schön, der Professor ein aufstrebender Halbgott, verführte sie, und jetzt wollte er nicht mehr an seine Vergangenheit erinnert werden.»

«Klischee», murrte Tilde. «Vielleicht hat sie auch nur für ihn geputzt.»

«Erpressung», warf Malte ein. «Sie wusste alles über diese mysteriösen Ampullen.»

«Das hätte Gesche mir gesagt.» Hätte sie wirklich? Und woher rührte die dicke Freundschaft mit Kurt Peters, mit dem offenbar auch Malte Umgang pflegte?, überlegte Tilde.

«Hoffentlich steckt Nicole da nicht mit drin», sorgte sich Annika. «Sie ist ein verrücktes Huhn, aber ich mag sie.»

«Ganz unschuldig kann sie nicht sein, sonst hätte Tetjens sie nicht auf die Wache gebeten.»

«Morgen wissen wir mehr.» Sie gähnten abwechselnd. Zeit zum Aufbruch.

20.

Aber dann war es Jasper, der schon in der Nacht mehr Klarheit in die Angelegenheit brachte.

«Tildchen, du bist doch noch auf?» Drei Uhr morgens.

Annika lag zusammengerollt wie ein Hündchen an ihrem Fußende, hatte nicht allein schlafen wollen.

Tilde ging mit dem Handy auf die Plattform. «Bist du immer noch im *Scharfen Seehund*?» Die Hintergrundgeräusche sprachen dafür.

«Wie befohlen.» Er hatte einen in der Krone, sie war nicht überrascht.

«Habe vor Ort alles zusammengehalten. War nicht immer leicht, einige wollten schon gehen. Aber dann schneite diese Nicole rein und hat ordentlich Stimmung gemacht. Momentchen, sie will auch nochmal mit dir sprechen.»

«Sind Sie das, Schätzchen? Ich habe unseren kleinen illegalen Besuch nicht verraten, keine Sorge. Der Polizei ging es auch um ganz andere Sachen.» Sie wurde ernst.

«Schätze mal, das wird ein paar unbequeme Konsequenzen für mich haben, aber noch bin ich frei wie ein Vogel. Das muss gefeiert werden. Einen süßen Ex haben Sie da, ist er wieder auf dem Markt?» Sie lachte kreischend und übergab an Jasper.

Dein rotes Blut, Kamerad, ist nicht umsonst geflossen, tönte es aus Männerkehlen.

«Tildchen? Brauchst uns nicht mit dem *Fetten Karpfen* abzuholen», er lachte über seinen Witz. «Ich nehm Nicole mit ins Altenheim, alles schon abgesprochen. Bei den Preisen sind die nicht ausgebucht, freuen sich über Gäste.»

«Dann wünsche ich noch viel Spaß.»

«Es ist aber nicht so, wie du denkst», beteuerte er bierselig. «So einer bin ich nicht, die gute Stimmung einer Frau auszunutzen.»

Drum doppelt hoch, die Freiheitsfahne hebt.

«Ich hoffe, du singst den schwülstigen Mist nicht mit.»

«Sei nicht so streng, Tildchen.»

Der Turm, hatte sie den Dicken abgeschlossen? Roch es nach Feuer? Konnte die Fixe Flunder *abtreiben?* Tilde schreckte hoch. Die Morgendämmerung vertrieb Traumfetzen und diffuse Ängste, die sie im Halbschlaf überfallen hatten.

Dagegen half konzentrierte Arbeit. Sie holte ihre Zeichensachen hervor und legte los.

Annika als Seeanemone. Sie selbst eine Flunder, Jasper ein Aal. Dann Gesche als Polyp, der seine Fangarme in alle Richtungen streckte. Hermann ein Butt, Nicole ein verspielter Delphin.

Der Kommissar und sein Vater zwei Neunaugen, Kurt Peters ein Raubfisch, sie entschied sich für einen Barsch. Birger eine Sardine unter vielen gleichartigen.

Blieb noch Malte. Ein Seehecht? Nein, lieber ein Zander. In jedem Fall ein Raubfisch.

Professor Dykland als Wal, Doktor Brehmer und Gattin als dessen Pilotfische, die alte Frau Dykland … vielleicht ein Seeigel? Hatte sie jemanden vergessen?

Sie begann, Linien und Pfeile zwischen den Fischen zu ziehen. Wer stand mit wem in Bezug? Am Ende reduzierte sich alles auf die uralte Frage der Menschheitsgeschichte: Wer fraß wen?

Sie frühstückte mit einer verschlafenen Annika. «Mein Leben ist ganz schön spannend geworden», meinte diese. «Ganz anders als in Köln mit …» Sie brach ab.

«Was machen eigentlich die Narben?», erkundigte sich Tilde. «Tut's noch weh?»

Annika betastete ihr Gesicht. «Die im Gesicht sind besser.»

«Der Rest wird auch schon noch», versprach Tilde. Beide wussten sie, dass sie nicht von körperlichen Narben sprachen.

«Warst du früher auch mal so blöd wie ich?» Annika schaute dabei in ihre Kaffeetasse.

«Aber sicher. Nur auf anderen Gebieten.»

Sie lächelten sich zu.

Tilde machte sich auf den Weg. Ihr Tagespensum war stattlich.

Kommissar Tetjens schien nicht überrascht, sie zu sehen. Er ließ Kaffee kommen. «Ich weiß, Sie sind zwar Teetrinkerin ...»

«Schon gut», wehrte Tilde ab und erinnerte sich nur ungern an die Szene vom Vortag, als sie wie eine Schwachsinnige etwas von Tee gefaselt hatte.

Tetjens entschuldigte sich für die Unannehmlichkeiten, die sie bei der Durchsuchung des Turms auszuhalten hatte.

«Aber bei uns geschieht nichts ohne Grund. Wir mussten dem Hinweis, bei Ihnen sei Diebesgut gelagert, nachgehen.»

Die Ampullen, etwas anderes konnte es nicht sein. Oder eine Denunziation, um ihr Ärger zu machen.

«Stammte dieser Hinweis zufällig von unserem Starreporter?»

«Sie wissen, Frau Janssen, dass ich Ihnen das nicht zu sagen brauche, aber Herr Peters hat damit nichts zu tun.»

Wer dann?

«Wenn es um», sie bemühte sich um die richtige

Wortwahl, «also, falls es sich um vermisstes Material aus dem *Ästheticum* handelt, glaube ich nicht, dass jemand es in meinem Turm verstecken würde, um damit einen schwungvollen Handel aufzuziehen.»

Tetjens beobachtete eine Fliege an der Decke. «Wenn Sie wüssten, wie oft das Naheliegende die Lösung ist.»

Tilde haute auf den Tisch, dass die Kaffeetassen klapperten. «Wenn alles so naheliegend ist, warum verhaften Sie zur Abwechslung nicht mal die richtigen Leute?»

«Wir gehen jeder Spur nach, bis wir den Fall gelöst haben.»

Tilde wusste nicht, was sie dem jungen Kommissar zutrauen konnte, aber ihrem Schnüffelbesuch vom Vorabend maß er offenbar keine besondere Bedeutung bei. Vertrauen gegen Vertrauen.

«Herr Tetjens, es mag verrückt klingen, aber ich glaube, dass die Mutter des toten Professors in der Klinik gefangen gehalten wird. Zumindest kann sie nicht über ihren zukünftigen Wohnort bestimmen.»

Er sah sie an, als ob sie eine Invasion durch glibberige Monster anzeigen wollte.

«Haben Sie bei Ihrem kleinen Hausfriedensbruch gestern etwas in dieser Richtung bemerkt?»

«Nein. Aber im alten Flügel wohnt eine Dame, die sich Frau Schmidt nennt und in Wahrheit Frau Dykland ist. Wir haben uns zweimal unterhalten, sie hat mir von ihrem verstorbenen Mann erzählt.»

Er beugte sich nach vorne. «Was genau hat sie Ihnen gesagt?»

Fatal. Sie erinnerte sich nicht mehr. Oder doch.

«‹Die schönste Rose, die der Lenz gebar,
Verdorret, liegt
Mit welkem Busen und zerstreutem Haar
Im Staube, und zerfliegt.›

Das hat sie zitiert.»

«Hm.» Er klang wie ein Psychiater. «Und was fällt Ihnen noch dazu ein?»

«Wir haben uns über den Tod unterhalten.»

«Nicht ungewöhnlich, wenn ältere Menschen zusammenkommen.»

Tilde schluckte und starrte ihr Gegenüber böse an. Sie war über dreißig Jahre jünger als Frau Dykland.

Als Tetjens begriff, hatte er immerhin den Anstand, rot zu werden.

«Bitte entschuldigen Sie. Das war ungeschickt ausgedrückt.»

Tilde machte eine abwehrende Handbewegung. «Schon gut. Höflichkeiten müssen wir nicht austauschen. Die alte Dame erwähnte den Freundeskreis der Klinik. Sie wissen doch, den Förderverein, der bei Birger tagt.»

«Hat sie denen etwas Konkretes vorzuwerfen?»

«Das nicht, aber ich spüre, dass diese Gruppe etwas im Schilde führt.»

«Ah! Ihr berühmtes Bauchgefühl.»

Typisch, dachte sie, er flüchtet sich in Ironie, weil er selbst nicht weiterweiß!

«Warum so herablassend, Junior?», fragte sie und

freute sich, als er zusammenzuckte. «Die Dame wäre nicht die erste Person, die spurlos von der *Venus* verschwindet. Forschen Sie mal nach Rosi Wenz.»

Sie sah, wie er sich den Namen notierte. Tilde geriet in Fahrt. «Und dieser braune Sumpf, der sich bei uns breitmacht, wann klopfen Sie denen auf die Finger?»

«Alles zu seiner Zeit.» Er erhob sich. «Gibt es weitere Punkte, von denen ich wissen sollte?»

«Nicht auszuschließen. Aber ich kann mich auch an Ihren Vater wenden.»

Ein starker Abgang, freute sich Tilde. Und nicht einmal gelogen, denn ihre nächste Station war das Altenheim.

Ihr Exmann und Tetjens senior saßen im hell und freundlich eingerichteten Besucherraum und hatten sich vom Frühstücksbuffet nur schwarzen Kaffee geholt.

«Bist du nicht ein bisschen früh dran, Tildchen?», fragte Jasper vorwurfsvoll. Er hatte rotgeäderte Augen und ein verquollenes Gesicht.

Auch Klaus Tetjens sah grau und müde aus.

Tilde holte sich Rührei mit Schinken, Camembert, einen Bückling und zwei Schalen Fruchtquark. «Möchte jemand ... nein? Wirklich nicht? Ach so, die Arbeit ruft.»

«Hecke stutzen und Moos von den Steinplatten entfernen», verkündete Tetjens senior wichtig. «Dabei werden wir den Gedenkstein mal näher unter die Lupe nehmen.»

«Gibt es etwas Neues über Frau Schmidt alias Dykland?», wollte Tilde wissen.

«Sie behandelt uns wie Leibeigene. Spielt sich als Herrenrasse auf.»

Bei diesem Wort lief Tilde ein Schauer über den Rücken. Sie konnte auch nicht abschätzen, wie weit Senior in die Machenschaften des Freundeskreises verstrickt war. In diesem Fall musste sie auf Jasper vertrauen.

Sie gab eine kurze Zusammenfassung des gestrigen Tages, stellte aber fest, dass die Herren bestens durch Nicole informiert waren. Nur von der Turmdurchsuchung wussten sie noch nichts.

«Dem werde ich mal den Kopf waschen», grummelte Tetjens und meinte anscheinend seinen Sohn.

«Sie haben nichts gefunden. Wie gefährlich ist eigentlich Kurt Peters?», wandte sich Tilde direkt an Tetjens.

«Schwer zu sagen. Die anderen hören auf ihn. Diese Pläne, unter dem Deckmäntelchen der Jugendförderung gewisse Kreise hierher zu holen, mir persönlich passt das nicht. Aber man muss auch den wirtschaftlichen Aspekt sehen. Tagungen und Versammlungen bringen Geld.»

«Eine Hochburg der rechten Szene. Kann diese Stadt so weit sinken?»

«Man muss die politische Vergangenheit berücksichtigen. Hier wurde schon immer die Fahne hochgehalten. Und die, die nach 1945 geboren wurden und keine Ahnung haben, glauben, dass wir es damals besser hatten. Gemeinschaftsgeist, wirtschaftlicher Aufschwung.»

«Statt Arbeitslosigkeit und Leere», ergänzte Jasper.

«Oder Spaßgesellschaft», sagte Tetjens abfällig. «Das ist das Gegenteil. Die wollen dann gar nichts mehr von Politik wissen.»

Nicole schlief noch, Tilde würde sie später treffen. Zusammen mit den beiden Männern machte sie sich auf den Weg zum Kurpark. Tetjens senior wollte in den nächsten Stunden an der Hecke schnippeln und «die Ohren offen halten». Die Augen täten es nicht mehr so.

Jasper trottete lustlos hinter seinem Freund her. «Das sage ich dir, Tilde, noch zwei, drei Tage höchstens, dann ist mit der Arbeit Sense. Bedenke mal, wie viele Jahre ich hinter mir habe ...»

«Und wie wenig Jahre noch vor dir liegen», meinte Tilde trocken.

Frau Brehmer betonte, nur einen *winzigen Moment* Zeit für sie zu haben. «Wir haben heute Abend Gäste. Man muss sich ja heutzutage um alles selbst kümmern. Das Personal kann man vergessen.»

Tilde heuchelte Verständnis. Ja, das Problem habe sie auch öfter. Sie müsse sogar *selbst* die Fenster putzen.

«Ach, ich dachte, ein Turm hat nur offene Schießscharten?»

«Es ist ein Leuchtturm.» Dessen Fenster nur im äußersten Notfall – aber nun wollte sie zu ihrem Anliegen kommen.

«Da Sie gerade von Personal sprechen. Ich suche da

jemanden, der mir im äh … Haushalt zur Hand geht, mich vielleicht auch bei Bedarf ein bisschen pflegt. Man weiß ja nicht, was im Alter auf einen zukommt.»

Frau Brehmer zeigte Verständnis. «Irgendwann holt einen das biologische Alter eben doch ein.»

Tilde kam zum Punkt. «Eine Bekannte, ach nein, die Bekannte einer Bekannten, hat mir eine Frau Wenz empfohlen. Rosi Wenz.»

«Ich erinnere mich nicht genau. War sie nicht eine Patientin? Wer, sagten Sie, hat Ihnen die Dame empfohlen?»

Tilde schlug sich demonstrativ mit der Hand vor die Stirn. «Jetzt hab ich's wieder. Es war der Professor. Er höchstpersönlich.»

Frau Brehmer schien immer noch Zweifel zu haben. «Dann wissen Sie ja auch, warum Frau Wenz hier überflüssig wurde. Manche Menschen sind ja so wählerisch.»

Tilde schwieg neutral und hoffte, auf die Art Frau Brehmer täuschen zu können. Vielleicht rückte sie noch weitere Details raus. Aber auch ein Puppengesicht konnte clever sein.

«Damit hat sich das also erledigt. Und eine Adresse darf ich Ihnen natürlich aus Datenschutzgründen nicht geben.»

Nichts zu machen. Sie erkundigte sich noch nach geplanten Um- oder Auszügen, biss aber auch da auf Granit.

Diese Runde ging nicht an Tilde.

21.

Noch in Gedanken streifte sie durch den Park, versuchte, sich die verschlungenen Pfade einzuprägen und den Walbrunnen wiederzufinden. Diesmal glückte es ihr gleich beim ersten Versuch.

Die Fontäne war angestellt, diente als Erfrischung für ein Rabenpärchen, das von wer weiß woher gekommen war und Tilde mit heiserem Protest begrüßte.

Wie etliche andere Vögel lebten Raben monogam, blieben einander ein Leben lang treu. Diente das nur der Arterhaltung, oder verfügten sie über Tricks, die Menschen nicht kannten?, fragte sich Tilde. Und wie mochte die Ehe der alten Dyklands gewesen sein? *Wer nach den Sternen greifen will, der sehe sich nicht nach Begleitung um ...*

Schluss mit dem Philosophieren! Sie spähte über die Hecken zum alten Flügel. Frau Dykland war nicht in Sicht. Inzwischen war es später Vormittag, und auch von den anderen Patienten oder Bewohnern ließ sich keiner blicken.

Das Personal war beschäftigt, die Gelegenheit günstig, einen Blick in die verbotenen Räume zu riskieren.

Tilde schlenderte näher, zwängte sich durch Buschwerk, schob wilde Rosentriebe beiseite und stand schließlich vor einer Wand aus Efeu.

Erst auf den zweiten Blick entdeckte sie eine Holztür, von der die graue Farbe abblätterte. Der alte Schlüssel passte, und die Tür gab mit lautem Knarren nach. Der Raum dahinter musste wohl mal ein Wintergarten gewesen sein, modrig riechende Korbmöbel standen in von Spinnweben überzogenen Ecken, ein gewellter Teppich wies Schimmel- und Stockflecken auf.

Vom Wintergarten aus musste es in die Wohnräume gehen. Die nächste Tür war nur angelehnt, und Tilde hörte Stimmen. Neugierig trat sie näher und schob die Tür ein wenig weiter auf. Der Raum war groß und düster, selbst zu dieser Stunde brannte Licht.

Eine dunkle Sitzgarnitur verstärkte den tristen Eindruck. In einem der schwarzen Clubsessel saß, nein, versank, Frau Dykland. Als einzige Frau der Männerrunde, deren Mitglieder Tilde wohlbekannt waren: Dr. Brehmer, Kurt Peters, Birger und einige andere Herren, die sonst im *Scharfen Seehund* zu tagen pflegten.

Nicht erkennen konnte sie die Männer, die mit dem Rücken zu ihr saßen, einer davon im Rollstuhl. Weitere Mitglieder des Freundeskreises, vermutete Tilde.

Gerade als sie die Tür noch weiter aufstoßen wollte, spürte sie ein Kribbeln im Nacken, das sich über den Rücken ausbreitete. Jemand stand hinter ihr, würde gleich seine Hand auf ihre Schulter legen oder ihren Hals umklammern.

Als dieser Jemand ihr eine Rolle Stacheldraht in den Nacken drückte, schrie Tilde auf und fuhr herum.

Jasper, in der Hand einen Rosenstrauß, deren Dornen sie gestreift hatten. «Es ist doch nur Adélaïde d'Orléans», flüsterte er. «Verschwinde besser, Tildchen, du versaust sonst meinen Auftritt.»

Doch zur Flucht blieb keine Zeit mehr, ihr Schrei hatte die Gesprächsrunde aufgeschreckt. Tilde hechtete unter einen Korbsessel, allerdings ragte ihr Hintern ein Stück weit hervor. «Jasper», zischte sie, aber er stand bereits in voller Breitseite vor ihr.

Dr. Brehmer, der in der Tür stand, konnte nicht an ihm vorbeischauen. «Haben Sie gerade geschrien?»

«Die Dornen. Sie haben mich verletzt.» So wehleidig konnte Jasper klingen, und es war noch nicht mal gespielt.

«Was wollen Sie denn hier?»

«Frau … Schmidt hatte einen Rosenstrauß bestellt, und da dachte ich …»

«Sie können den Strauß auch mir geben.»

«Hätten Sie vielleicht ein Pflaster?»

«Holen Sie sich eins an der Rezeption. Aber gehen Sie bitte außen herum, dieser Flügel ist wegen Baumaßnahmen gesperrt.»

«Schleich dich nie wieder von hinten an mich an», forderte Tilde, als sie die Gefahrenzone verlassen hatten.

«Tut mir leid. Alte Berufskrankheit.»

«War ja nicht verkehrt, dass du da warst. Am besten gehst du gleich nochmal hin. Stell dich doof und frag, wie ihr die Rosen gefallen.»

«Man wird mich für einen senilen, aufdringlichen Trottel halten.»

«Na und? Mir ergeht es auch nicht besser. Ich verbringe einen beträchtlichen Teil meiner Zeit versteckt unter fremden Möbeln. Wir bringen beide Opfer.»

«Dafür bekomme ich heute Mittag ein Tiefenpeeling

und eine Serumbehandlung», nörgelte Jasper. «Das wolltest du doch so.»

Sie musste lachen. «Es wird dir schon gefallen. Behalte bitte die Leute im Auge. Ich hab so ein Gefühl, dass in den nächsten vierundzwanzig Stunden etwas passieren wird. Und die alte Frau Dykland wird dabei eine zentrale Rolle spielen.»

Auf dem Weg zu Tildes nächster Station lag der *Scharfe Seehund*. Da Birger an der mysteriösen Sitzung in der Klinik teilnahm, rechnete Tilde mit dem «Geschlossen»-Schild im Fenster, aber nein – Tür und Fenster waren weit geöffnet, der müffelnde Vorhang war abgenommen, der Eingang frisch gefegt.

Neugierig trat sie näher. Es roch nach Kernseife und Desinfektionsmitteln. Auf dem Tresen standen blank geputzte Pokale, die Vitrine mit den Bremsklötzen und grünlichen Soleiern war ganz verschwunden.

«Hallo, Kundschaft. Immer rein mit Ihnen. Wir haben durchgängig geöffnet. Bis die Polizei kommt. Oder der Onkel Doktor.» Die vertraute Stimme kam aus der Küche. Tilde ging ihr nach und staunte: Nicole in Rüschenschürze, Gummihandschuhen und buntem Turban auf dem Kopf, die den verkrusteten Herd mit einer Feile sauberkratzte.

«Was sagen Sie dazu, Schätzchen?»

«Wozu?»

«Gestern noch mit einem Fuß im Knast, heute ehrbar in Lohn und Brot.»

«Hat Birger Sie als Vertretung eingestellt?»

«Zunächst auf Probe. Aber wenn er erst mal sieht,

wie ich Schwung in die Bude bringe, wird er nicht mehr auf mich verzichten wollen. Piccolöchen auf Kosten des Hauses gefällig?»

«Danke ja.» Tilde musste Gedanken sortieren. Am besten begab sie sich zurück zum Anfang. «Was hat man Ihnen gestern Abend auf der Polizei vorgeworfen, Nicole?»

Die gute Stimmung fror vorübergehend ein.

«Hausfriedensbruch. Ich hab natürlich behauptet, in eigenen Angelegenheiten unterwegs gewesen zu sein. Und Sie, Schätzchen, wären rein zufällig über mich gestolpert.» Sie grinste und rückte den Turban zurecht. «Das war ja das Mindeste, was ich tun konnte, nachdem Sie mir auf Ziegensand Asyl gegeben haben.»

Tilde hatte Zweifel, dass Kommissar Tetjens sich so leicht überzeugen ließ. «Und das war alles?»

«Nicht ganz. Wenn die wollen, finden sie ja immer was.»

Dramatische Pause. Neue Attacke auf den Herd.

«Man hat meinen Turm durchsucht», berichtete Tilde.

«Und, haben die was gefunden?» So nervös konnte keine Unschuldige sein.

«Ich glaube nicht. Wonach, meinen Sie, hat man gesucht?»

«Nach den Raumfahrer-Kapseln», platzte es aus ihr heraus. «Sind ja wertvoll, die Dinger. Kein Wunder, dass jemand die wiederhaben will.»

«Nicole, haben Sie in meinem Turm etwas … gelagert, was Ihnen nicht gehört?»

«I wo, Schätzchen. Die paar Dinger, die ich mir als

Entschädigung gegönnt habe, sind sicher verwahrt. Ich glaube, Brehmer will einfach nur von anderen Machenschaften ablenken. Braucht einen Sündenbock.»

«Und das war alles?»

«Sie sind ja schlimmer als die spanische Inquisition. Oder waren es die Italiener? Egal, es gab da noch eine andere Bagatelle.» Sie deutete auf Tildes Bequemschuhe.

«Warum sollte das Sortiment der roten Stöckelschuhe vor sich hin gammeln, nachdem Rosi Wenz verschwunden war? Ich war so frei, einen Karton abzuzweigen.»

«Für den privaten Verkauf?»

«Richtig. Aber dann wurde mir die Angelegenheit zu heiß, und ich hab die restlichen Paare in die Elbe gekippt.»

Daher kamen also die vier Schuhe, die auf Ziegensand gestrandet waren. Aber warum war es Nicole plötzlich «zu heiß» geworden? Ohne triftigen Grund hätte sie doch bestimmt ein solch lukratives Geschäft nicht aufgegeben?

Tilde wartete ab, bis sie den Sekt ausgetrunken hatten. «Der Nächste geht auf meine Rechnung», sagte sie.

Nicole schenkte nach und stürzte ihr Glas runter. «Das tut gut. War ein bisschen heftig gestern. Alles.»

«Also die Schuhe, die Sie ‹übernommen› hatten, sind im Fluss gelandet. Eigentlich schade!», hakte Tilde nach.

«Finde ich auch, Schätzchen. Wäre auch alles gutgegangen, aber dann wurde ich übermütig und wollte meinen Kundenkreis erweitern. Flotte Schuhe sind an kein Alter gebunden, sagte ich mir, und die Mumien im alten Trakt gönnen sich ja sonst nichts.»

Nun wurde es richtig interessant. «Sie waren auf Kundenfang in dem Flügel, wo Frau Schmidt lebt?»

«Ja. Die ist doch noch gut beieinander. Und weil da sonst kaum einer hinkommt, bestimmt dankbar für die Möglichkeit, billig einzukaufen. Außer den Schuhen hatte ich noch ein großes Sortiment an Pflegeprodukten und dekorativer Kosmetik. Lippenstifte in Sonnenuntergangsfarben», sie schnalzte mit der Zunge, «eine Sünde in jedem Alter wert. Hat mich nichts gekostet, stammten von Vertreterbesuchen, ich war immer sehr freundlich zu den Herren.»

Bevor Nicole sich in ihren Erinnerungen an die großzügigen Vertreter ergehen konnte, kam Tilde wieder auf den Punkt. «Man wollte Ihre Schuhe nicht.»

«Keine Ahnung. Ich bin gar nicht erst zu der Alten durchgedrungen. Vorher kam so ein rasender Rollstuhlfahrer auf mich zugepest und wollte mich mit seiner Krücke verkloppen. Wenn Sie mich fragen, ein Durchgeknallter.»

«Ein Patient?»

«Muss wohl. Hab den nie wiedergesehen. Aber eine Kollegin hat mir mal im Vertrauen erzählt, das *Ästheticum* sei früher eine Irrenanstalt gewesen. Vielleicht verstecken die ein paar Fossilien von damals. Oder testen an denen neue Wirkstoffe.»

«Zur Verjüngung?»

«Ach was. Gegen Übervölkerung und so. Lieber kalt als alt.»

«Das kann nicht Ihr Ernst sein», protestierte Tilde. «In der deutschen Vergangenheit …»

«… hat es Schreckliches gegeben, das weiß ich. Endlösung und so 'n fiesen Kram. Birger meint zwar, davon würde nur die Hälfte stimmen, aber Geschichte war in der Schule mein Lieblingsfach. Schätzchen, wir hatten einen Lehrer, zum Anbeißen. Ich bin wie eine rollige Katze nachts um sein Haus geschlichen, aber er war dreißig und ich erst zwölf.»

Schon wieder driftete sie ab! «Nicole, macht es Ihnen nichts aus, für Birger zu arbeiten? Seine Ansichten und die seiner Stammgäste sind doch wirklich unter aller Sau.»

«Ja, nicht wahr?», stimmte Nicole friedlich zu. «Aber kann sich ein altes Mädel wie ich leisten, wählerisch zu sein? Glauben Sie mir, Schätzchen, in der Schönheitsklinik wird genauso gepfuscht wie in der Weltgeschichte. Und hinterher will's keiner gewesen sein. Wenn ich hier für eine Weile mein Auskommen habe, können die von mir aus im Stechschritt an die Theke kommen und Helden spielen. Sind doch nur Männer.»

Tilde versagte sich Gegenargumente.

«Ich werde sehen, wie lange ich es aushalte. Vielleicht treibt es mich auch schon bald woanders hin. Aber vorher möbel ich erst mal den *Scharfen Seehund* auf. Ich kann in der oberen Etage wohnen.»

«Und die Polizei?»

«Mit denen hab ich was ausgehandelt. Die bekommen von mir ein paar ehrlich erworbene Ampullen zur Verfügung gestellt. Dazu häppchenweise Informationen. Dafür legt der Kommissar ein gutes Wort bei der Staatsanwaltschaft für mich ein, wenn es so weit ist.»

«Sie wissen ja, Nicole, auf Ziegensand sind Sie immer willkommen.»

«Waren schöne Tage. Nur zu viel ungenutzte Natur. Wenn ich mal reich bin, baue ich mit Ihrer Tochter eine Wellness-Oase auf. Mit Seebäderbrücke vom Festland direkt zu Ihrem Turm.»

22.

Tilde musste weiter. Fast schon draußen, zögerte sie. Warum aus seinem Herzen eine Mördergrube machen? «Die Sache mit den Schuhen ist also geklärt, Nicole. Aber warum haben Sie mir das alles nicht schon früher gesagt?»

«Weil ich nicht mehr wusste, wem ich trauen kann. Ich hatte einen Drohbrief bekommen, dass ich gefälligst meine Klappe halten sollte.»

«Haben Sie den Brief noch?»

«Der schwimmt klein gerissen in der Elbe.»

Da war nichts mehr zu machen, nichts zu fragen, Tilde kapitulierte.

«Ach, Schätzchen, noch was.» Nicole rückte näher. «Ich bin mir sicher, dass mich jemand beobachtet hat, als ich die Schuhe ins Wasser gekippt habe. Jemand im Friesennerz. Aber es war ja dunkel.»

Wieder eine Spur, die in einer Sackgasse endete. Tilde wollte Fakten, Beweise. Wofür genau, konnte sie nicht sagen. Eher um Unschuld zu beweisen als Schuld.

Im Stadtarchiv war man bemüht, ihr die gewünschten Informationen zur Verfügung zu stellen. Da noch nicht alles digital gespeichert war, kämpfte sie sich durch Lederfolianten und vergilbte Zeitungsausschnitte.

Die Geschichte der Klinik. Wann von wem erbaut ... wechselnde Trägerschaften ... Sanatorium für Nervenleiden ... vorübergehend Einrichtung eines Kriegslazaretts ... Plakette für hervorragende Leistungen auf dem Gebiet von Forschung und Evaluation ... Wiedereröffnung ... 75-Jahr-Feier ...

Es gab nur wenige Bilder. Einweihung eines Sportgeländes im Kurpark. Männer in Knickerbocker, die Damen mit knielangen Faltenröcken und Matrosenblusen, in den Händen Federballschläger. Einige Außenaufnahmen, im Hintergrund wehte die Hakenkreuzfahne, aber wo war das damals nicht der Fall gewesen?

«Haben Sie keine Gruppenbilder vom Klinikpersonal? Von den Ärzten?», erkundigte sich Tilde bei der Archivarin.

«Merkwürdig. Sie sind heute schon die Zweite, die sich danach erkundigt. Schreiben Sie auch an Ihrer Doktorarbeit?»

«Ich suche noch nach dem passenden Thema. Aber es soll etwas mit Regionalbezug sein. Da bietet sich doch die Geschichte unserer Klinik an.»

«So ein Pech. Es gibt ein paar Dokumente, die vielleicht interessant für Sie wären, aber sie sind zurzeit ausgeliehen. Wollen Sie nächste Woche nochmal nachfragen?»

«Es eilt. An wen könnte ich mich sonst noch wenden?»

«An das *Ästheticum* direkt. Professor Dykland hat alles über die Klinik gesammelt. Ich glaube, er wollte eine Festschrift herausbringen. Aber daraus ist ja leider nichts mehr geworden.»

Man schwieg angemessen zwei, drei Sekunden.

«Unsere Tageszeitung», fiel der Archivarin ein. «Fragen Sie nach Herrn Kurt Peters, Geschichte ist sein Hobby. Ein sehr hilfsbereiter Mann.»

«Ich kenne ihn flüchtig», murmelte Tilde. «Danke für den Tipp.»

Die Archivarin setzte ihre Brille auf. «Kann es sein, dass ich Sie kenne? Sind Sie die Dame, die auf unserem Leuchtturm wohnt?»

«Es ist mein Leuchtturm», erwiderte Tilde scharf.

«Oh, das ist aber ein unglücklicher Zufall.» Sie setzte die Brille ab und rieb sich die Augen. «Ich wusste ja nicht, dass Sie das sind. So sympathisch. Ganz anders, als man es mir geschildert hat.»

«Nun mal raus mit der Sprache», forderte Tilde.

«Das ist mir sehr unangenehm.» Sie wand sich. «Als Herr Peters mir die Liste vorgelegt hat, habe ich unterschrieben. Es schien mir richtig zu sein.»

«Was haben Sie unterschrieben?»

«Dieses Bürgerbegehren. Dass der Turm und Ziegensand in öffentlicher Hand bleiben oder von einer Stiftung verwaltet werden müssen.»

«Zum Wohle der Jugend, stimmt's?»

«Ich glaube.» Die Archivarin war verwirrt. «Aber auch für den Fremdenverkehr. Die Dame vom Tourismusbüro hat als Erste unterschrieben.»

Es gab nur eine «Dame vom Tourismusbüro».

Aber Gesche wollte sie sich später vorknöpfen, ihre Wut auf Kurt Peters war größer.

Am Eingang des Pressehauses prallte sie fast mit Malte zusammen. «Was suchst du denn hier?»

«Alles über Ziegensand. Und über die Geschichte der Leuchttürme an der Unterelbe.»

«Damit du und dein sauberer Freund bessere Argumente finden, mich von meinem Turm zu vertreiben?»

Er antwortete nicht, schaute sie nur geschockt an.

«Und dann dieses Bürgerbegehren. Hast du es schon unterschrieben? Ziehst vielleicht selbst mit einer Liste rum?»

«Tilde, was ist nur aus unserer Freundschaft geworden?» Er wirkte ehrlich betroffen, und sofort bereute sie ihre Attacke.

«Ich will doch nur herausfinden, ob man deinen Turm unter Denkmalschutz stellen kann. Und ob das von Vorteil oder Nachteil für uns wäre.»

«Für uns?»

«Ja denkst du denn, ich hau hier einfach ab und vergesse die vergangenen Jahre?»

«Wenn nicht, warum gehst du dann, Malte?» Tilde wusste, dass sie laut wurde, aber er sollte endlich aufwachen. Sich nicht mehr in seinen privaten Kokon einspinnen und sie, Tilde, außen vor lassen.

«Ich kann selbst dir nicht alles erzählen. Es wäre zu belastend.»

«Weil man in meinem Alter ja ständig vom Herztod bedroht ist, meinst du das?»

Er überlegte kurz. «Und wenn? Du verwandelst dich eh nach dem Ableben in einen zweiten Meerdrachen, da bin ich mir sicher.»

Wieder einmal hatte er ihr den Wind aus den Segeln genommen. «Wo wirst du hingehen?», fragte sie, milder gestimmt.

«Das sage ich dir, wenn es so weit ist. Lass uns lieber die Zeit nutzen. Noch bin ich ja da.»

«Was soll aus der Station werden? Und was aus Hermann?» Sie zog alle Register.

«Sie werden einen anderen Mitarbeiter oder Zivi schicken. Und Hermann hat dich.»

«Ich kann mich nicht ewig um ihn kümmern. Bin selbst nicht mehr die Jüngste», protestierte Tilde. Endlich mal konnte sie mit ihrem Alter kokettieren.

Aber er ging nicht darauf ein. «Wo liegt das Problem? Dann wird sich Hermann um dich kümmern.»

«Auch Annika wird dich vermissen», spielte Tilde ihren letzten Trumpf aus. Bereit, die eigene Tochter zu verschachern.

«Das glaube ich auch», sagte er grinsend. «Die Frauen haben mich schon immer geliebt. Die jungen und die reifen.»

Schluss mit lustig. Das Ziel nicht aus den Augen verlieren. «Kannst du mir die Unterlagen aus dem Stadtarchiv geben, wenn du sie durchhast?», startete sie auf gut Glück einen Versuchsballon.

Das saß. Er leugnete gar nicht erst. «Es lohnt sich nicht, Tilde. Geschichtlich alles schon bekannt, dazu etwas über Gartenarchitektur und langweilige Zahlenreihen über die Belegung der Klinik.»

«Fotos?»

Er zögerte einen winzigen Moment, aber doch lang genug, um ihr Misstrauen zu wecken. «Ich habe nichts Interessantes entdeckt.»

«Bist du deshalb hier? Willst weitersuchen mit Hilfe deines Freundes?»

Jetzt wirkte er gequält. «Ich wünschte, du würdest diese Anspielungen unterlassen. Kurt ist kein Freund von mir.»

«Ha, Kurt!»

«Manchmal ist es zweckmäßig, Kontakte zu pflegen. Das gilt auch für Gesche.»

Zweckmäßig. Darüber wollte sie nachdenken. Aber nicht jetzt.

In der zuständigen Abteilung des Pressehauses war man genervt. «Gerade habe ich alles wieder weggepackt, Frau Janssen. Der junge Mann kam doch in Ihrem Auftrag?»

Tilde überging die Frage. «Ich möchte lieber alles noch einmal selbst durchgehen. Nicht über Elbinseln oder Leuchtfeuer. Mich interessiert die Geschichte der Klinik seit etwa 1930 bis zur Gegenwart.»

Die Dame verdrehte die Augen. «Sag ich doch, gerade wieder weggeräumt.»

Also hatte Malte sie belogen. Oder die Wahrheit verschwiegen.

Tilde sichtete das Material. Die Arbeit am Computer war ermüdend. «Haben Sie noch ein altes Bildarchiv? Mit echten Fotos? Vielleicht geht es schneller, wenn ich nur die Fotos anschaue?»

«Welches Jahr?»

«Das weiß ich nicht so genau. Geben Sie mir das, was mein ... Mitarbeiter haben wollte.»

Die Dame brachte mehrere Mappen. «Der Kollege hat nach einer Aufnahme von den Dyklands aus der Nachkriegszeit gesucht. Ein Familienbild. Aber es gab keins. Eigenartig, ich erinnere mich, dass wir mal ein schönes Portrait der Familie hatten. Unser Professor als kleiner Bub in kurzen Hosen zwischen seinen Eltern im Park. Ich glaube, es war eine Geburtstagsfeier. Fragen Sie doch mal Herrn Peters, der sucht sich auch öfter was für seine Recherchen raus.»

Tilde atmete tief durch, als sie vor der Höhle des Löwen stand. Hier war feindliches Revier, man konnte sie rausschmeißen, wenn sie ausrastete. Nur ruhig Blut – aber dann reichte die Zeit nicht mehr für Entspannungsübungen, denn Kurt Peters riss die Tür auf und stürmte an ihr vorbei, ohne sie eines Blickes zu würdigen.

«Stopp!», rief sie ihm nach und war schon an seiner Seite.

«Was versprechen Sie sich von dieser Unterschriftensammlung?»

«Aufklärung. Informationen für alle Bürger. Wir haben in unserer Stadt gute Erfahrungen mit Stiftungen gemacht. Wenn Sie aufhören, so querköpfig zu sein, würde man Sie vielleicht sogar ins Kuratorium wählen.»

«Wie großzügig. Und was soll aus meinem Turm werden?»

«Das habe ich Ihnen schon mal erklärt. Ein touristisches Ziel. Man könnte dort Ehrengäste der Stadt unterbringen, Vernissagen oder Lesungen abhalten.» Er verzog seine schmalen Lippen zu einem schiefen Lächeln. «Davon unabhängig wäre das Trainingscamp für die Jugend. Auch das hatte ich bereits erwähnt.»

«Fein.» Tildes Kopfhaut prickelte, ihr schwoll der Kamm! «Wie sieht es mit meiner entarteten Kunst vor der Turmtür aus?»

Er sah sich kurz um, ob es Zeugen gab. «Da wird sich schon jemand finden, der das Zeug abfackelt. Wäre ja nicht das erste Mal.»

«Ich kann mir gut vorstellen, dass Sie bei solchen Aktionen gerne persönlich mit Hand anlegen», konterte Tilde.

«Achten Sie auf Ihre Worte. Ich kann mir einen besseren Anwalt leisten als Sie», blaffte er zurück.

«Auch ich habe meine Verbindungen», gab Tilde vor. «Kunstkenner aus der ganzen Welt stehen hinter mir. Der WWF wäre bereit, eine Öffentlichkeitskampagne zugunsten von Ziegensand zu starten und mich als örtliche Vertreterin einzustellen.»

Für einen Moment gelang es ihr, Peters mundtot zu machen, aber sicherheitshalber setzte sie noch was drauf. «Falls es Ihnen wirklich um Jugendarbeit auf Ziegensand geht, werde ich mich persönlich mit der Anglerjugend in Verbindung setzen. Oder haben Sie etwas gegen Angler? Lieber Dackelzüchter? Ich kann mir auch ein Musikcamp für jugendliche Rockgruppen aus der Region vorstellen. Hauptsache, ich halte Sie und Ihre politischen Randgruppen fern.»

«Randgruppen? Nicht mehr lange. Schauen Sie sich mal die letzten Wahlergebnisse an. Und hören sich im Volk um. Der Wunsch nach Erneuerung ist groß.»

«Pathetisches Gelaber. Wenn Sie mit Erneuerung Wiederauferstehung meinen, sind das die Phantastereien eines …»

Noch ehe sie das passende Wort fand, machte er einen drohenden Schritt auf sie zu. Tilde wich nicht zurück. Als sich eine Bürotür öffnete, tat es ihr fast leid, die Szene abbrechen zu müssen.

23.

Reine Luft atmen. Vom Wind durchpusten lassen. Die Grillen aus dem Kopf bekommen. Schwemmholz sortieren, Formen erkennen. Fische zeichnen, der Pflichtjob.

Ein geruhsames Leben führen – aber wollte sie das wirklich?

Ja, zumindest stundenweise.

Annika hatte den Turm «nett gemacht», wie sie ihr in einer Nachricht hinterlassen hatte. Als ob das zu übersehen wäre! Die Sofakissen frisch aufgeschüttelt.

Tildes einzige Tischdecke als Vorhang zweckentfremdet. Warum? Um Mond und Sterne auszusperren? Der Kühlschrank blitzsauber, die angebrochene Sardinendose, aus der Tilde sich schon mal im Vorübergehen mit den Fingern bediente, sorgfältig mit Folie umwickelt. Tilde brach eine neue Dose an.

Ein Strauß aus Strandhafer und Gräsern auf dem Küchentisch, das gefiel ihr.

«Bin angeln», hatte Annika noch geschrieben. Undenkbar, wenn da nicht die Unterschrift «Dein Assistent Watson» gewesen wäre.

Lange hielt es Tilde nicht im Turm, sie brauchte Bewegung. Malte war auf der Station beschäftigt, sie grüßte kurz und nahm dann einen Trampelpfad, der zu Hermanns neuer Unterkunft führte.

Da saßen sie, vereint wie alte Freunde. Oder wie Großvater und Enkelin.

«Mom, wusstest du, dass Hermanns Vater damals auch auf der Insel gelebt hat? Ohne Fische wäre er verhungert. Nur einmal im Monat kam ein Boot vorbei. Zahnpasta und Seife gab es überhaupt nicht. Man nahm Flusssand.»

Tilde staunte. Fragen zu Hermanns Familie waren bisher immer unbeantwortet geblieben.

«Aber er selbst war da noch nicht geboren», fuhr Annika fort und nickte Hermann auffordernd zu. «Sie haben ihn hier ausgesetzt», sagte er und schaute dabei einen Schilfkolben an. «Er sah hässlich aus mit seiner Haut. Die Leute hatten Angst, es könnte ansteckend sein.»

Für einen kurzen Moment hatte Tilde die Vision einer Lepra-Kolonie auf Ziegensand. Aber das war unmöglich. «Was ist aus ihm geworden, Hermann?»

«Später ist er zurück an Land und hat meine Mutter geheiratet. Als alles vorbei war.»

Tilde fiel ein, was Malte ihr erzählt hatte. «Haben sich dein Vater und Maltes Großvater hier kennengelernt hat?»

Er nickte in Richtung Ufer. «Drüben.»

«In der Klinik? Haben die beiden da gearbeitet?»

Hermann schüttelte den Kopf. «Mein Vater hat lieber Musik gemacht. Mal hier, mal da.»

«Maltes Großvater war Schuster», wusste Annika.

«Aber sie müssen doch etwas gemeinsam gehabt haben», überlegte Tilde laut. «Hermann, uns kannst du doch vertrauen.»

«Ich mach jetzt Feuer und grill den Fisch», bot Hermann statt einer Antwort an.

«Er ist richtig süß, wenn man ihn erst besser kennt», meinte Annika später, als sie vom Turm aus den Sonnenuntergang betrachteten.

«Süß», sagte Tilde gedehnt. «So würde ich Hermann nicht bezeichnen. Aber man braucht keine Angst vor ihm zu haben.»

«Weil er auf keinen Fall ein Mörder ist», bekräftigte Annika. «Seit ich auf Ziegensand lebe, entwickeln sich bei mir von Tag zu Tag mehr Urinstinkte. Kann das genetisch sein, so wie dein Bauchgefühl?»

«Wenn mein Magen knurrt, versagt das Bauchgefühl», gab Tilde zu. Aber nach dem gegrillten Fisch fühlte sie sich satt und zufrieden. «Was sagen deine Urinstinkte zu Malte?»

«Er hat sich verändert. Ich komm nicht mehr an ihn ran.»

«Mir geht es ähnlich», gab Tilde zu. «Es muss mit dem verdammten Einfluss seiner Freunde zusammenhängen. Freunde, die sich bisher noch nie haben blicken lassen.»

«Er hat nie gesagt, dass er für immer bleiben will.»

Aber doch noch einige Jahre, hatte sie angenommen.

«Wirst du ihn sehr vermissen?»

Schwang da Eifersucht in Annikas Stimme mit?

«Er ist nicht mein Sohn. Ich habe bereits eine Tochter.» Die ich nicht unbedingt jeden Tag sehen muss, fügte sie still hinzu. Aber als Annika ihr gerührt um den Hals fiel, kapitulierte Tilde. Eine Weile würde es noch gut gehen.

Jasper kündigte sich telefonisch an. «Gesche setzt mich über. Sie will zu Malte. Tildchen, wenn du wüsstest, was ich alles erleiden musste. Sämtliche Knochen tun mir weh. Erst die Arbeit, dann eine Massage, bei der sich ein halb nackter Mann auf meinen Rücken schwang und mich mit kochend heißen Steinen malträtierte. Wenn es wenigstens eine junge Schwester gewesen wäre ...»

«Das hätte dich erst recht überfordert.» Mitleid würde alles nur noch schlimmer machen, wusste sie aus Erfahrung.

Während Annika ihrem ‹armen Paps› einen Imbiss

zubereitete, ging Tilde zum Anleger, um die beiden in Empfang zu nehmen. Während Jasper schon zum Turm vorging, entschuldigte sich Gesche wortreich, heute keine Zeit für Tilde gefunden zu haben. «Ich weiß, wie wichtig unsere Aussprache ist. Wir wollen alles restlos klären, ja?»

«Wann?»

«Heute muss ich noch etwas mit Malte wegen der Touristenführungen besprechen. Und danach habe ich einen Termin auf dem Festland.»

«Also wann? Morgen?»

Sie zögerte nur kurz. «Unbedingt. Ich mache morgen um vier Feierabend.»

«Soll ich zu dir kommen?»

«Lass uns einen Ausflug mit dem Boot machen. Nur wir zwei. Nach Boysand. So wie früher. Von der Tide her muss es gehen. Weißt du noch, wie wir uns einmal nasse Füße geholt haben, als das Boot abtrieb?»

Wie konnte Tilde das vergessen. Sie waren mit Gesches Boot gefahren, und die hatte nicht ausreichend sicher geankert. Das hätte ins Auge gehen können, denn Boysand ragte nur stundenweise aus dem Strom, wurde bei Hochwasser nahezu komplett überspült. Ein idyllisches Picknickziel für Einheimische und Wasserwanderer, die sich auskannten.

«Gut, dann Boysand», stimmte Tilde zu. «Ich fahre mit der *Fixen Flunder* voraus und bereite alles vor. Du kommst dann nach Dienstschluss nach.»

«Wie in alten Zeiten», freute sich Gesche. «Und nimm mal eine Auszeit von deiner Sippe.»

Es stimmt wieder zwischen uns, dachte Tilde. Beste

Freundinnen waren wir nie, aber was auch immer in Gesches Vergangenheit passiert war, sie hatten sich damals noch nicht gekannt. Und dass Gesche etwas mit dem Mord an Dykland zu tun hatte, konnte Tilde sich einfach nicht vorstellen. Kurt Peters und die Zukunft von Ziegensand waren allerdings Themen, die auf den Tisch mussten.

Jasper ließ sich die Füße von Annika massieren. «Gott sei Dank war das mein letzter Tag als Gärtner. Sie haben mich freigestellt. Auf Abruf, angeblich gibt es nicht genügend Arbeit.»

«Nachdem man gleich zwei Hilfskräfte eingestellt hat?», zweifelte Tilde. «Gib zu, du hast die Rosen verwechselt und wurdest gefeuert.»

«Ganz im Gegenteil, Tildchen. Ich habe deinen Auftrag ausgeführt und mit der alten Dame gefachsimpelt. Willst du als Beweis mal was hören?

Ich sah des Sommers letzte Rose stehen,
Sie war, als ob sie bleiben könne, rot.
Da sprach ich schaudernd im Vorübergehen:
So weit im Leben, ist zu nah am Tod»,

zitierte er. «Hebbel, sie hat mir sogar ein Buch von ihm geschenkt. Weil sie nicht alles mitnehmen kann.»

«Wegen des Zwangsumzugs?»

«Sie meinte wohl eher einen Umzug ins Jenseits. In dem Alter muss man sich allmählich damit auseinandersetzen.»

«Das sag ich euch doch schon länger», warf Annika

ein. «Mir wäre es eine Beruhigung, wenn ihr etwas mehr vorausplanen würdet.»

«So wie du?» Tilde konnte das Thema nicht mehr ab. «Wahrscheinlich hast du unsere Grabsteine schon in Auftrag gegeben. Darf ich meinen Nachruf bitte vorher noch selbst verfassen?»

«Aber Mädels, lasst das doch», bat Jasper beunruhigt. «Wenn man etwas nicht vorausplanen kann, dann ist es der eigene Tod.»

«Und den von seinen Mitmenschen auch nicht», stellte Tilde fest. «Es sei denn, man hilft nach.» Schon waren sie und ihre Tochter wieder einer Meinung.

«Mord.» Jasper schien das Wort auf der Zunge zergehen zu lassen. «Statistisch gesehen, passieren die meisten Morde im Affekt. Bankraub, Entführungen oder Erpressungen werden geplant, Mord oder Totschlag … geschieht.»

«Was strafrechtlich manchmal zu mildernden Umständen führt», wusste Annika. «Ob das nun gerecht ist oder nicht.»

«Sprechen wir über uns bekannte Morde», schlug Tilde vor. «Was hast du heute konkret herausgefunden, Jasper?»

Er verzog das Gesicht. «Nichts ist konkret. Oft trügt der Schein.»

«Paps, komm in die Hufe», forderte Annika.

«Sie meint, wir verlieren gleich die Geduld. Und dann wirst du diese Nacht zur Hunde-Leuchtturmwache eingeteilt. Du weißt doch, von Mitternacht bis sechs Uhr morgens.»

Obwohl sie das erst in diesem Moment erfunden

hatte, stimmte ihr Jasper sofort zu. «Das kann nicht schaden. Es soll hier nichts mehr passieren, Tildchen. Diese Brandstiftung macht mir Sorgen.»

«Weiß man etwas Neues?»

«Wie immer vertraulich. An dem Abend, als es hier gebrannt hat, waren sie alle im *Scharfen Seehund*. Bis auf Kurt Peters, der früher gegangen ist.»

«Ich kann mir gut vorstellen, dass er etwas mit dem Brand zu tun hat, ihr glaubt nicht, was er mir heute an den Kopf geworfen hat.» Tilde berichtete, was ihr alles passiert war.

Annika empörte sich vor allem über die Unterschriftenliste. «Wir drehen den Spieß einfach um und starten eine Gegenaktion: ‹Weg mit dem braunen Gesocks. Es lebe die Freie Republik Ziegensand›, wie findet ihr das?»

Jasper scharrte mit den Füßen. «Nun lasst doch mal die Politik aus dem Spiel.»

«Du meinst, wir sollen deine Spiel-Kameraden besser in Ruhe lassen? Weil sie so harmlos sind?», erboste sich Tilde. «Aber ich sag dir was, das sind sie nicht! Was für Zwecke verfolgt der Verein denn auf dem *Planeten Venus*? Alte Menschen vertreiben! Das ist doch nicht harmlos. Und dann diese Geheimnistuerei. Was war denn das für eine Zusammenkunft heute Morgen?»

«Mir sagen sie nichts. Ich bin nur der Gärtner.»

«Ich geh nochmal um den Block. Ich meine, um den Turm.» Annika reckte sich. «Was Neues kommt bei diesem Gespräch ja doch nicht raus.»

Tilde und Jasper schwiegen sich an. Hingen den eigenen Gedanken nach.

«Wenn in nächster Zeit was läuft, könnte es morgen Abend passieren», unterbrach Jasper das Schweigen und gähnte.

Sofort war Tilde hellwach. «Was genau?»

«Ich hab es nur aus zweiter Hand, von Klaus. Sie haben etwas vor und wollen davon ablenken. Also erst in den *Scharfen Seehund* und dort ordentlich feiern. Dann kann man sich später gegenseitig Alibis geben. Und bei dem ganzen Trubel fällt gar nicht auf, wenn sich ein paar von den Jungs verdrücken. Sie wollen in die Klinik. Was sie dort genau planen, weiß Klaus allerdings nicht.»

«Kann es mit dem Auszug von Frau Dykland zusammenhängen?»

Er überlegte kurz. «Ich wüsste nicht, wieso. Der Umzug der alten Dame ist schon für den Nachmittag geplant. Das ist ganz offiziell, kein Geheimnis. Sie hat es mir selbst erzählt.»

«Ich muss sie einfach noch ein letztes Mal sehen. Morgen», kündigte Tilde an. Es sollte ein Tag der Aufklärung werden.

24.

«Ihr geht es unverändert.» Ralf, der seine Frau erwähnte, aber dessen Sehnsucht nach ihr, Tilde, ungebrochen war. Was hatte sie ihm zu bieten?

«Es genügt mir, dass es dich gibt.» Ralf, der Gedankenleser. «Die Vorstellung, dass du morgens ungeschminkt mit Gummistiefeln durch Schlick watest, törnt mich an.»

«Ich besitze jetzt rote Stöckelschuhe», ging sie auf das Spielchen ein.

«Dann bring ich dir die passenden Dessous mit.»

Sie kicherte wie ein Backfisch. «Soll ich dich in Strapsen und Netzstrümpfen empfangen?»

Empörtes Hüsteln. Annika stand im Raum. «Störe ich?»

Schnell verabschiedete sich Tilde von Ralf. «Meine Tochter. Ich glaube, sie will ihrer Mumien-Mom eine Standpauke halten.»

«Ich wollte dich nicht belauschen. Ehrlich, Mom.» Annikas Gesicht überzog eine feine Röte.

Tilde war über solche körperlichen Reaktionen hinaus. «Macht doch nichts. Hast du irgendwelche Fragen?»

«Natürlich nicht. Dein Privatleben ist für mich tabu.»

«Ach was. Wir könnten doch mal eins dieser Mutter-Tochter-Gespräche führen.»

«Um mich aufzuklären? Oder dich?» Annikas Befangenheit wich der Freude an dem Geplänkel, aber schnell wurde sie wieder ernst. «Woher weißt du, dass er der richtige Mann für dich ist?»

Tilde musste nicht lange überlegen. «Weil er mich nicht verändern will. Nicht mit Haut und Haaren besitzen. Wir respektieren auch unsere Fehler und äußerlichen Makel.»

«Das sollte Paolo hören», sagte Annika seufzend. Tränen glitzerten in ihren Augen. «Ach, Mom, ich war ganz schön blöd.»

«Nicht doch», tröstete Tilde unbeholfen.

Aber Annikas trübe Stimmung hielt nicht lange vor. «Wie wäre es mit einer Dessous-Party auf Ziegensand? Dessous für Männer natürlich! Zur Abwechslung können die sich ja mal für uns in Schale werfen!»

Sie japsten, prusteten, diskutierten die in Frage kommenden Models, bis Tilde zur Ruhe mahnte: «Dein hart arbeitender Vater wird aufwachen.»

«Er schnarcht wie ein Walross. Hermann noch schlimmer. Und Malte hat immer noch am Anleger zu tun. Ich habe die Zeit ein bisschen genutzt ...» Sie zog ein paar Fotos aus der Tasche. «Er hatte sie unter den Handtüchern versteckt.»

Die Dyklands, Vater und Sohn vor der Klinik. Eine auffällige Ähnlichkeit, aber die Züge des Sohns waren weicher, hatten nicht die scharfen Konturen wie die des Vaters. Zwischen den beiden Männern ein erheblicher Abstand. Zufall oder gewollt?

Auf einem anderen Bild erkannte Tilde die jüngere Frau Dykland, die sich bei ihrem Mann eingehängt hatte und zu ihm aufschaute.

Hier gab es keine Distanz.

Diverse Bilder von Patienten zeigten mehr oder weniger gelungene Operationen nach dem Vorher-nachher-Prinzip. Ein schlaffes Kinn, das sich in ein energisches verwandelte. Krumme Nasen wurden zur geraden Einheitsware. Speckwülste verschwunden wie von Zauberhand.

«Die hier finde ich eklig.» Annika zog ein paar Bilder aus dem Stapel, zum Teil noch in Schwarz-Weiß.

Von Pocken übersäte Leiber. Geschwollene, vereiterte Augen und blumenkohlartige Furunkel an den Gliedmaßen. Ein entzündeter Beinstumpf, mit Schwären bedeckt. Die meisten Gesichter waren geschwärzt.

«Das hat mit einer Schönheitsklinik nichts mehr zu tun», sagte Annika. «Was will Malte bloß mit den Bildern?»

«Etwas dokumentieren. Oder er ist pervers, ich weiß es nicht. In jedem Fall hat er die Bilder aus dem Archiv entwendet. Da sie ihm nicht gehören, sehe ich keine Veranlassung, sie ihm zurückzugeben.»

Wieder träumte Tilde unruhig. Traumszenen. Gestalten, die aus den Fluten aufstiegen, näher kamen, sich zu einem grausigen Reigen um ihren Turm sammelten. Entstellte Körper, Aussätzige. Unter ihnen, als Dirigent des makabren Tanzes, der Professor. Oder war es dessen Vater? Sie musste es wissen, ging näher. Doch als sich der Kreis öffnete, um sie einzulassen, spürte sie, wie Hände sie zurückrissen. «Nein», gellte eine Stimme. Ralf? Malte?

«Was für eine angenehme Nacht. Ich habe herrlich geschlafen.» Jasper war es gelungen, einen Kaffee auf-
zubrühen und Sardinen auf Pumpernickel zu legen. Er
blätterte in dem Gedichtband von Hebbel. «Hör mal,
Tildchen, das wird dir gefallen.

Halb aus dem Schlummer erwacht,
Den ich traumlos getrunken,
Ach, wie war ich versunken
In die unendliche Nacht!»

Nein, es gefiel ihr überhaupt nicht. Sie war froh, dass
die unendliche Nacht vorbei war, mochte heute keine
Sardinen zum Frühstück. Auch keine Mitmenschen zu
dieser frühen Stunde. Und erst recht keine ungelösten
Rätsel, aber dagegen ließ sich etwas tun.

«Wann bekomme ich meinen Computer zurück, Herr
Tetjens?» Tilde versuchte es mit der freundlichen Ma-
sche. Charme wäre übertrieben.

«In den nächsten Tagen. Wir bedauern außerordent-
lich …»

«Schon gut», unterbrach sie ihn. «Ich bin nicht
nachtragend.»

Er wollte etwas erwidern, entschied sich dann aber
wie sie für Freundlichkeit. «Sie hatten mich nach einer
Rosi Wenz gefragt. Ich kann Ihnen versichern, dass die
Dame lebt und sich bester Gesundheit erfreut.»

«Aber warum wurde sie dann als vermisst gemeldet?»

«Das wurde sie nicht. Nur Gerede von Patienten

und Angestellten. Der Dame war gekündigt worden.»

«Weil sie etwas wusste, was sie nicht wissen durfte?»

Er runzelte die Stirn. «Sie müssen ja guten Fernsehempfang auf dem Turm haben. Ich schätze, Sie lassen keinen Krimi aus.»

«Wie im richtigen Leben», konterte sie. «Herr Tetjens, ich bitte Sie hiermit um einen offiziellen Einsatz. Jetzt sofort.»

Wenn er überrascht war, verbarg er es geschickt. «Wo brennt es denn?»

«Ich möchte eine alte Dame in der Klinik besuchen und herausfinden, ob sie ihre Entscheidung wirklich freiwillig getroffen hat.»

«Frau Dykland. Oder auch Frau Schmidt. Warum fragen Sie sie nicht selbst?»

«Das habe ich vor. Aber ich brauche einen Zeugen. Ich fürchte, man übt Druck auf sie aus. Vielleicht gibt es auch noch mehr alte Herrschaften dort, an denen herumexperimentiert wird.»

«Sie meinen, der Förderverein und die leitenden Ärzte stecken unter einer Decke? Finanzieren den neuen Anbau mit einer Form von Menschenhandel? Aber Frau Janssen!»

«Können Sie sicher sein, dass Ihr Vater dort nicht in Gefahr ist?»

Das saß. Er dachte nach und schaute dabei durch sie hindurch. Dann sprang er überraschend auf. Tilde erschrak. War sie zu weit gegangen?

«Betrachten wir meinen Einsatz als halboffiziell. Ich

begleite Sie ins *Ästheticum*. Als bürgernahes Entgegenkommen, dafür verzichte ich auf meine Mittagspause.»

Tilde murmelte etwas von ‹dein Freund, dein Helfer› und bedankte sich artig.

«Wie geht es Ihrer Tochter?»

«Sie lässt grüßen», log Tilde. Sie gingen durch den Park. So betont unauffällig, dass es keine fünf Minuten dauerte, bis der Oberarzt informiert war und sie einholte. «Sie suchen mich?», fragte er, ganz außer Atem.

«Nein, Sie nicht», betonte Tilde.

Tetjens junior wies auf einen privaten Anlass hin, gewissermaßen privat, zunächst. Und man kenne sich hier bestens aus, danke, und ob es gestattet sei, sich von der Frau Schmidt zu verabschieden? Allein.

Widerwillig zog sich Brehmer zurück.

Tilde spähte über die Hecke. Am Brunnen saß eine zusammengesunkene Gestalt. «Das ist sie.»

Der Kommissar, der etliche Zentimeter größer war als Tilde und von beginnender Alterssichtigkeit weit entfernt, lachte auf. «Nein, das ist mein Vater. Bei seinem verdienten Vormittagsschläfchen.»

«Ich observiere seit Stunden», berichtete Tetjens senior. «Der Möbelwagen steht schon seit heute Morgen bereit, aber kein Mensch lässt sich blicken.»

«Mach Pause, Vater, ich übernehme.»

«Das geht schon in Ordnung», versicherte Tilde und zwinkerte Jaspers Freund zu.

«Wir können den Eingang zum Wintergarten nehmen und uns umschauen», schlug sie vor.

In dem Moment trat Frau Dykland wie eine Waldnymphe aus dem Efeu, in der Hand ein Köfferchen oder Reisenecessaire. Den Koffer reichte sie Tetjens senior. «Verwahren Sie ihn bitte, bis ich die anderen Sachen geholt habe.»

«Wir helfen Ihnen gerne, Frau Dykland», sagte Tilde.

Frau Dykland setzte eine Brille auf, die Tilde bisher noch nicht an ihr gesehen hatte, und musterte sie kritisch. «Wer sind Sie? Kennen wir uns?»

«Frau Janssen von Ziegensand. Eine freischaffende Künstlerin», stellte der Kommissar vor.

«Sie soll mich nicht mit diesem Namen ansprechen. Ich möchte auch nicht länger von ihr belästigt werden.»

Tilde war zu verdattert, um zu reagieren.

«Wenn wir nichts für Sie tun können, gehen wir jetzt.» Der Kommissar machte Tilde Zeichen, ihm zu folgen.

«Einen Augenblick noch.» Tilde zog das Familienbild der Dyklands aus der Tasche und hielt es der alten Dame direkt vor die Brille. «Erinnern Sie sich wieder? An damals und auch an unsere Gespräche am Gedenkstein Ihres verstorbenen Mannes?»

Eine einzelne Träne rollte Frau Dykland über die Wange, als sie das Foto betrachtete. Aber der Blick, der im Anschluss Tilde traf, war leer. «Gärtner, ich habe leider Ihren Namen vergessen, aber würden Sie diese Frau dorthin bringen, wo sie hergekommen ist?»

Tetjens senior und junior waren unangenehm berührt. «Es reicht», sagte der Kommissar leise. «Wir
wollen doch nicht peinlich werden.» Damit zog er
Tilde in Richtung Buchsbaumhecke.

«Vielleicht hat man ihr Drogen gegeben», murrte Tilde.

«Oder Sie haben die Situation falsch eingeschätzt,
Frau Janssen. Altersdemenz tritt in vielen Formen auf,
es gibt klare Augenblicke, aber eben auch andere.»

Wollte der junge Spürhund sie belehren?

«Sie hat sogar Gedichte rezitiert.»

«Aber heute nicht. Was war das eigentlich für ein
Foto?»

«Nichts von Belang. Sie haben es ja gesehen, sie hat
es eingesteckt.»

Tetjens musste zurück aufs Revier, aber er gab Tilde
das Versprechen, im Laufe des Tages noch einmal die
Klinik aufzusuchen. «Bitte grüßen Sie Ihre Tochter von
mir.»

Das Nest war leer. *«Bin mit Paps bei Nicole im* Scharfen Seehund. *Wie denkst du über ein Bürgerpicknick
mit Tag des offenen Turms auf Ziegensand, um eine
Antikampagne gegen deinen Feind zu starten?»*

Ach, Annika! Lasst mir doch einfach meine Ruhe,
und ich pfeife auf meine Feinde.

Von Touristengruppen war nichts zu sehen. Maltes
und Hermanns Boote lagen auf dem Festland, Tilde
war allein auf Ziegensand.

Ein Schwarzstorch stolzierte unbekümmert an ihr

vorbei, beachtete sie nicht weiter, solange sie ihm nicht die Fischgründe streitig machen wollte.

Neben einer ihrer Skulpturen, den *Flussgöttern*, wartete kampflustig eine chinesische Wollhandkrabbe. Mitgereist im Ballastwasser eines Frachtschiffes, hatte diese Gattung sich stark vermehrt und kämpfte mit den einheimischen Krebsen um den Lebensraum. Tilde packte das Tier hinter den Scheren und trug es ans Wasser.

War es nicht unter anderem das, was Leute wie Kurt Peters einem weismachen wollten, dass das Land eines Tages überfremdet sein würde? Lächerlich. Heimat machte ganz andere Sachen aus.

Tilde fand ein Holzstück, das wie eine Axt geformt war, und gab es dem einen ihrer Flussgötter in die Hand. «Verteidigt euch gefälligst selbst», befahl sie.

Störtebekers Katze erhielt ein Panzerhemd aus Angelschnur.

So gerüstet, fühlte Tilde sich stark und unternehmungslustig. Sie bereitete etwas für das Picknick auf Boysand vor. Keine Sardinen, lieber Würstchen, die man über einem offenen Feuer erwärmen konnte. Dazu Knoblauchbrot in Alufolie und gefüllten Bienenstich aus der Gefriertruhe. Der so schön matschte, dass man sich die Finger danach einzeln ablecken musste.

Ganz wichtig war ein Skizzenblock. Handy und Fernglas aus Sicherheitsgründen. Für Getränke wollte Gesche sorgen.

Die *Fixe Flunder* schaukelte, als sie mit dem Bug in den Schwell der großen Schiffe eintauchte. Tilde stand breitbeinig an der Pinne und beobachtete sorgfältig den Schiffsverkehr. Von der Brücke eines Frachters oder Tankers aus gesehen, war ihr Boot nicht größer als eine Nussschale, die von keinem Radar erfasst werden konnte.

Nachdem sie die Fahrrinne passiert hatte, bog sie in einen ruhigen Seitenarm der Elbe ein, dort lag Boysand, ein in der Sonne glitzernder Sandhaufen mit wenig Vegetation.

Der natürlich gewachsene Anlegeplatz befand sich versteckt in einer kleinen Bucht, und zu Tildes Verblüffung war Gesche bereits da.

25.

«Überraschung!», rief sie. «Ich hab einfach früher Feierabend gemacht, und rate mal, wer mich vertritt? Deine Tochter! Frisch aus dem *Scharfen Seehund*, da ist es ihr wohl zu langweilig geworden. Vielleicht findet sie Gefallen an dem Job.»

Sie zogen Tildes Boot höher, und Gesche half beim Ausladen. «Ich habe Kaffee und Tee dabei. Zu deinen Würstchen passt meine selbst gemachte Ingwerlimonade. Zu der können wir später übergehen, wenn wir angestoßen haben.»

«Denk an den Rückweg», mahnte Tilde.

«Mach ich, aber es ist echter Champagner, ein Werbegeschenk der Stadt.»

«Für verdiente Menschen», wusste Tilde, die schon öfter in den Genuss gekommen war.

«Ich hol noch eben die Kühltasche aus dem Boot», sagte Gesche. «Und dann wird gequatscht.»

Tilde machte es sich im Sand gemütlich. Plötzlich war ihr der Anlass des Treffens unangenehm. Sie konnte Gesche Vorwürfe nicht ersparen, aber mit welchem Recht wollte sie die Richterin spielen?

«Prost. Auf die Zukunft.» Beide schwiegen sie, keine wollte beginnen, bis Gesche sich auf dem Rücken ausstreckte und ein Märchen erzählte: «Es war einmal ein junges, abenteuerlustiges Mädchen, das seine Ausbildung zur Krankenschwester abgebrochen hatte, weil es lieber schnelles Geld verdienen wollte. Na, kommen dir schon die Tränen?»

«Nein», sagte Tilde kühl.

«Die junge Frau jobbte mal hier, mal dort und stellte fest, dass Privatpflege auf Zeit eine recht lukrative Sache war. Eines Tages landete sie bei …?»

«Professor Dykland.»

«Genau. Und sie hatte ein nettes, kleines Verhältnis mit ihm. Damals war er noch kein Professor, sondern Assistenzarzt. Er suchte eine private Betreuung für seinen Alten, der an Alzheimer litt. Das sollte keiner mitbekommen, also musste ich jeden Besucher abwimmeln. Später ging ich dann sogar mit nach Südafrika. Das war nichts für mich, zu abgeschottet von der Welt. Ich kündigte nach ein paar Monaten und fing in

Deutschland von vorne an. Alles ganz undramatisch. Allerdings ...», sie zögerte.

«Was passierte dann?», ermunterte Tilde sie.

«Ich nahm damals ein bisschen Papierkram und Münzen mit. Als Erinnerung. Kram, den ich längst vergessen hatte, bis ich hierherkam und Dykland auf der *Venus* anfing.»

«Da hast du beschlossen, ihn zu erpressen.»

«Zunächst hatte ich nicht die Absicht. Kurt war dagegen.»

«Kurt Peters?» Jetzt wurde es spannend.

«Seinetwegen bin ich überhaupt erst hierhergekommen, aber mit seinem schneidigen Getue und den Parolen ist er mir bald auf den Keks gegangen. Wir trennten uns in Freundschaft, und er vermittelte mir den Job im Tourismusbüro.»

«Was du mir nie erzählt hast.»

«Wer interessiert sich für verflossene Liebhaber?» Ihr Lachen klang hart. Sie stand auf und goss sich und Tilde Limonade ein. Tilde war durstig, sie trank automatisch, aber der Ingwergeschmack war nicht ihr Fall.

«Lass mich einfach zu Ende erzählen», fuhr Gesche fort. «Kurt kaufte mir den Krempel ab, und das brachte mich auf die Idee, doppelt zu kassieren.»

«Beim Professor.»

«Richtig. Wir handelten eine Art Ratenzahlung aus. Ich wusste ein paar Dinge von früher, aber das tut jetzt nichts zur Sache.»

«Du hast ihn immer wieder erpresst.» Tilde war erschüttert.

«Der hatte wirklich genügend Kohle», verteidigte

sich Gesche. «Außerdem sollte es das letzte Mal sein. Ich hatte mich bereit erklärt, gegen eine größere Summe die Stadt zu verlassen. Wir verabredeten uns für den Abend des Charity-Dinners. Als Gisbert nicht zum verabredeten Treffpunkt kam, ging ich ihn suchen. Er lag neben dem geöffneten Tresor, Bündel von Geldscheinen neben sich.»

«Warum hast du nicht die Polizei gerufen?»

«Um dann selbst einkassiert zu werden? Das hätte mir gerade noch gefehlt. Nein, ich flüchtete in Panik nach draußen.»

Tilde konnte nicht fassen, was Gesche ihr da berichtete, nein, gestand. Doch trotz der Aufregung musste sie gähnen. Warum nur war sie so müde?

«Nachdem ich mich etwas beruhigt hatte, kehrte ich um», fuhr Gesche fort. «Da Gisbert nun mal tot war, konnte er mit dem Geld eh nichts mehr anfangen, verstehst du? Ich ging also zurück und nahm die Scheine in Verwahrung.»

Vielleicht hättest du Raffzahn lieber nachschauen sollen, ob er wirklich tot war, oder hast du sogar ein bisschen nachgeholfen und tischst mir jetzt Lügen auf, die dich entlasten sollen?

Aber Tilde brachte kein Wort heraus, starrte nur gebannt auf Gesche, die irgendwie verschwommen aussah.

«Als ich einen Spaziergänger in der Nähe des Parkeingangs bemerkte, bekam ich Muffensausen und flüchtete in Richtung Hermanns Hütte. Den Rest kennst du. Ich steckte das Geld in seine Jackentasche, damit der Verdacht auf ihn fiel.»

«Polizei gehen», artikulierte Tilde mühsam.

«Das kannst du später machen, meine Liebe. Aber dann habe ich meine Zelte bereits abgebrochen und bin außer Landes.»

Sie griff nach Tildes Jacke und zog das Handy raus, ohne auf Gegenwehr zu stoßen.

«Du hast mich vergiftet», stieß Tilde hervor.

«Sei nicht so melodramatisch. Es war nur simpler Schlafmohnsirup mit ein paar Tabletten. Der Ingwer übertönt alles.» Gesche packte ihre Sachen zusammen. «Bald kommt die Flut. Ich muss los. Ach ja, falls du dein Schlummerstündchen zu früh beendest, rechne nicht mit der *Fixen Flunder*. Ich habe Zucker in den Tank getan, als ich die Kühltasche geholt habe.» Sie tippte Tilde an. «Tschüs. Aber um unserer alten Freundschaft willen rufe ich ganz vielleicht später anonym die Küstenwache an. Viel später.»

«Warum?», brachte Tilde hervor.

«Warum mir Geld so wichtig ist? Weil ich nicht wie du von der Hand in den Mund lebend in einem Leuchtturm enden will. Man zahlt mir viel, dich für diesen Abend außer Gefecht zu setzen.»

Tilde konnte die Augen nicht länger offen halten. Gesches Stimme entfernte sich. «Wer nach den Sternen greifen will, der sehe sich nicht nach Begleitung um. Das habe ich schon vor Jahrzehnten von den Dyklands gelernt.»

Der Wind frischte auf. Tilde fröstelte. Noch einmal umdrehen und dann erst aufstehen. Wie kam der Wind in ihren Turm? Als ihr einfiel, was passiert war, richtete sie sich mühsam auf. Ihr war schwindelig und übel.

Sie sah auf ihre Uhr: Vier Stunden waren vergangen, das auflaufende Wasser leckte bereits gierig am Ufer.

Wie sollte sie sich bemerkbar machen? Schreien war zwecklos, in diesem Seitenarm gab es kaum Schiffsverkehr. Würde Annika oder Jasper sie suchen? Es fiel ihr nicht mehr ein, ob sie den geplanten Ausflug den anderen gegenüber erwähnt hatte.

Und selbst wenn – Gesche würde sich schon eine passende Lügengeschichte ausdenken. Bis sie hier abgesoffen war.

«Wach bleiben», befahl Tilde. «Bewegung. Zur *Fixen Flunder*.» Die lag zwar noch da, aber ohne Motor nutzte sie ihr nichts. Verdammt, warum hatte sie die feuchten Leuchtraketen nicht längst ausgetauscht?

Weißes Rundumlicht, Taschenlampe und Paddel hatte Gesche entfernt. Sich ohne Beleuchtung in die Strömung treiben zu lassen käme einem Selbstmord gleich und würde auch andere Menschenleben gefährden.

Es gab nur ein Mittel, auf sich aufmerksam zu machen – Feuer. Und als geeignetes Brennmaterial nur – die *Fixe Flunder*.

In ihrer Brusttasche steckte ein Streichholzheftchen aus dem *Scharfen Seehund*. Tilde bereitete alles vor, heulte und fluchte abwechselnd und schwor, kein besserer, sondern ein schlechterer Mensch zu werden. Nie wieder automatisch an das Gute im Menschen zu glauben.

Das erste Streichholz erlosch. Die nächsten eben-

falls, bis nur noch ein Hölzchen übrig blieb. Papier-
reste und in Öl getränkte Putzlumpen würden im Nu
entflammen. Tilde riss das letzte Streichholz an und
wollte es gerade ins Boot schleudern, als sie ein Tuckern wahrnahm, das ihr wie der Chor aller himm-
lischen Heerscharen vorkam.

Jeder Motor hatte sein eigenes Tuckern, und dieses
Geräusch gehörte zu Maltes Boot.

«Autsch!», schrie sie, als die Flamme ihre Finger
erreichte.

Die Müdigkeit wurde durch Aktivitäten verdrängt.
Schreien, Winken, zur anderen Seite laufen. Aber da
war nur drohendes, brodelndes Wasser. Also zurück
in die Bucht, die Leinen der *Fixen Flunder* hatten sich
bereits gelöst, der Anker trieb nutzlos dahinter. Sie
musste das Boot festhalten!

Mit einem Satz hechtete Tilde ihrem Boot hinterher,
stand bis zur Hüfte im Wasser, verlor dann den Boden
unter den Füßen und versuchte, sich von der Seite aus
hochzuziehen.

Vergeblich. Als die *Fixe Flunder* umschlug, geriet
Tilde darunter und wusste, dass sie tauchen musste,
um wieder frei zu kommen. Bloß keine Panik, denn
das war das Schlimmste, was bei einem Unfall passieren konnte.

Was für eine Freude für ihre Feinde, wenn sie die
nächste Tote am Leuchtturm wäre.

Annika! Was wäre, wenn ihre Tochter ahnungslos
nach draußen träte und zu ihren Füßen ein Bündel entdeckte, dass sie zunächst für einen angeschwemmten
Buckelwal hielte …?

Tilde füllte ihre Lungen mit Sauerstoff und tauchte. Wühlte mit den Händen im Sand, stieß erneut gegen die Bordwand. Tauchte erneut, schluckte Elbwasser. Bildete sich ein, den finsteren Reigen aus ihren Träumen zu sehen. *Gib auf. Lass dich fallen. Komm für immer zu uns.*

Niemals, wollte sie schreien, und da verwandelten sich die Gestalten in Flussgötter, *ihre* Flussgötter, die sie erschaffen hatte, und trugen sie sanft ans Licht.

Kaum an der Oberfläche, japste Tilde nach Luft und bekam einen harten Schlag an den Kopf. Neben ihr klatschte ein Tampen aufs Wasser.

«Achtung, halt dich am Rettungsring fest. Ich zieh dich ran.» Malte war da, manövrierte geschickt, bis sie aus eigener Kraft die Bordwand erklimmen konnte.

«Die *Fixe Flunder*», stöhnte Tilde.

«Wir markieren sie mit einer Boje und lassen sie abschleppen. Sieh zu, dass du aus den nassen Klamotten kommst.»

Maltes Boot gehörte den Naturschützern und verfügte über den Luxus einer Kajüte. Es gab genügend trockenes Zeug, Tilde schlüpfte in ein paar löchrige Jeans und einen nach Fisch riechenden Wollpullover. Egal, langsam kehrten ihre Lebensgeister zurück.

Sie ging zu Malte an Deck und sprudelte ihren Bericht hervor. Über Gesches Geschichte, die Erpressung und den Anschlag. «Sie hat es in Kauf genommen, dass ich auf Boysand zu Tode komme. Hättest du ihr das zugetraut?»

Er antwortete nicht, beschleunigte nur die Fahrt.

«Gib mir dein Handy, Malte. Ich rufe die Polizei an.»

«Schon erledigt. Sie suchen bereits nach ihr. Was hatte Gesche denn vor?»

«Ins Ausland absetzen. Aber das kann auch Bluff gewesen sein.»

«Das glaube ich nicht. Hoffentlich kommen wir nicht zu spät.»

Ziegensand tauchte vor ihnen auf. Tilde freute sich wie verrückt auf ihren Turm. Füße hoch auf dem Dschungelsofa oder auf der Plattform den Abend in Ruhe ausklingen lassen. Den Flussgöttern danken? Um Gesche sollte sich der Kommissar kümmern.

Als sie Ziegensand umrundet hatten, bog Malte nicht zum Anleger ab, sondern fuhr in Richtung Festland weiter.

«He, was ist los? Was hast du vor?»

Er antwortete nicht, legte schweigend an und reichte ihr dann zum Aussteigen die Hand.

«Ich habe etwas zu erledigen und möchte dich gerne dabeihaben. Vertraust du mir?»

Warum sollte sie! «Jetzt auf einmal. Du musst ja einen ziemlichen Notstand haben, wenn du mich so plötzlich ins Vertrauen ziehen willst.»

«Das habe ich nicht gesagt. Aber in diesem Fall geht es nicht ohne Vertrauen. Ich muss zur *Venus* und dort etwas erledigen, da hätte ich dich gerne als Zeugin dabei.»

«Warum nimmst du nicht deinen guten Kumpel Peters mit?»

«Begleitest du mich und stellst erst später Fragen?
Ich bitte dich darum. Ein letztes Mal.»

Sie war erschöpft. Die Nachwirkungen der Betäu-
bung, der Kampf im Wasser – Tilde spürte Bettschwere
statt Unternehmungsgeist. Aber dann siegte doch die
Neugier. «Geht es um Frau Dykland?»

«Auch.» Er sprach in Rätseln. Aber sie spürte, dass
Fragen nicht weiterführen würden.

26.

Malte hatte sein Auto gleich hinter dem Deich stehen
und fuhr bis an den Hintereingang des Klinikgeländes.
«Der Umzug muss längst vorbei sein», meinte Tilde.
«Falls es das ist, was dich interessiert.»

«Noch ist es nicht zu spät. Ich habe da ein paar Informationen, die du nicht hast.»

«Malte, du kennst Dyklands Mutter noch nicht einmal persönlich. Es ehrt dich, dass du ihr jetzt doch
helfen willst, aber ich weiß inzwischen nicht mehr, ob
man ihr damit einen Gefallen tut. Sie hat mich heute Morgen nicht erkannt. Wenn sie es nicht nur vor-
gespielt hat, jedenfalls will sie keine fremde Hilfe.»

Er lachte. Es war ein unangenehmes Lachen, wie
Tilde es nicht von ihm kannte. «Wo wollen wir hin?»,
fragte sie resigniert.

«Wir schauen uns im alten Flügel um.»

Auch Malte kannte den Weg durch den Park, nahm die richtigen Abzweigungen an der Buchsbaumhecke und hielt erst am Brunnen an.

«Ich nehme den Eingang durch den Wintergarten», informierte er sie. «Ich möchte, dass du hier wartest und erst zwanzig Minuten später folgst. Nur für den Fall, dass ich auf Schwierigkeiten stoße. Sollte das der Fall sein, misch dich nicht ein und fahr nach Hause. Du kannst mein Boot nehmen.»

«Was ist mit der Polizei, warten sie nicht darauf, mich zu sprechen? Wegen Gesche?»

«Das ist nicht so wichtig.»

Tilde war empört. «Erlaube mal! Sie ist unmittelbar in den alten Mordfall verwickelt, und aus mir wäre fast ein neuer geworden.»

«Alles zu seiner Zeit. Ein letztes Mal, vertrau mir, bitte.»

Er drückte kurz ihre Schulter und brach auf.

Sie wartete keine zehn Minuten, dann hielt sie es nicht mehr aus. Der Mond beleuchtete den alten Flügel und spiegelte sich in den Fenstern. Kein anderer Lichtschein drang nach außen. Die Tür im Efeu hatte Malte nur angelehnt. Trotzdem knarrte sie.

Tilde tastete sich durch die Korbmöbel des Wintergartens und betrat den Raum, in dem sie erst vor kurzem die merkwürdige Versammlung belauscht hatte. Die Möbel standen unverändert, sogar Tassen und Gläser hatte man nicht vom Tisch geräumt. Eine weitere Tür an der rechten Wand führte in einen langen Gang mit vielen Abzweigungen. Rechts und links lagen Türen. Wie sollte sie Malte hier finden? Doch die

Frage erübrigte sich, als Tilde an eine große Flügeltür gelangte. Sie war aufgebrochen. Offenbar mit dilettantischen Mitteln. Den Raum dahinter kannte Tilde: den Salon, in dem sie mit Frau Brehmer gesessen hatte. Die an Puppenmöbel erinnernde Sitzgruppe, das Ölbild mit der patriotischen Familie, die den blonden Krieger verabschiedete, während die hausbackene Frau mit Zopffrisur im Kreise ihrer Kinderschar zurückblieb und somit auch auf ihre Art Tapferkeit demonstrierte.

Und doch war etwas anders im Raum: Es roch nach kalter Asche. Ein Zigarrenstummel war achtlos auf der Fensterbank abgelegt worden, die durch die bodenlangen, zerschlissenen Vorhänge nicht gänzlich bedeckt wurde.

Als hätte jemand durch einen Spalt die Außenwelt beobachtet, der von ebendieser Welt nicht gesehen werden wollte.

Tilde schaute hinter die Vorhänge. Es gab keinen Ausgang. Sie musterte noch einmal den ganzen Raum. Das Klavier, das bessere Zeiten gesehen hatte. Die Wände mit der Tapete im Rhombenmuster. Blieb noch der Wandbehang mit der Jagdszene.

Sie starrte ihn an. Eine Sinnestäuschung? Nein, er hatte sich bewegt, die Reiter auf ihren Pferden schienen zu traben.

Ein Luftzug, der direkt aus der Wand kam. Sie tastete die Tapete ab und fand den verborgenen Mechanismus.

Ein Zug am Hebel gab eine schmale Tür frei, die auf der anderen Seite ebenfalls hinter einem Wandbehang verborgen lag. Sehen konnte Tilde nichts, ohne den Stoff zu bewegen, aber die Stimmen, die sie hörte, waren ihr vertraut.

«Sie sind hier widerrechtlich eingedrungen, was wollen Sie?» Frau Dykland, die sie bereits weit weg wähnte.

«Auf diesen Moment habe ich Jahre gewartet. Diesmal wird Ihnen die Flucht nicht glücken.» Malte, der bemüht war, seine Emotionen in den Griff zu bekommen.

«Gehen Sie! Ich weiß nicht, was Sie da faseln. Ist es Ihnen lieber, wenn ich die Polizei rufe?»

«Das werden Sie schön bleiben lassen.» Er klang zynisch.

«Was sollte mich davon abhalten?»

«Die Aussicht auf das, was Sie damit in Gang setzen.»

«In meinem Alter fürchtet man nichts mehr. Gar nichts.»

«Warum dann die erneute Flucht?»

Kurzes Schweigen. «Glauben Sie, ich tue das für mich? Warum können Leute wie Sie die Vergangenheit nicht ruhen lassen? Haben wir nicht genug ...»

«... nein, hier geht es nicht um das Strafmaß. Aber die Welt soll es wissen und niemals vergessen.»

«Hören Sie, junger Mann. Sie sind da auf etwas fixiert, was einfach nicht der Wahrheit entspricht. Damals in den Konzentrationslagern sind schlimme Dinge passiert, das will ich gar nicht abstreiten, aber was hat das mit uns zu tun? Wollen Sie allen Ernstes behaupten, wir wären darin verstrickt gewesen?»

Maltes Stimme klang müde. «Zur Judenfrage und Endlösung kann ich in diesem Zusammenhang nichts sagen, das ist ein anderes Kapitel. Gleich werden Sie mir erklären, dass Sie selbstverständlich nichts davon gewusst haben. Angeblich haben die meisten Menschen damals keine Ahnung gehabt. Aber Ihr Mann wusste genau, was er tat.»

«Er hat nur seinen Beruf ausgeübt. Lassen Sie doch die Toten ruhen.» Brüchig, zittrig, mitleiderregend.

Tilde gab ihr in Gedanken recht. Eine Greisin griff man nicht an, und Tote konnten nicht mehr zur Rechenschaft gezogen werden.

Malte wurde lauter. «Wer spricht denn von Toten? Wie lange wollen Sie ihn noch decken? Ihr Mann lebt! Sie haben ihn durch vier verschiedene Länder begleitet. Überall ehemalige Mitläufer und Sympathisanten gefunden, bei denen Sie sich verstecken konnten. Im Exil die alte Herrlichkeit heraufbeschwören. In Saus und Braus?»

Der Vorwurf war ungeheuerlich. Tilde hatte mit eigenen Augen den Grabstein des alten Dykland gesehen. Obwohl – es war nur ein Gedenkstein gewesen.

«Die ganze Tarnung war umsonst, Frau Dykland oder Frau Schmidt oder einer Ihrer anderen Decknamen. Dieser auffällig inszenierte Umzug, um mich und meine Leute zu täuschen. Die Kontaktsperre nach außen, die geheimen Zusammenkünfte Ihrer Helfershelfer. Sie haben gemerkt, dass man Ihnen auf die Schliche gekommen ist, und wollten ein neues Nest aufsuchen.»

«Und wenn es so wäre? Ist es nicht mein gutes Recht, solche lästigen Zecken wie Sie abzuschütteln? Zum letzten Mal, was erwarten Sie von mir?»

«Händigen Sie uns Ihren Mann aus. Er soll vor ein ordentliches Gericht gestellt werden. Angemessen bestrafen kann man ihn in seinem Alter nicht mehr. Aber es geht um Gerechtigkeit. Nennen Sie es Sühne.»

«Was sind Sie für ein Mensch, einen Mann seines Alters, der dem Tode nahe ist, Strapazen auszusetzen, die zu nichts führen. Mein Mann lebt schon lange in einer anderen Welt.»

Er ist am Leben gestorben, erinnerte sich Tilde. Sie hörte Schritte näher kommen.

Frau Dykland musste direkt vor dem Wandbehang stehen, so nah klang ihre Stimme. «Nichts können Sie ihm nachweisen.»

Beweise. Brauchte Malte sie darum als Zeugin? Wollte er Frau Dykland so lange unter Druck setzen, bis sie etwas aus der dunklen Vergangenheit ihres Mannes preisgab? Was hatte sie für Scheuklappen vor den Augen gehabt! Malte war einer Spur aus der Vergangenheit gefolgt, hatte den Kontakt zu Kurt Peters nur zum Schein gesucht, um sich in die rechten Kreise einzuschleusen.

«Es gibt Beweise», drohte Malte. «Man hat nicht alles Material vernichten können, auch wenn Herr Peters das behauptet.»

Noch immer musste Frau Dykland ganz in der Nähe des Wandbehangs sein. Tilde kam es vor, als spräche sie direkt zu ihr. «Ich habe erst kürzlich meinen Sohn verloren, wie Sie wissen. Und nun wollen Sie mir auch noch meinen Mann nehmen? Schämen Sie sich! Ich höre mir das nicht länger an.»

Der Vorhang wurde ruckartig zur Seite gerissen.

Zur Salzsäule erstarrt. Das gab es also wirklich, lernte Tilde in diesem Augenblick.

«Die Dame vom Leuchtturm. Rosenfreundin und sehr, sehr neugierig. Wie war gleich der Name?»

«Tilde Janssen. Ich freue mich, dass Sie sich wieder an mich erinnern. Ich wollte Sie nicht belauschen, es ist nur …»

«Wenn Sie schon einmal da sind, treten Sie doch näher. Soll ich Sie bekannt machen? Ach nein, das wäre überflüssig, Sie stecken ja unter einer Decke. Wie fühlt man sich als Nazijäger?»

«Frau Janssen hat nichts mit unserer Organisation zu tun», erklärte Malte und behielt dabei Frau Dykland im Blick, die sich langsam zu ihm umdrehte.

«Ist das nicht egal? Sie steckt ihre Nase in Dinge, die sie nichts angehen. Aber da Sie beide ja keine Ruhe geben, sollen Sie ihn sehen. Das wird Ihre Einstellung ändern.» Mit diesen Worten zog sie einen Schlüssel aus ihrer weiten Strickjacke und schloss eine Tür auf, die dem Wandbehang genau gegenüberlag. Eine weitere Tapetentür. Malte wollte ihr folgen, aber Tilde war mit ein paar schnellen Schritten an seiner Seite.

«Lass sie. Sie ist eine alte Frau. Gib ihr eine Chance.»

«Ich wollte, dass du es von ihr selbst hörst. Oder noch besser, von ihm. Glaub mir, sie bluffen. Seit Kriegsende sind sie auf der Flucht, und das aus gutem Grund. Man hat sie schon öfter aufgespürt, aber dank ihrer weltweiten Verbindungen konnten sie bisher jedes Mal entkommen.»

27.

«Dann bist du wirklich ein Nazijäger?»

Er ging erregt auf und ab. «Wie kann man der Vergangenheit gegenüber so gleichgültig sein? Bei diesen Menschen, die wir aufzuspüren versuchen, handelt es sich um ehemalige hochrangige Funktionäre im Nationalsozialismus, die es zum Teil trotz ihrer Verbrechen in unserm Staat wieder zu Amt und Würden gebracht haben. Sie betrachten Deutschland als Nachfolgestaat des Dritten Reiches.»

«Und im Fall von Dykland?»

«Er hat sich damals seiner Verantwortung entzogen und ist untergetaucht. Wir sind ihm erst vor einigen Jahren auf die Spur gekommen. Als wir sicher waren, wo sich die Dyklands aufhielten, gelang es uns, Rosi Wenz einzuschleusen. Bis man Verdacht schöpfte. Auch Hermann sammelt seit Jahren Material für uns.»

«Bist du deshalb nach Ziegensand gekommen?»

«Zunächst ja. Aber es hing auch mit Hermann zusammen. Dazu später. Dass ich geblieben bin, lag eher an der Natur und vor allem an einer Dame namens Tilde, die dort auf einem Leuchtturm haust.»

Sein vertrautes Lächeln kehrte zurück. Da war er wieder, sein jugendlicher Charme, den sie so mochte.

Tilde versuchte zu verstehen. «Birger, Peters und all die anderen, willst du sagen, sie gehören zu Verbrecherkreisen?»

«Das nicht. Aber sie sind Unbelehrbare. Klammern sich an alte Ideale, wollen die Realität von damals nicht wahrhaben. Gefährlich ist vor allem Peters. Machthungrig und fanatisch. Er hat den neuen Ortswechsel der Dyklands organisiert, nachdem er alle alten Spuren wie Fotos, Aktennotizen und so beseitigt hat. Der Sohn konnte sich nicht mehr querstellen.»

«Wusste der Professor von alldem?»

«Natürlich. Er gab vor, an Politik nicht interessiert zu sein. Vielleicht war er es wirklich nicht. Aber es waren seine Eltern. Er hat sie ein Leben lang gedeckt. Versuchte, sie im Alter in seiner Nähe zu behalten. Was er wirklich über sie gedacht hat, weiß ich nicht. Das heißt», er zögerte plötzlich, «die Zeit reichte nicht mehr aus, um ihn näher kennenzulernen. Du kannst dir nicht vorstellen, wie sehr ich das bedaure.»

«Er hatte seinen Beruf und die Kunst», sagte Tilde nachdenklich. «Und Eltern, für die er sich verantwortlich fühlte. Was soll daran verkehrt sein?»

Sie wurde durch ein quietschendes Geräusch von ihren Überlegungen abgelenkt. Frau Dykland kam zurück, schob mühsam einen Rollstuhl, der gerade eben durch die Tür passte. Herr Dykland war bis zu den Schultern in eine Decke gehüllt. Sein Kopf hing zur Seite, die Augen waren halb geschlossen. Die Familienähnlichkeit zwischen Vater und Sohn war nicht zu übersehen.

«Kann er uns hören?», fragte Malte und senkte dabei die Stimme.

«Er ist nicht taub. Aber ob er versteht, was Sie sagen, kann ich nicht beurteilen.»

«Ist er schon lange in diesem Zustand?», wollte Tilde wissen.

«Er ist, wie er ist. Wir haben wechselnde Betreuer gehabt. Vertrauenswürdige Menschen, die Gisbert eingestellt hat. Manchmal haben sie allerdings unser Vertrauen missbraucht. Einige musste ich entlassen.»

Tilde dachte sofort an Gesche.

Frau Dykland beugte sich zu ihrem Mann herunter. «Mach dir keine Sorgen. Wir werden gleich abgeholt.»

«Niemand wird Sie abholen.» Malte ging in die Knie und hockte sich direkt vor den Rollstuhl. «Herr Dykland, wenn Sie mich verstehen, bewegen Sie bitte eine Hand.»

Unter der Decke war deutlich eine Bewegung zu erkennen.

«Ein Reflex», behauptete Frau Dykland.

«Ich möchte, dass diese Frau neben mir», er wies auf Tilde, «einen Eindruck von Ihnen bekommt. Sie hatten einen guten Ruf als Arzt, damals, im Dritten Reich. Waren ein Fachmann für Hauterkrankungen und ein Vorreiter für das, was man später als Plastische Chirurgie bezeichnete. Sie waren so gut, dass Abgesandte des Führers Ihnen persönlich einen Besuch abstatteten.»

Wieder zuckte die Hand unter der Decke.

«Gemeinsam heckten Sie dann einen Plan aus. Und damit beginnt der weniger schöne Teil der Geschichte.» Er vergewisserte sich mit einem Blick, dass Tilde auch zuhörte. «Sie experimentierten. Nein, nicht mit Ratten oder Kleinsäugern. Es ging auch nicht mehr um die Verschönerung von Menschen, die von der Natur nachteilig ausgestattet worden waren.»

«Er hatte goldene Hände», unterbrach ihn Frau Dykland. «Nicht einmal sein Sohn ...»

Malte tat so, als ob sie nicht im Raum wäre.

«Sie suchten nach Mitteln und Wegen, den Menschen Leid zuzufügen. Infizierten sie mit Krankheiten, die als ausgestorben galten. Wer Glück hatte, kam mit Pockennarben oder Wundbrand davon. Andere wurden durch Lepra zu Zombies. Sie züchteten Geschwüre, testeten Eiterbakterien, schufen Reptilienhaut.»

«Aber warum?», fragte Tilde verwundert.

«Das diente alles der Wissenschaft», versicherte Frau Dykland.

«Glaub ihr kein Wort, Tilde. Es ging um biologische Waffen, Massenvernichtungsmittel. Schlimmer als Gas. Man kann ganze Städte mit Fleckfieber oder Pest infizieren. Damals gab es den Begriff Bioterrorismus noch nicht, aber an diesem Ort hier wurde dafür der Grundstein gelegt.»

Der Rollstuhl setzte sich in Bewegung. Fuhr erst ein Stück vor, dann wieder zurück.

«Er kann ihn selbst bewegen, wenn er will», erklärte Frau Dykland.

Dann ein Husten, eher ein Hüsteln von dem alten Mann im Rollstuhl. Oder war es ein Lachen?

Malte wandte sich wieder an Dykland. «Nein, Sie haben sich weder an Juden noch Zwangsarbeitern vergangen. Es waren Menschen aus der Umgebung. Landfahrer, Wohnungslose. Arbeitsunwillige Fürsorgeempfänger, wie man sie nannte. Nehmen wir meinen eigenen Großvater. Er war als Schuster unterwegs. Da er sein Wanderbuch, das als Pflichtausweis galt, einmal nicht bei sich trug, brachte man ihn hierher. Vielleicht zahlten Sie sogar eine Prämie? Er starb an einer Hautinfektion, die zu Schwären am ganzen Körper führte und ihn innerlich verbluten ließ.»

Tilde traten Tränen in die Augen. Das hatte sie nicht gewusst. «Hermanns Vater, er auch?», fragte sie leise.

«Er kam als Musiker in diese Gegend und wollte eine kleine Wunde versorgen lassen. Sie behielten ihn gleich da. Womit er als Testperson infiziert wurde, ist unbekannt, aber es muss so schlimm gewesen sein, dass er wegen der Ansteckungsgefahr auf Ziegensand ausgesetzt wurde.» Er trat noch dichter an Dykland heran. «Unter dem Deckmäntelchen der Forschung haben Sie Menschen kaltblütig zum Sterben verurteilt. Sie qualvoll leiden lassen. In meinen Augen sind Sie ein skrupelloser, perverser Mörder.»

Tilde schaute genau hin, ob bei Dykland eine Reaktion festzustellen war. Sein Rollstuhl rollte langsam nach hinten, um dann in einer überraschend schnellen Bewegung nach vorne zu schießen, direkt auf Malte zu. Der wollte ausweichen, stieß aber rücklings gegen eine Tischkante, stolperte und schlug hin. Die Räder des Rollstuhls bohrten sich in seine Seite. Dykland wendete, um erneut anzugreifen.

«Aufhören!», schrie Tilde, die mit Entsetzen sah, dass Malte aus einer Kopfwunde blutete und offenbar das Bewusstsein verloren hatte.

Dykland, der immer noch den Kopf hängen ließ, reagierte wie ein Roboter und lenkte den Rollstuhl in die Richtung, aus der Tildes Stimme kam.

«Mit mir nicht», warnte Tilde. Sie würde den alten Mann aufhalten. Sie stellte sich in Positur.

«Aufhören!», rief jetzt auch Frau Dykland. «Beruhigen Sie sich, Frau Janssen. Mein Mann weiß doch nicht mehr, was er tut. Er kann nichts dafür.»

Ein Geräusch wie das Klicken einer Waffe, die gespannt wurde, ließ Tilde innehalten. Frau Dykland hielt eine Pistole mit beiden Händen ohne Zittern fest und richtete sie auf Tilde.

Ob es sich dabei um eine längst verrottete Waffe aus Armeebeständen oder eine Schreckschusspistole handelte, war Tilde in dieser Situation egal.

Malte stöhnte auf, die Waffe schwenkte zu einem neuen Ziel.

Zwei Menschen über neunzig, und sie, Tilde, ließ sich austricksen und in Schach halten. Lächerlich! Vielleicht war es sogar nur eine Spielzeugpistole.

«Kommen Sie zur Vernunft, Frau Dykland. Haben Sie es nötig, Ihren Mann zu decken?»

«Was hätte ich tun sollen? Mich in seine Arbeit einmischen? Ich hatte einen Sohn großzuziehen. Und dann die Rosen ...»

Ihr Gesicht nahm einen verträumten Ausdruck an. Ihre Konzentration ließ nach.

Tilde nutzte die Chance und ging langsam auf Malte zu, wobei sie den Rollstuhl im Auge behielt. Malte war bei Bewusstsein, wirkte aber noch benommen.

Als sie sich zu ihm hinunterbeugen wollte, raste der Rollstuhl auf Tilde zu. Beherzt warf sie sich dem alten Mann entgegen. Dykland kippte samt Stuhl um und wurde auf den Boden geschleudert.

Tilde erschrak. Was war, wenn er sich durch ihre Schuld alle möglichen Knochen gebrochen hatte? «Es tut mir leid. Aber es ging nicht anders», stammelte sie.

Dykland erhob sich auf alle viere. Schneller, als man es ihm zutrauen konnte. «Abschaum», zischte er. «Undankbares Pack. Kurzen Prozess machen.»

Der Anblick des kriechenden, Beschimpfungen ausstoßenden Greises lähmte Tilde aufs Neue.

Schon hatte er Malte erreicht, der ebenfalls wie hypnotisiert wirkte. Dykland legte die Hände um Maltes Hals und drückte zu.

«Aus dem Weg», befahl seine Frau, und Tilde war nicht klar, wen sie meinte. Warum wehrte Malte sich nicht?

«Ich stehe das nicht noch einmal durch.» Frau Dykland kam mit der Waffe näher und zielte.

«Malte», schrie Tilde auf und wollte sich instinktiv dazwischenwerfen, aber schon war der Schuss gefallen.

Dykland sackte über Malte zusammen. Ein letztes Röcheln, dann war es vorbei.

«Sie haben ihn … wir müssen einen Arzt rufen.»

Malte wälzte sich unter Dykland hervor und stieß dabei einen Schmerzensschrei aus. «Es ist nichts», beruhigte er Tilde. «Nur Kopf und Schulter.»

Er tastete nach Dyklands Puls. «Er ist tot, Sie haben den Falschen getroffen.»

Tilde versuchte, Malte aufzuhelfen. Aber auch sein Bein war betroffen. Wo blieb Hilfe?

Noch immer die Waffe in der Hand, stieg Frau Dykland über ihren toten Mann hinweg und richtete den Rollstuhl wieder auf. Sie setzte sich hinein und rollte rückwärts auf eine Position, von der aus sie alles im Blick hatte. «Hier im alten Flügel hört uns keiner. Wen stört schon ein vermeintlicher Schuss? Hauptsache, der Schönheitsschlaf wird nicht beeinträchtigt. So denkt man doch heute.»

«Frau Dykland, Sie werden das nicht gewollt haben», versuchte Tilde behutsam ein Gespräch. Die Frau musste unter Schock stehen, den eigenen Mann erschossen!

Aber mit der Waffe war sie eine Zeitbombe. Wie lange konnte sie in ihrem Alter noch durchhalten?

«Manche Entscheidungen müssen sein.» Ihre Stimme zitterte, noch immer ließ sie nicht die Waffe sinken.

«Ich bin froh, ihn mit dem ersten Schuss getroffen zu haben. Zu mehr hätte mein Mut nicht gereicht. Sie können mir glauben, er hätte nicht von Ihrem jungen Freund abgelassen. Wussten Sie, dass mein Mann Gisbert umgebracht hat? Unseren eigenen Sohn?»

28.

«Das ist nicht wahr, was Sie da sagen. Es ist unmöglich», sagte Malte langsam.

«Es muss ein Irrtum sein», bekräftigte Tilde. «Ein Missverständnis, ein schlimmer Traum.»

Frau Dyklands Gesichtszüge entgleisten. «Er war nicht mehr der, den ich kannte. Brauchte Aufsicht rund um die Uhr, kam mit keinem aus. Wenn er und Gisbert aufeinandertrafen, gab es nur Streit. Er machte seinem Sohn Vorwürfe, seine Forschungen nicht fortzusetzen. Beschimpfte ihn als Versager, als besseren Kosmetiker, der nicht nach den Sternen greifen wollte.»

«Ein kräftiger Mann wie Ihr Sohn hätte sich gewehrt. Sie wissen ja, wie er ... zu Tode gekommen ist.»

Schon zweifelte Tilde an ihren eigenen Worten. Hatte nicht auch Malte wie hypnotisiert die Hände um seinen Hals ertragen?

«Wenn mein Mann in Zorn geriet, ging man ihm besser aus dem Weg. Er war Choleriker und duldete keinen Widerspruch.»

«Wenn das wahr ist, was Sie uns erzählen, warum haben Sie nicht ...?»

«... die Polizei gerufen? Frau Janssen, im Gegensatz zu Ihnen lebe ich in keinem Elfenbeinturm. Wenn ich das getan hätte, wäre unser ganzes Leben sinnlos gewesen.»

«Waren Sie dabei, als es passierte?», wollte Tilde

wissen, die immer noch nicht glauben konnte, was sie hörte.

«Nein. Natürlich nicht. Sonst hätte ich Hilfe geholt.»

«So wie jetzt?»

«Sie reden Unsinn. Das hier ist eine andere Situation. Ich habe die Waffe eingesetzt, das war Hilfe genug.»

«Der Professor hat die Wohltätigkeitsveranstaltung verlassen, um sich mit Gesche zu treffen», wandte sich Tilde an Malte. «Sie hatte ihn erpresst, wusste um die Vergangenheit seines Vaters.»

«Diese Person. Ist sie also wieder aufgetaucht», sagte Frau Dykland empört. «Aber sie war nicht die Einzige.»

«Als Gesche den Professor fand, war er bereits tot», fuhr Tilde fort. «Sagt sie. Es sei denn, sie lügt und war es selbst.»

«Gesche war es nicht», behauptete Malte.

«Was macht dich so sicher?»

Er antwortete ihr nicht, richtete sich mühsam auf.

«Stopp!» Frau Dyklands Hand zitterte, sie zeigte erste Anzeichen von Schwäche. Als Malte sein Handy aus der Tasche zog, zielte sie auf ihn. «Handy zu mir rüber, keine Sperenzien machen.»

Das Handy schlitterte über den Boden, sie schob es mit dem Fuß außer Reichweite. «Ich bin noch nicht fertig. Keine Sorge, diesmal werde ich nicht flüchten. Wozu auch? Ich bin froh, dass alles vorbei ist.»

«Dann geben Sie mir bitte die Waffe», bat Tilde.

«Noch nicht. Es wird nicht mehr lange dauern. Meine Kräfte lassen nach. Ich bin sehr, sehr müde.»

«Frau Dykland, ich sage es noch einmal: Man wird Sie nicht abholen. Jetzt, in diesem Moment, müssen sich Ihre Sympathisanten mit der Gruppe auseinandersetzen, hinter der ich stehe», sagte Malte. «Ich habe durch einen Strohmann dafür gesorgt, dass man im Glauben ist, Sie hätten bereits die Stadt verlassen. Wir werden also noch eine Weile ungestört sein. So, wie ich es geplant habe.»

Das gefiel Tilde nicht. Bisher hatte sie jeden Moment mit Hilfe gerechnet. Von wem auch immer.

Was bezweckte Malte, jetzt, da Dykland tot war, noch herauszufinden? Es war alles gesagt worden, und Frau Dykland hatte versichert, sich ihrer Verantwortung nicht entziehen zu wollen. Sie musste jeden Moment zusammenklappen, sich in ihre eigene Welt zurückziehen.

Ob sie überhaupt schuldfähig war, mussten Fachleute entscheiden.

Tilde konnte immer noch nicht fassen, was sie da gerade gehört hatte. «Hat Ihr Mann Ihnen denn den Mord gestanden?»

Für einen Moment schweiften Frau Dyklands Augen ziellos hin und her. «Nein, aber dafür gab es einen Augenzeugen. Gregor, den Gärtner. Er kam am nächsten Tag zu mir und hat erzählt, was mein Mann getan hatte.»

«Wollte er Sie erpressen?»

«Es ging dabei nicht um Geld. Er wollte das, was auch Ihr junger Freund will. Gerechtigkeit, Selbstanklagen, Wiedergutmachungswillen. Stolze Worte. Die ich nicht mehr hören konnte.»

«Haben Sie ihn deshalb zum Schweigen gebracht, Frau Dykland?» Malte, messerscharf.

«Es musste sein. Ich konnte nicht zulassen, dass die Wahrheit ans Tageslicht kam. Jedenfalls habe ich das damals noch gedacht.»

«Sie haben Gregor getötet?» Tilde sah die alte Frau vor sich, wie sie für einen Moment all ihre Kraft zusammennahm und Gregor von hinten erschlug. Ihr Vorstellungsvermögen versagte.

«Es war eine spitze Gartenhacke. Sie stand bei diesem anderen alten Mann auf dem Grundstück. Ich musste es vorbereiten. Deshalb auch das Feuer zur Ablenkung. Ich hoffe, Sie verzeihen mir.»

Wenn es nur die Kunst gewesen wäre. Tilde war wie vor den Kopf geschlagen.

«Sie haben ihn umsonst getötet. Gregor hat nichts gesehen. Er wollte nur den wahren Mörder decken», sagte Malte ruhig und zog sich mit schmerzverzogenem Gesicht langsam am Tisch hoch. Diesmal wanderte die Waffe nicht mit.

«Ihr Mann hat Ihren Sohn nicht getötet. Ich war es.»

«Du hast eine Gehirnerschütterung», sagte Tilde. «Niemals bist du ein Mörder!»

«Natürlich wollte ich es nicht. Aber das ist keine Entschuldigung.» Er presste die Hände auf seine Augen, als wollte er mit dem Druck einen größeren Schmerz überdecken.

«Ich habe die Beherrschung verloren, es ist unverzeihlich.»

«Wie ist es passiert?», flüsterte Tilde fassungslos.

«Ich hatte den Professor mehrfach um ein Gespräch gebeten. Im Guten, um ihn zu überzeugen. Er wusste nicht, welche Absichten ich verfolgte, kannte mich nur flüchtig als den Naturburschen von der Insel. Irgendwann hat er dann wohl doch Verdacht geschöpft und sagte einen vereinbarten Termin ab. Das wiederholte sich mehrere Male.»

Er sprach jetzt Frau Dykland direkt an. «Ich wollte ihn nicht bloßstellen. Nur über die Vergangenheit reden und ihn auffordern, sich von den Taten seines Vaters zu distanzieren. Eine Lösung suchen, mit der alle leben könnten. Man hatte mir gesagt, dass Sie, Frau Dykland, bereits dement seien. Sonst hätte ich das Gespräch mit Ihnen gesucht.»

«Was heißt schon dement. Zeitweise abwesend sein, das Paradies der Erinnerungen aufsuchen. Verantwortung abgeben.»

Über diese Definition wollte Tilde später nachdenken.

Sie drängte Malte, fortzufahren.

«Auf dem Charity-Dinner ließ man mich nicht herein. Deshalb beschloss ich, Ihren Sohn beim Aufbruch abzufangen. Ich hatte mich auf eine lange Wartezeit eingestellt, aber dann brach er überraschend früh auf.»

«Wegen Gesche», ergänzte Tilde.

«Es war die Nacht des Sturms, die Rezeption nicht besetzt. Ich folgte ihm bis zu seinem Büro, machte mich erst bemerkbar, als er am Tresor hantierte.»

«Nun reden Sie schon. Sie müssen mich nicht schonen. Keiner hat mich jemals geschont.» Die Waffe lag in Frau Dyklands Schoß. Tilde ging langsam auf sie zu, stoppte aber, als sie Maltes warnenden Blick bemerkte.

«Diesmal musste er mir zuhören. Er tat alles als Bagatellen und Irrtümer ab. Leugnete, dass Ihr Mann und Sie noch lebten. Ich zeigte ihm Bilder von Hermanns Vater und meinem eigenen Großvater. Vorher unversehrt, später ... das wissen Sie. Er steckte sie in seine Brieftasche und bot mir Geld an. Um der Ruhe willen, wie er es ausdrückte. Ich lehnte ab. Dann bezeichnete er mich als unreifen Bengel, der auf falsche Einflüsterungen hörte. Als er anschließend noch verächtlich lachte ...»

«... bist du ihm an die Kehle gegangen. Im Affekt», sagte Tilde.

«Ich weiß nicht, wie das geschehen konnte. Aber es ist tatsächlich so passiert. Ich wollte ihn nur zum Schweigen bringen. Ihm das Wort abschneiden. Als er verstummte und schlaff wurde, habe ich sofort losgelassen. Es waren wirklich nur eine oder zwei Sekunden.»

Der Hering'sche Reflextod. Tilde erinnerte sich noch gut an Jaspers Erklärung. Durch Stauung der Halsschlagader konnte es in seltenen Fällen zum Herzstillstand kommen, und das bereits nach einer Sekunde.

Ihr fiel ein, dass Malte sich vorhin gegen die Attacke vom alten Dykland kaum gewehrt hatte.

«Hast du dich deshalb nicht gewehrt, als Herr Dykland dir an den Hals ging?»

«So was wie Schuld und Sühne? Kann sein.»

«Was haben Sie anschließend mit meinem Sohn gemacht?»

«Gregor und ich schafften ihn zur Elbe. Eigentlich sollte er dort am Steg liegen und gefunden werden, aber das Wetter machte uns einen Strich durch die Rechnung.»

«Und so trieben Sturm und Wellen ihn an meinen Leuchtturm», fasste Tilde zusammen. «Wusste Hermann eigentlich Bescheid?»

«Zunächst nicht. Aber nachdem er die Brieftasche aus der Elbe gefischt hat, hat er es schnell erraten. Bei der Polizei schwieg er eisern, um mich zu decken. Sogar, als man ihn selbst beschuldigte. Glaub mir, Tilde, so habe ich das nicht gewollt.»

Die Zeit reichte nicht mehr aus, um ihn näher kennenzulernen. Du kannst dir nicht vorstellen, wie sehr ich das bedaure. Maltes Worte. Erst vor wenigen Minuten ausgesprochen. Oder war das alles Stunden her?

«Wenn du es nicht gewollt hast, Malte, kann es vielleicht als Unfall durchgehen.»

«Ich werde zu meiner Tat stehen», sagte er heftig. «Ich übernehme die volle Verantwortung. Im Gegensatz zu anderen Leuten.»

«Der werfe den ersten Stein.» Frau Dykland erhob sich, griff erneut nach der Pistole und drückte sie unvermittelt gegen ihre Schläfe. «Auch ich werde die Verantwortung für mein weiteres Leben übernehmen.»

«Lassen Sie das», brüllte Tilde. «Mir reicht es jetzt! Diese ganze Theatralik. Von allen Anwesenden hier. Wir leben in der Gegenwart. Her mit der Waffe!»

Zu ihrer Überraschung ließ sich Frau Dykland widerstandslos die Waffe abnehmen. *Gut gebrüllt, Löwin Tilde.*

«Und du rückst das Handy raus. Ich rufe die Polizei, einen Arzt, die Feuerwehr. Ist das klar?»

«Würden Sie mir bitte vorher ein Glas Wasser bringen, meine Liebe? Ist es nicht bald Zeit zum Essen? Ich werde mich über den neuen Pfleger beschweren.» Sie wies anklagend auf Malte. «Er hat mich aufgeregt. Und kümmern Sie sich um den alten Mann, der aus seinem Rollstuhl gefallen ist.»

Eine hilflose, verwirrte alte Dame, die von nichts eine Ahnung hatte. Wirklich?

«Sie simuliert, um straffrei auszugehen», sagte Malte halblaut. «Genau wie ihr Mann.»

«Ehe sie schlappmacht, bekommt sie erst mal Wasser», erklärte Tilde resolut und ging zum Waschbecken in die Ecke. «Ohne die Waffe kann sie nichts ausrichten.»

Während Frau Dykland in kleinen Schlucken trank, gab Tilde der Polizei am Telefon in knappen Worten einen Lagebericht.

«Ich sah des Sommers letzte Rose stehen,
Sie war, als ob sie bleiben könne, rot.
Da sprach ich schaudernd im Vorübergehen:
So weit im Leben, ist zu nah am Tod»,

rezitierte Frau Dykland und lächelte Tilde zu. «Sie und ich, wir mögen beide Gedichte. Sie sind ein Trost in allen Lebenslagen, nicht wahr? Leben Sie wohl.»

«Du musst sie aufhalten!», schrie Malte. «Sie will uns nur ablenken. Gerade hat sie etwas in den Mund gesteckt.»

Aber es war bereits zu spät. Ein schwacher Geruch von Bittermandel breitete sich aus. Zyankali, das wusste sogar Tilde. Die darin enthaltene Blausäure führte zu einem sekundenschnellen Tod. Wenn man Glück hatte. Und dieses zweifelhafte Glück war Frau Dykland vergönnt.

Sie kamen zeitgleich. Die Polizei, Notarzt. Klinikpersonal und aufgescheuchte Patienten. Gaffer, die sich trotz der späten Stunde aus dem Nichts draußen versammelt hatten.

Jasper bahnte einen Weg für sich und Annika. «Tildchen, was machst du bloß für Sachen. Und hast dich noch nicht mal bei uns gemeldet.»

Annika fiel ihr um den Hals. «Man hat die *Fixe Flunder* gefunden. Schwer beschädigt. Und ohne dich, das war der Schock. Gesche ist weg, und Nicole hat Birger und Kurt Peters im Keller vom *Scharfen Seehund* eingesperrt. Ach ja, und auf Ziegensand ist Besuch für dich.»

«Ich will keinen sehen. Haltet mir bitte alle vom Hals. Keine Presse, keine Vertreter von irgendwelchen Gruppen. Keine Schulkinder. Keine …» Sie stutzte.

«Ich hab ihm gesagt, er wartet besser im Turm auf dich», sagte Annika. «Er kennt sich ja aus.»

29.

Tilde hatte beschlossen, den Tag im Turm zu verbringen. Überwiegend im Bett. Sich um nichts zu kümmern. Nur ab und an auf die Plattform zu treten und festzustellen, dass die Elbe weiter an Ziegensand vorbeifloss. Was auch immer geschehen war, ihr Turm stand und wankte nicht.

«Möchtest du Kaffee ans Bett oder etwas anderes?», fragte Ralf und streichelte Tildes Körper. Ungestrafft, ungeliftet, ungeschminkt – hatte der Mann keine Augen im Kopf?

«Du fühlst dich gut an», sagte er und schob den Arm unter ihren Kopf. «Hmm», meinte sie versonnen. «Mach einfach weiter so.»

Als man sie in der Nacht zurückgebracht hatte, hatte sie schweigend die Treppe zum Oberstübchen genommen und sich immer noch wortlos zu Ralf gelegt. Keine Fragen, keine Erklärungen. Von beiden nicht. Er war einfach da und rückte zur Seite. Ausruhen. Morgen war auch noch ein Tag. Aber dazwischen lagen Nachtstunden, in denen sie das taten, was Liebende jeden Alters als natürlichste Sache der Welt genossen. Zur Entspannung, zur gegenseitigen Freude. Ertrinken, aber diesmal nicht im Wasser. Miteinander wieder auftauchen und froh sein, dass alles war, wie es sein sollte.

«Störe ich? Ich habe extra zweimal geklopft.» Jasper, mit einem Tablett beladen, beflissen, Ralf für unsichtbar zu halten. Hinter ihm Annika, neugierig und dezent geschminkt. «Es war meine Idee. Ich dachte, wir machen ein Familienfrühstück.»

«Es ist ja schon Mittag», sagte Jasper vorwurfsvoll. «Gestern habe ich kaum etwas essen können. Diese Aufregungen bei dir!»

Tilde schnappte sich die alte Patchworkdecke und baute daraus eine Art Betttisch. «Nehmt euch Kissen und setzt euch. Was gibt es denn?»

«Deine Notvorräte. Pumpernickel aus der Dose und Ölsardinen. Knäckebrot und grüne Marmelade. Oder ist das eingelegter Seetang?» Annika und Tilde schnupperten abwechselnd an dem Glas.

«Es muss die Muschelsülze sein», riet Tilde. «Aus meiner kreativen Kochphase, die damals etwa vierundzwanzig Stunden anhielt.»

«Ich werde sie probieren», beschloss Ralf todesmutig, was Jasper veranlasste, ebenfalls zuzugreifen.

«Weg mit dem Zeug, und für die Jungs lieber ein Bier», bestimmte Annika.

«Ich will auch eins», forderte Tilde.

Schon bald musste Jasper Nachschub von unten holen. Sie aßen und tranken einträchtig und tauschten dabei Informationen aus.

«Als Maltes Leute den *Scharfen Seehund* stürmten, gab es Zoff», berichtete Annika. «Sie gingen aufeinander los. Ich glaube, in dem Trubel wollten Peters und Birger zur *Venus* entwischen, aber die clevere Nicole hat sie eingeschlossen. Das dürfte ihre Karriere als Wirtin beenden.»

«Dann kam die Nachricht über die *Fixe Flunder*»,

übernahm Jasper. «Und kurz darauf das Gerücht über das Drama in der Klinik.»

Sie wurden ernst. Für die Opfer war es zu spät. Die Täterin hatte sich selbst gerichtet. Der alte Dykland und Gregor, der Gärtner, würden ungesühnt bleiben. Tilde dachte mit Abscheu an den unverbesserlichen Altnazi, der mit dem Missbrauch seiner medizinischen Kenntnisse so viel Leid über die Menschen gebracht hatte. Aber sein Sohn, Gisbert Dykland, war unschuldig, jedenfalls in ihren Augen.

«Was wird mit Malte passieren?», fragte sie Jasper.

«Da er ohne Vorsatz oder heimtückische Motive im Affekt gehandelt hat, könnte man auf fahrlässige Tötung plädieren. Das hätte eine Freiheitsstrafe von zwei bis fünf Jahren zur Folge. Mit viel Glück auch zur Bewährung ausgesetzt. Oder eine saftige Geldstrafe. Bei Körperverletzung mit Todesfolge wäre allerdings keine Geldstrafe möglich, da muss er einsitzen.»

«Er wird nicht nach Ziegensand zurückkehren», stellte Tilde fest. «Das gilt auch für Gesche.»

«Und der *Planet Venus* bekommt demnächst eine neue Leitung, habe ich über Klaus Tetjens erfahren», berichtete Jasper. «Brehmer ist für diese Ampullengeschichte an der Klinik verantwortlich. Er arbeitete mit einem Labor zusammen, das simple Wirkstoffe abfüllte, und einem Kaufmann als Helfer, der die wirtschaftliche Seite abgewickelt hat. Die haben auf die Schnelle ordentlich Reibach gemacht. Typischer Fall von Wirtschaftskriminalität.»

«Was nur durch den Wunderglauben und Jugendwahn der Patientinnen möglich war», betonte Tilde, und Annika nickte weise dazu.

«Mom, glaubst du, ich könnte mich bei der Stadt bewerben und Gesches Posten übernehmen? Samt Dienstwohnung? Ich glaube, es ist an der Zeit, neu durchzustarten.»

«Bist du dir sicher, dass du alles hinter dir lassen kannst?», fragte Tilde nach.

«Ich möchte es versuchen. Aber zunächst fahre ich nach Köln, um reinen Tisch mit Paolo zu machen. Wie konnte ich nur so blöd sein! Ein neues Gesicht! Und das für einen, der … na, das sage ich ihm selbst.»

«Tu das», meinte Tilde vergnügt und freute sich über Annikas Wandlung. Was eine Auszeit auf Ziegensand doch bewirken konnte …

«Mir liegt Tourismus irgendwie im Blut», Annika strahlte neues Selbstbewusstsein aus. «Da bin ich mir ganz sicher. Und was Ziegensand angeht …»

«Streichst du vorläufig vom Ausflugsprogramm.»

Ralf hatte aufmerksam zugehört, aber für ihn waren noch Fragen offen. «Die Brandstiftung. War das Gesche?»

Auch das hatte Jasper von seinem Freund gehört. «Sie hat Peters in einem anonymen Brief bezichtigt, und jetzt schieben sie sich die Schuld gegenseitig zu.»

«Anonyme Briefe waren Gesches Stärke. Sie hat es sogar bei Nicole versucht, nachdem die die roten Schuhe in die Elbe gekippt hatte. Peters und Gesche werden gemeinsame Sache gemacht haben», vermutete Tilde. «Neid, Missgunst. Sie mochten meinen Lebensstil nicht.»

Unter der Decke tätschelte Ralf tröstend ihr Knie.

«Bleibt noch der sogenannte Freundeskreis der Klinik. Wird man sie belangen können?», überlegte Tilde.

«Der Kommissar wird versuchen, ihnen etwas nachzuweisen, aber was außer Fluchthilfe oder Verschleierung kann das schon sein?»

«Sie werden also weiter ihre Parolen bei Birger schwingen und ihre Jugendcamps planen.» Tilde fühlte sich ohnmächtig.

«So ist das Leben», sagte Jasper. «Aber ich habe auch eine gute Nachricht für dich, Tildchen. Es geht um die Seniorenresidenz.»

«Du willst dich da einkaufen? Von welchem Geld?» Ihr schwante Böses. Es ging nicht nur ums Geld. Auch um die Nähe. Erst Annika, und dann noch ihr Exmann …

Jasper war gekränkt. «Ich habe nicht vor, dich anzupumpen. Außerdem bin ich viel zu rüstig. Da leben ja nur alte Leute.»

«Was ist es dann?», fragte Tilde misstrauisch.

«Ich habe dir einen neuen Auftrag besorgt. Das Heim wünscht eine Skulptur zum Thema ‹Lebensabend›. Sie zahlen gut. Ich berechne auch keine Provision für die Vermittlung.»

Der *Kleine Sandmann* auf dem Meerdrachen ins Abendrot reitend. Flusssirenen mit Tanghaaren und Schilfgewändern, die den Lebensfaden abschnitten. Oder nein, lieber Rundhölzer, im Kreis angeordnet, die etwas wie «Am Ende ist alles Anfang» symbolisierten.

Tilde trat auf die Plattform. Die Möwen schrien wie immer. Nichts war anders als sonst.

Danksagung

Ich bedanke mich bei Dieter Klaehn, Naturschutz-beauftragter im Landkreis Stade, der mir bei der «Ge-staltung» von *Ziegensand* half.

Dank auch an Kapitän Arno, Tipp und Sonja, die mich bei der Suche nach einem Tuckerboot unterstützten, das dann aber aus verschiedenen Gründen nur zu Til-des *Fixen Flunder* wurde.

Bimbo, der Fischexperte, klärte mich über den Fisch-bestand der Elbe auf.

Menschen, die nicht genannt werden wollen, ver-mittelten mir netterweise Interviewpartner zu den er-wähnten politischen Gruppen.

Mein persönlicher Rechtsexperte Ralf Bednarek aus Hamburg gab wertvolle Tipps.

Barbara und Rosi, die zwar keine Krimis mögen, aber mir zur Aufmunterung Fliegenpilze und Buddhas schenkten. Seid auch ihr bedankt.

Katharina Dornhöfer optimierte als Lektorin dieses Buch. Ihr und – wie immer – meinem gelassenen Agen-ten Dirk Meynecke gebührt ebenfalls Dank.

Hamburg, im Frühjahr 2009, Anke Cibach